청춘대학

청춘대학

초판 1쇄 펴낸날 2010년 7월 20일
초판 2쇄 펴낸날 2011년 1월 10일

지은이 | 이인
펴낸이 | 이건복
펴낸곳 | 도서출판동녘

전무 | 정락윤
편집 | 이상희 김옥현 구형민 이미종 이정미
책임편집 | 윤현아 이다희 박재영
미술 | 김은영
본문디자인 | 김경진
영업 | 이상현
관리 | 서숙희 장하나

인쇄 · 제본 | 영신사
라미네이팅 | 북웨어
종이 | 한서지업사

등록 | 제 311-1980-01호 1980년 3월 25일
주소 | (413-756) 경기도 파주시 교하읍 문발리 파주출판도시 532-5
전화 | 영업 (031)955-3000 편집 (031)955-3005
전송 | (031)955-3009
블로그 | www.dongnyok.com
전자우편 | editor@dongnyok.com

ISBN 978-89-7297-627-1 03800

청춘대학

이 인 지음

동녘

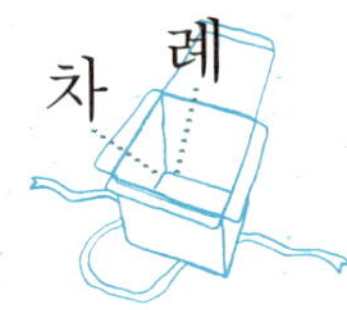

EXIT

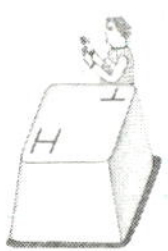

2학기

나만 믿고 우쭐대던 어제가 지나고 내 부피가 여실히 드러나는 사건들, 너무 단단한 세상에 맞닥뜨리면서 발걸음은 무거워지고 눈빛은 무뎌진다. 내가 어찌할 수 없다고 느끼게 하는 세상사, 반복되며 만나는 행과 불행들, 그 모든 걸 인정하고 받아들이기엔 너무 얕은 가슴.

봄 햇살은 따분하기만 하고 휙휙 바뀌는 바깥세상을 바라보면 걱정이 든다. 달력은 잘도 넘어가지만 짧기만 한 내 눈길은 아직 먼 곳을 보지 못한다. 어리석게도 후회는 이어지고 늘 그렇듯 깨달음은 한발 늦는다.

늘 모자란 마음의 허기를 채워줄 선생님이 필요하다. 지쳐가는 저녁, 등을 두드려주며 웃어줄 선생님이 필요하다. 지혜를 나눠주고 같이 아파하며 따끔하게 혼을 내줄 선생님이……

2007년 3월, 외박 복귀를 앞두고 PC방에서 미니홈피에 쓴 글입니다. 많은 군인들이 그러하듯 부대로 돌아갈 생각에 청승이 나는 건 어쩔 수 없었죠. 나이는 벌써 스물 중턱에 올라섰는데 인생살이는 여전히 막막했고, 세상의 속도를 따라잡느라 헉헉거리면서 뒤쫓는 일은 몹시 고달프더군요. 외롭고 추웠고 스산했습니다. 거기다 군인인 제 신분 때문인지 그렇게 기다리던 봄 햇살마저 따분하게 느껴질 정도로 하루하루가 팍팍했습니다. 야간경계 근무로 밤샘을 한 뒤 꽁꽁 언 몸을 녹여도, 눈 밑으로 드리워진 다크서클처럼 불안은 가슴속 깊은 곳에 질퍽하게 고여 쉬이 풀리지 않더군요. 제 안에서 희망과 꿈이란 말은 싸늘하게 식어만 갔습니다. 우두커니 철조망 너머를 바라보는 시간이 많아졌고, 가끔씩 들려오는 바깥소식이 낯설게만 느껴졌습니다.

이때 느꼈던 불안은 꼭 군대에 있었기 때문만은 아니었습니다. 돌아보면, 나이는 먹어가는데 제 모습은 예전과 별로 다를 바가 없다는 데서 오는 조급함과 실망감이 컸으니까요. 처음 가졌던 마음은 세파에 이리저리 치이면서 흐트러지고, 제 깜냥으론 도저히 어떻게 해볼 수 없는 어마어마한 일들 앞에서 저의 마음은 움츠러져 갔습니다. 세월은 휘리릭 지나가는데 지난날에 했던 잘못들을 되풀이하고, 후회는 뒤늦게 찾아와 저를 더욱 초라하게 만들곤 했죠. 나이를 먹으면 더 의젓해지고 세상을 두루 꿰뚫어 볼 수 있을 것만 같았는데, 어떻게 된 게 갈수록 인생살이는 어지러웠고 벅찼습니다.

선생님이 그리웠습니다. 휘청대는 젊음에게 토닥여주면서도 이따금 매섭게 호통도 쳐주시는 선생님. 어깨동무를 하면서 같이 콧노래를 부르지만 어디로 갈지 헤맬 때는 저 멀리서 이리로 오라고 손짓을 해주시는 선생님. 그런 분이 있었다면 지금 맞고 있는 폭풍우 속에서도 내동댕이쳐지진 않았을 거란 생각이 들었죠. 존경할 만한 분보다는 저렇게 되진 말아야지 했던 사람들을 많이 만났던지라 '참선생님'이 간절했습니다. 따르고 싶은 선생님이 없다는 서글픈 현실과 이리저리 방황했던 지난날을 더듬으며 입맛만 씁쓸히 다셨고 이런 감정에 잠기는 밤이면 그날따라 하늘엔 별 하나 보이질 않았습니다. 캄캄한 제 마음처럼 말이죠.

청춘. 떠올리기만 해도 '캬!' 감탄이 나와야 하건만 정작 청춘의 한복판에 서 있는 사람은 태평양을 조각배로 건너가는 기분입니다. 팔뚝에 힘이 조금 있긴 하지만 까마득하게 펼쳐진 바다 앞에서 어디로 가야 할지 갈피를 잡지 못하죠. 과연 내가 뭘 좋아하는지, 뭘 잘할 수 있는지, 뭘 해야 하는지, 이것저것 해보면서 작은 보람과 큰 실망을 느끼지요. 저 또한 남들과 비슷한 젊은이였습니다. 대학을 적당히 다니고, 주식에 관심이 있어 투자상담사 자격증도 따고, 스펙을 위해 필요도 없고 관심도 없던 경험을 쌓으려 했죠. 한눈으론 인턴 모집 공고를 뒤적거리면서도 다른 눈으론 어떻게 연애나 좀 해볼까 기웃거리던 젊은이였습니다.

사회가 원하는 대로 나름 성실하게 살았는데 앞날이 환해지기는커녕 갈수록 손발이 오그라드는 일들만 쏟아지더군요. 제 안에 일렁이는 파도는 수그러들 줄 몰랐습니다. 오히려 갖추면 갖출수록 더 해야 한다는 강박에 시달렸고, 남들은 저보다 훨씬 많은 걸 준비했다는 생각에 조바심이 나곤 했죠. 게다가 노는 걸 워낙 좋아해 놀지 않을 수도 없었죠. 주말마다 농구를 했고, 가난한 주제에 비싼 옷을 사 입으려고 안달을 했고, 술은 또 왜 그리 좋은지 밤이면 술자리에서 술을 들이켜다가 새벽녘이 돼서야 비틀거리며 돌아오곤 했죠. 그땐 그게 젊음의 특권인 줄 알았고, 딴에는 잘 놀고 잘 나간다고 '자뻑'을 하며 10대와 20대를 보냈습니다.

그러나 짧았던 제 삶을 돌아보니 그다지 행복하지 않더군요. 뭐가 행복인지 잘 몰랐고, 이렇게 살아선 행복하기는커녕 불행하게 살다가 죽을 것만 같았습니다. 고등학교 땐 대학만 가면 행복해질 거라고 하더니, 대학에선 취업 준비에 매달리라고 야단법석이었죠. 가만 보니 취업을 해서도 승진 때문에 골치 썩을 게 뻔했고, 결혼을 하고 아이를 키우고 그렇게 살다가 늙어서 죽겠다는 생각이 들자 몸서리를 치게 되더군요. 그럴수록 행복에 대한 욕망은 거세졌습니다. 이렇게 사는 게 인생이고, 이 안에서도 얼마든지 알콩달콩 행복할 수 있겠지만, 진짜 행복이 뭔지, 가장 아름다운 시기라는 젊음을 어떻게 보내야 할지 고민하게 되었습니다.

그래서 여행 떠날 채비를 했습니다. 바로 '사람여행'을 떠나기로 한 거죠. 한국에는 5,000만 명이란 사람이 있습니다. 그 하나하나는 영롱하게 빛나는 존재며, 무궁무진한 이야기를 품고 있습니다. '사람'들을 만나는 여행을 다니며 세상의 아름다움과 신비로움을 느끼고 싶었습니다. 그 속에서 죽비처럼 제 어리석음을 꾸짖어주고 때론 봄바람처럼 마음을 설레게 하는 선생님들을 만나고 싶었습니다. 그렇게 신발끈 질끈 동여매고 저를 둘러싼 울타리를 넘어 세상 속으로 뛰어들었습니다.

제가 다시 '재사회화'를 하고자 한 건 사회엔 제가 모르는 일들이 너무나 많기 때문입니다. 군대에서 텔레비전으로 바라본 촛불시위는 대단하기보다 놀라웠거든요. 민주화운동이나 학생운동을 피부로 느끼지 못한 세대이기에 시민들이 촛불을 들고 시위를 하는 모습이 낯설기만 했어요. 물론 이에 앞서 미선이, 효순이를 추모하고 노무현 대통령의 탄핵을 반대하는 촛불이 켜지긴 했었죠. 부끄러운 고백이지만 그런 시위들이 당시 저에겐 먼 나라 얘기였습니다. 많은 대학생들이 그러하듯 저 또한 정치, 사회의 문제에 별로 관심이 없었죠. 사회문제들이 왜 일어나고 왜 문제가 되는지 알려고 하기보단 그저 싸우기만 하는 국회가 싫었고, 그런 것들에 관심을 갖기보단 미팅을 언제 할지, 요즘 유행하는 옷과 신발이 뭔지, 연예인들 소식은 어떤지, 이런 게 제 삶의 관심사였습니다.

노풍이 불어 노무현씨가 대통령으로 당선됐을 땐 투표권도 없던 터라 사람들이 왜 열광하는지도 모른 채 시큰둥하게 바라봤던 기억이 나네요.

물론 이런저런 책을 보면서 세상 돌아가는 맥락을 놓치지 않으려고 애쓰긴 했으나 그건 어디까지나 시사교양 차원으로 읽었을 뿐이었죠. 세상을 멀찍이 떨어져서 쳐다보기만 했을 뿐 시민으로서 참여할 생각은 하지 못했습니다. 지금 생각해보면 참 한심했어요. 옷과 연예인, 그리고 취업이 삶의 전부가 아닌데, 그것만 바라보고 살았으니까요.

제 경험에 비춰봤을 때 젊음은 뜨거운 기운이 넘쳐나지만 그 기운을 어떻게 써야 할지 모르는 때가 아닌가 싶어요. 설레면서도 혼란스럽고, 어른들의 질서에 대들지만 한편으론 자신의 세계를 만들어내는 데 어려움을 겪습니다. 이때 넓은 가슴과 따뜻한 마음으로 꼭 끌어안아주면서 힘내라고 등 토닥여주는 선생님이 있다면, 젊은이들의 삶은 크게 달라질 수 있을 거라고 생각했습니다. 그래서 큰바위 얼굴처럼 마음을 절로 훈훈하게 해주는 어른들을 찾아뵙고 귀한 말씀을 들어보고 싶었어요.

물론 자신의 알은 스스로 깨야 하지만 그래도 줄탁동시啐啄同時라고 바깥에서 누가 도와주면 얼마나 고마운지 모릅니다. 아쉽게도 제겐 이런 역할을 해주시는 분들이 많지 않았습니다. 존경하는 선생님들도 계셨지만 왜 저런 사람이 선생 자리에 올라 있는지 이해가 안 되는 경우도 많았으니까요. 문득 홀로 알을 깨려고 몸부림을 치지만 좀처럼 깨어지지 않아 주저앉았던 저의 지난날이 떠올랐습니다. 많은 젊은이들도 저와 비슷하지 않을까 싶어요. 세상의 어른들에게 도움을 받으며 알을 깨고 나와 한 사람의 어른으로 자라는 일은 드물잖아요. 이 시대를 뜨겁게 살아가는 선생님의 숨결을 옆에서 느껴보고, 그들과 마주해 말을 섞으면서 자연스럽게 알을 깨고 싶었습니다. 그래서 무작정 1년 동안 선생님들을 찾아보기로 했습니다.

이때, 어떤 사람을 선생님으로 만나야 할지 고민을 많이 했습니다. 세상 모든 사람을 다 만날 수는 없으니까요. 그래서 저는 신문이나 뉴스를 꼼꼼히 보면서 젊은이들에게 애정 어린 말을 하거나 관심을 보인 분들을 찾았습니다.

많은 선생님들은 갑자기 나타난 낯선 젊은이를 기꺼이 '하루 제자'로 맞아주셨죠. 눈을 똥그랗게 뜨면서 이것저것 꼬치꼬치 캐묻는 저에게 가슴에서 솟구치는 말씀들을 기쁘게 해주셨습니다. 제가 지난 1년 동안 마음의 키가 조금이나마 자랐다면 선생님들이 나눠주신 영양가 있는 말씀 덕분일 것입니다.

그 말씀들을 묶은 것이 이 책입니다. 다시 읽어보니, 한껏 들뜬 상태로 선생님들을 찾아다니며 녹음기를 꺼내고 귀를 쫑긋 세우던 제 모습이 그려져 슬쩍 웃음이 났고, 선생님들의 깊은 내공을 새삼 다시 음미할 수 있었습니다. 선생님들이 제 가슴 깊숙한 곳을 묵직하게 건드렸듯, 이 글이 시대를 고민하며 좀 더 줏대 있게 살아가고자 하는 모든 젊은이들에게 따뜻한 위로와 따끔한 회초리가 되었으면 합니다.

여기서 잠깐, 젊은이란 나이가 20대인 사람만을 지칭하지 않습니다. 얼마 살지 않았지만 정신은 폭삭 늙어버린 사람이 있을 수 있고, 나이는 많지만 마음은 누구보다 싱싱한 사람이 있을 수 있습니다. 생물학 나이를 떠나 모든 '청춘'들에게 이 책을 전합니다. 몸과 마음이 지친 이들에게 도움이 되었으면 좋겠고 마음이 늙은 분도 이 책을 만나 '회춘'할 수 있었으면 합니다. 지금, 선생님들을 만나러 갑시다. 고고!!

1학기

김선우 · 고미숙 · 강신주 · 박남희 · 이택광 · 조정환 · 김시천 · 고병권

1

네 안의 가능성을
독서로 키워라

김선우 선생님에게 '독서법과 냉소타파'를 배우다

▥ 김선우

▥ 시인, 소설가로 활동하면서 적극적으로 현실참여를 하고
있다. 지금까지 펴낸 시집으로 《내 혀가 입 속에 갇혀 있길
거부한다면》《도화 아래 잠들다》《내 몸속에 잠든 이 누구
신가》《물 밑에 달이 열릴 때》 등이 있고, 지은 소설은 《나
는 춤이다》《캔들 플라워》가 있다.

시인은 세상의 변화를 가장 민감하게 느끼고 투명하게 반응하는 사람들입니다. 한마디로 세상의 징후를 찾아내는 사람들이에요. 수많은 시인들이 사람들의 상처를 어루만지고 보듬어주면서도 세상의 잘못엔 매섭게 꾸짖는 글을 쓰고 있죠. 그 가운데 김선우 시인이 있습니다. 푸르고 촉촉한 글들을 세상에 던지는 시인을 보면 예쁘고 향기롭지만 가시가 있는 장미가 생각납니다. 그래서인지 김선우 시인의 글을 읽으면 황홀하면서도 많이 아팠던 기억이 나네요.

10대와 젊은이에 대한 사랑이 남다른 김선우 시인은 2010년 상반기에 낸 소설 《캔들 플라워》예담, 2010 에서 촛불시위에 참여했던 청소년들의 힘을 다시 한 번 되살려놓았죠. 젊은이들에게 관심이 많은 김선우 시인을 만나 문학 이야기, 사회 이야기를 들어보았습니다.

저는 참 잘살고 싶은데, 어떻게 살아야 잘사는 걸까요? 처음부터 너무 어려운 질문인지 모르겠지만 왠지 오랫동안 고민하셨을 것 같아 이렇게 질문드립니다.

저는 오래전부터 친한 친구들하고 잘살자, 행복하자, 이렇게 인사를 했어요. 제가 잘살자고 할 때의 '잘'은 경제 논리와는 무관해요. 내가 잘 존재하는 방법, 잘 실존하는 방법을 찾는 거죠. 경제적인 것이 중요한 부분이긴 하지만 그것이 충족되었다고 잘사는 사람을 본 적이 없어요. '잘'이라는 것은 자기 실존에 명민하게 깨어 있느냐, 아니냐의 문제 같아요. 월소득이 얼마 되지 않아도 충분히 행복한 삶을 살 수 있거든요. 그야말로 개인마다 다양하죠. 잘사는 방식이 다양화되고 확장되는 게 중요해요. 그러나 보장되어야 하는 최소한의 사회적인 경제가치란 것은 있어야 하고 그걸 스스로 획득할 수 있게 해야지요. 좀 더 잘산다는 것은 무엇일까, 행복하게 사는 게 뭘까? 저는 이런 생각들을 나누고 싶어 작품을 통해 말하고 있습니다.

만족할 만큼 소통이 되는 건 아니에요. 책을 읽는 사람이 너무나 소수예요. 조금 더 능동적인 독자들이 늘어났으면 하죠. 더 노력을 해야할 것 같아요. 그러나 희망이 없는 것은 아니에요. 바탕은 있거든요. 언제나 소수이긴 하지만 씨앗들이 있어요. 과거처럼 신속한 확장력을 갖지 못한 것이 10년 정도 된 것 같지만 어느 시점에서는 조금 나아지지 않을까 생각하고 있습니다.

대중들과 많은 만남을 가졌고, 여러 시도들을 해봤지요. 모자라더라도 최선을 다하면 발화하는 씨앗들이 있다는 걸 느꼈어요. 가령, 80명과 얘기하는 자리, 20명 독자들과 얘기하는 자리가 있을 때 숫자랑은 전혀 상관없이 똑같은 씨앗들이 만들어져요. 그래서 작고 직접적인 만남의 마당들이 아주 귀하고 소중하다고 생각해요. 그런 자리에서 보람을 느끼죠. 제 작품을 전혀 읽어보지 않은 사람들이 친구 따라 왔다가 시나 소설 낭송을 들은 뒤, 몰랐던 세계에 새롭게 눈을 떴다고 얘기해주면 굉장히 기분이 좋아요. 소규모 모임을 통해 이렇게 대중들과 소통할 수 있는 계기가 많아요.

강연 초청이나 모임에 초대받을 때, 거절하지 않는 1순위가 학생들이 있는 자리입니다. 제 돈을 털어서 갔다와야 하는 경우가 생기더라도, 시간이 있고 아이들이 부르면 가는 게 제 기본 원칙이에요. 아이들이 좋아서 가는 것도 맞지만, 또 다른 이유는 이 사람들 속에 가능성이 있기 때문이에요. 그 가능성을 어떻게 발화시킬지는 세대 자체의 에너지에 따라 달라지겠지만요. 어른 세대들 역시 조금 더 지혜로운 방식으로 도울 수 있도록 고민해야겠죠. 이들이 문학 감수성을 잃지 않고 지속적으로 자기 감수성을 혁명할 수 있어야 미래의 가능성을 약속할 수 있는 거예요. 이 둘은 떨어져 있는 게 아니지요.

🎤 근데 좀 냉정하게 이야기해보면 요즘 젊은 세대에게서 가능성의 씨앗을 찾는 게 쉽지 않아요. 뭔가 잘못된 것 같긴 한데 '닥치고' 살아가게 마련이죠. 막연한 의문이 생기지만 '밥벌이'를 위해 그냥 입 다물고 살아가고 있습니다. 거기다 88만원 세대, 청년실업 등 젊은이들 앞에 여러 딱지가 붙고 있습니다. 이런 암울한 상황에서도 가능성을 얘기해야 하는 걸까요?

우선, 젊은 세대는 어떤 시대나 마찬가지로 가능성을 존중받아야 하는 세대예요. 요즘 젊은이들에게 붙어 있는 여러 수식어들을 점검해보면, 문제가 있어요. 복잡한 문제입니다. 제가 대학에 초대받아서 강연을 가잖아요. 돌아올 때의 마음이 거칠게 얘기하면 두 가지예요. 하나는 이 아이들과 뭔가 통했구나 하는 것. 나도 뭔가 통하려고 노력했고요. 근데 한편으로는 이런 감정도 들어요. 대학 문창과에 초청을 받아서 강연을 가면 저도 모르게, 너희는 왜 그렇게 공부를 안 하니, 야단을 치고 와요. 문창과 학생들이면 문학창작을 하겠다는 아이들인데, 기본적으로 알아야 하는 작가를 모르는 경우가 너무 많아요. 나는 문학창작을 해야지, 하고 의식을 갖고 있는 학생도 있지만 대부분 점수에 맞춰서 오고, 여기 와서 살 궁리를 하다보니까 이런 모순이 생겨나지요. 이건 교육 제도라는 시스템의 모순이라고 볼 수도 있죠. 근데 그것과는 별개로 전체적으로 책을 너무 안 읽어요. 그래서 책 살 돈이 없으면 훔쳐서라도 읽어라, 책과 밥을 훔치는 건 죄가 아니라는 얘기까지 하게 되지요. 안타까워서 이런 얘기까지 하게 되는 것 같아요.

그러다보면 내가 왜 이러지? 우리, 훔쳐서라도 책을 봐야 한다는 얘기야, 이렇게 끝을 내게 되죠. 야단치다가도 움찔움찔 자기 반성으로 돌아오는 건 그 아이들만의 문제가 아니기 때문이에요. 중고등학교 교육 시스템이 자유롭게 책을 읽을 수 있는 여건을 안 만들어주잖아요. 그러니 대학교에 갈 때까지의 독서량이 초등학교 때 읽은 독서량과 비슷해요. 이건 아이들이 원해서 만든 상황이 아니에요. 시스템이 만들어놓았으니까 왜 책을 안 읽어, 애길 하면서도 미안하죠. 동시에 아이들의 문제가 아니라고 자각하면서도 뚫고 나가려면 막막하니까 안타깝죠. 지금 중고등학교는 제가 졸업한 지 꽤 시간이 지났는데 그때보다 하나도 좋아지지 않았어요. 오히려 아이들을 더욱 옴짝달싹 못하게 해요. 더 안 좋아진 것 같아요. 전체적으로 교육 시스템 자체가 변화하지 않고서는 어렵지요. 굉장히 어려운 시대를 통과하고 있는 거예요.

가장 강력한 건 독서라고 생각해요. 세상의 모든 선생님들은 책 속에 다 있어요. 내가 어떻게 하면 행복하게 존재할 수 있지? 이렇게 자기 질문을 능동적으로 할 수 있는 능력은 책을 많이 읽지 않는 사람이 책을 많이 읽어 자기 사유와 체제를 만든 사람보다 떨어지죠. 오늘날엔 책을 읽지 않는 대신 굉장히 수동적인 형태로 소비하는 것이 많아요. 아이들이 공부만 하다가 그나마 쉴 때 선택하는 것이 고작 컴퓨터 오락이나 텔레비전이예요.

책을 읽지 않는다면 대신 운동장에 나가서 놀거나 뭔가 다른 놀이들을 개발했으면 좋겠어요. 모든 것의 핵심은, '내가 뭘 해야 행복해질까?'라는 질문을 중고등학교 때부터 스스로 던질 수 있어야 한다는 거예요. '내가 어떻게 살아야 행복하지?', '언제 행복하지?' 같은 물음을 거세하는 게 학교 시스템이에요. 이것에 대한 반

발과 저항이 필요한데, 이걸 도와주는 가장 좋은 것이 책이에요.

불행할수록 어떻게 하면 행복할 수 있을까 꿈꿔야 돼요. 꿈꾸지 않으면 아무것도 변화시킬 수 없어요. 저마다의 개성을 충분히 존중하면서 서로 연대하는 방식을 훈련하는 게 필요해요. 예로 들면, 한국의 등록금은 말도 안 돼요. 한마디로 폭력이에요. 1년에 1,000만원이 들어가잖아요. 너무 거친 말이지만, 학생들 가운데 3분의 1만 대학을 가지 않겠다고 하면 대학 등록금이 바뀌거든요. 그런데 그게 안 되는 거예요.

젊은 친구들에게 정말 하고 싶은 말은 싸워야 한다는 거예요. 과거에 비해 지금이 조금이나마 나아진 게 있다면 앞 세대들이 거칠게 싸웠기 때문이에요. 386세대는 길거리에서 짱돌과 화염병을 들고 싸웠지만 지금은 싸울 수 있는 조건이 훨씬 좋아졌어요. 다양한 방식으로, 문화적으로 싸울 수 있는 토대가 생겼어요. 토대가 생겼는데 왜 활용을 못해, 왜 활용을 안 하지? 안타까워요.

고등학교 시스템을 바꾸려면 학교를 안 가면 돼요. 다 그러라고 할 수는 없지만, 제가 지금 고등학생이었으면 안 가는 걸 선택했을 거예요. 만약 아이들이 안 오면, 위에서 바꿀 수밖에 없어요. 윗분들 고객경영 좋아하잖아요. 고객이 없는데, 어떻게 학교가 운영돼요. 지금 젊은이들이 고통받는 건 연대하지 않기 때문이죠. 안타까워요. 책을 훔치고 도서관에 한심한 책밖에 없으면 도서관을 점거하고(웃음), 청소년들이 발랄한 방식으로 재미나게 싸울 수 있으면 좋겠고, 놀듯이 싸우는 방식을 개발했으면 좋겠어요. 젊은이들이 의도하지 않았던 현실이 도래했고 이 사실을 뚫고 나가야 하는 건 그들의 몫이 반 이상이라, 윗세대로서 이렇게 뚫어야 하지 않겠냐고 말하는 게 너무 조심스럽긴 하네요.

맞아요. 모두의 책임이에요. 근데 그 책임을 느끼는 어른 세대가 많지 않거니와 20대들도 이것이 우리 사회 전체의 문제라고 인식하지는 못하는 것 같아요. 지금은 청년세대에게 굉장히 어려운 시절이에요. 향후 5년에서 10년 안에 기형적 한국자본주의를 돌파하는 게 시도되지 않으면 이런 상황이 10년 이상 더 갈지도 몰라요. 이후 세대는 더 괴롭겠지요.

어려우면 어떡할 거냐, 위기를 기회로 만들어보라는 말밖에 할 수가 없네요. 진부하지만 이런 얘기가 도돌이될 수밖에 없어요. 위기와 불의의 상황을 기회로 전환시킬 수 있는 가장 기본은 개인이기 때문이에요. 각 개인이 '정말 행복한 게 뭔가?'라고 묻는 것에서 출발해야 해요. 다들 취직이 안 된다고 난리잖아요. 이렇게 물을 수도 있는 거예요. 지금 대기업 취직이 되었다고 치자, 지금 내 삶이 행복할까? 대기업 다니는 제 친구들도 행복하게 살지 않거든요. 인생의 행복, 삶의 가치는 정해진 게 아니에요. 다른 삶의 방식이 있다는 것을 청년세대들이 조금 더 확장해서 볼 필요가 있어요.

우리 어른들이 잘 못해주고 있어요. 아랫세대들에게 애정을 갖고 있는 사람들이 연구를 많이 해줘야 해요. 대학을 졸업하고 취직을 해서 결혼하고 애를 낳는 수순이 결코 행복하지 않더라고, 그게 행복의 전부는 아니라고 저도 말 걸기를 해야겠지요. 회사원이 되는 삶 말고 다른 삶이 있다, 다른 가능성이 있다는 것을 부지런히 알려야겠다는 생각이 들어요. 또 이 문제에 공감하고 윗세대들과 활발하게 문제제기를 하며 사회 의제로까지 만들 수 있는 청년세대들이 지속적으로 늘어났으면 하고요. 앞뒤 문이 없고 가장 갑갑하게 막혀 있는 세대이기 때문에 폭발력이 있을 거라고 생각해요. 그것을 할 수 있는 괜찮은 어른들이 많아지고 있으니 윗세대와 함께 찾아야죠. 지금 이 상태로 아무런 문제제기 없이 그대로 가면 향후 20년도 갑갑하겠지만 반대로 서로 변화의 욕구가 잘 만난다면 굉장한 변화가 나타나지 않을까 싶어요.

선생님은 대학시절 동안 격렬하게 운동을 하며 보내셨다고 들었습니다. 대학시절에 해보지 못한 것들도 많이 있을 텐데, 돌이켜보면, 후회되는 게 있으신가요?

저는 대학시절과 20대를 별로 후회하지 않아요. 대학생 때는 진짜 아주 심한 빨갱이로 살았는데 이것이 제 삶에 굉장히 좋은 영향을 줬다고 생각해요. 운동권이 내리막길로 접어든 때 대학에 입학해 갑자기 이 세상의 폭력에 노출되고 세상의 다른 면들을 보게 되면서 짱돌과 화염병으로 4년을 마쳤지요. 사회적으로 얻을 수 있는 혜택을 포기한 것들도 있었지만 제가 지금까지 잘 존재할 수 있게끔 해준 유익한 시간이었어요.

오히려 절망은 대학 후에 왔어요. 잘살아야겠다, 어떻게 하면 내가 행복하고 사회도 더불어 행복할 수 있나, 이런 고민들을 하면서 사회로 나왔는데 어려웠어요. 그때도 경제는 어려웠지만, 저는 대학교 때 믿고 있던 가치와 사람들에 대한 배반이 시작되면서 더 많이 힘들었어요. 모든 것들을 회의하는 시기였어요. 어떤 것이라도 진영이 되고 나면 부패가 발생하고, 어떤 조직도 끊임없이 성찰을 하지 않으면 처음처럼 순수하게 지속해가지 못한다는 걸 느꼈어요. 인간이 얼마나 나약한 존재인지 깨달았죠. 졸업하고 나서는, 우리가 얼마나 나약하고 부조리할 수 있는가, 성찰이 조금만 무뎌지면 옳음 안에도 무수한 모순과 차별이 있을 수 있구나, 아주 미시적인 반성을 할 수 있는 시기였지요.

지나고 보니까 그 시기가 참 아까워요. 몰입해서 뚫고 나가려고 노력을 하면 나중에 잘되었든 아니든 후회가 남지 않아요. 하지만 냉소와 무기력에 빠지면 후회가 남아요. 그때는 몰랐어요. 20대는 적당히 냉소를 취하는 게 멋있어 보인다고 자아도취에 빠져 있었던 때니까요. 1~2년 정도는 사는 게 너무 싫었던 적도 있어요. 모든 일에 지쳐버렸지요. 내가 참 근사한 모델이라고 생각한 사람에게 배신감을 느끼기도 했고, 이상한 영웅주의의 모습들을 보면서 실망하기도 했어요. 어느 순간 그렇게, 에너지가 바닥으로 떨어진 거예요. 그 시기가 청춘을 통틀어 가장 힘들었는데 지나고 나니까 그 시기가 너무 아까워요. 우리 젊은이들은 그렇게 살지 말았으면 해요.

세상이 너무 어렵고 살기가 어려우니까, 냉소적인 태도에 빨리 길들여지는 친구들이 있을까봐 걱정되네요. 실제로 모임이나 강연에서 저 사람 얼마나 잘하는지 보자면서 팔짱끼고 꼬아보는 친구들을 만나요. 이것은 스스로에게 도움이 되지 않는 태도예요. 이런 식의 냉소가 제일 쉬워요. 제일 속편하고 가장 소비적이에요. 그런데 그것은 스스로의 삶에 전혀 도움이 되지 않죠. 그런 냉소는 반드시 삶에 무기력을 일으켜요. 냉소적인 태도로는 어떤 것도 얻을 수도 배울 수도 없어요. 돌파구가 안 보일수록 냉소적인 자세들이 많아지고 강해지기 쉬워요. 냉소와 무기력의 시절에 빠지지 않도록 노력했으면 좋겠어요. 20대는 가능성을 최대한 끄집어낼 수 있는 시기예요. 제가 너무 그 시절이 아까웠기 때문에 이 말을 꼭 해주고 싶네요.

《캔들 플라워》를 통해 촛불시위에 대해 짚어보시면서 당시 청소년과 여성들의 참여를 문학으로 승화시키셨는데요. 촛불시위에 대해서 한 말씀 해주신다면?

《캔들 플라워》는 젊은 세대들의 막막한 미래를 어떻게 하면 돌파할 수 있을까, 내가 할 수 있는 일은 뭘까를 고민하다가 펴낸 책이에요. 지금의 상황이 너무 어처구니없잖아요. 코미디잖아요. 다행히 이 상황이 오래갈 것 같지는 않아요. MB의 임기가 남았지만 이 다음에 우린 뭘 할 수 있을까를 많이 생각하는 것 같아요. 어처구니가 없으니 꿈꿔야 할 것이 많은 거죠.

젊은이들이 싸우는 걸 무서워한다고 했잖아요. 실제로도 그렇고요. 그런데 촛불을 거치면서 싸우는 방식이 다양할 수 있고, 문화적일 수도 있다는 걸 깨달았다는 생각이 들어요. 개개인의 행복에 대해서 충분히 사유하고 연대해야 해요. 지금 같은 상황에서는 연대해서 싸워야 얻을 수 있어요. 물리적인 폭력은 누구에게나 두려워요. 물리적인 형태의 싸움이 아니라 굉장히 다양한 방식의 문화 게릴라전이 가능하다는 걸 경험했잖아요. 이런 문화

게릴라전은 재미있는 놀이 같은 것이기도 해요. 이것을 성숙하고 다양한 층위로 이끌 수 있는 조건들이 필요하겠지요. 저도 청년 세대들하고 이후 세대들에게 어떤 놀이가 필요할까, 구상을 하고 있어요. 이걸 생각하면 행복해져요.

저만 그런지는 모르겠지만 눈을 뜨는 순간 한 생이 시작되고 밤에 눈을 감는 순간 한 생이 끝나는 것 같아요. 사실 매일 죽고 매일 태어나는 거죠. 서양력을 중심으로 사는 달력 날짜에는 큰 의미가 없어요. 중요한 것은 새해든 생일이든, 새로운 출발, 재충전할 수 있는 기점들을 만들 필요가 있다는 거지요. 새로운 전기들을 만드는 개인들의 기념일들이 많아지면 좋을 것 같아요.

저는 아직도 이루고 싶은 것들이 많아요. 제 작품들을 세상에 내보내면서 다양한 사람들과 소통하길 바라죠. 그 소통이 우리가 살고 있는 현실, 사회, 제가 몸담고 있는 공동체, 꿈꾸는 다양한 공간에 긍정적이고 자율적인 영향을 미치길 바라죠. 앞으로, 특히 소설로 보여주고 말 걸어야 하는 것들이 정말 많다는 걸 느끼고 있어요.

김선우 선생님의 섬세하면서도 다부진 말씀에 내내 고개를 끄덕이면서도 한편으로는 가슴 한쪽이 찔렸습니다. 김선우 선생님만큼 뜨겁게 살고 있지 않다는 느낌이 들었기 때문이죠. 저와 헤어지고 젊은 친구들을 만나러 가는 김선우 시인의 뒷모습을 하염없이 쳐다보면서 젊게 산다는 건 과연 뭘까, 생각해보았습니다. 몸만 젊었지 마음은 다 늙어빠진 채 싸늘한 웃음을 흘리던 제 얼굴에 차가운 땀이 흘러내렸습니다.

그리고 얼마 뒤, 영화 〈바더 마인호프〉울리 에델, 2009 을 보면서 다시 김선우 시인이 떠올랐습니다. 영화 속에는 유럽의 68혁명 때, 수많은 젊은이들이 거리로 뛰어나오는 장면이 나옵니다. 그들의 나이와 감수성은 저와 그리 다르지 않기에 그들의 콩닥거림이 제 안에도 있는 것 같았습니다. 김선우 시인이 젊은이들에게 일깨워주고 싶은 것도 이런 싱그러움이 아닌가 싶었죠. 당시 젊은이들이 어떻게 살길 원했고, 어떤 세상을 바라면서 거리로 나왔는지, 지금의 저는 어떻게 살길 꿈꾸는지 곰곰이 생각해봅니다.

한국에도 68혁명과 비슷한 일이 있었습니다. 바로 촛불시위죠. 김선우 선생님이 쓰신 《캔들플라워》를 읽으면서 촛불시위를 더듬어봅니다. 선생님은 이 책에서 촛불시위를 '새로운 생명감각'으로 보시더군요. MB정책에 반대하거나 미국산 쇠고기를 먹기 싫어서 문제의식을 갖고 광장에 나온 사람들도 있겠지만 수많은 사람들은 그 어느 때보다도 평화로운 모습으로 모였습니다. 이건 이제껏 보이지 않던 '생명에 대한 예의'가 솟아났기 때문이라는 거죠.

저는 촛불시위 당시 군대에서 텔레비전을 통해 봤고 그러면서 여러 생각에 잠기곤 했습니다. 솔직히 말하면 처음에는 촛불들을 보며 황당했어요. 이게 뭐지? 10대들이 교복을 입고 촛불을 드는데, 이것이 어떤 일을 일으킬지 헤아리지 못한 채 심드렁하게 쳐다봤죠. 또 오랫동안 냉소에 찌들었던 몸에 군복까지 걸치고는 저게 과연 무슨 의미가 있을까, 싶었습니다. 그래서 세상이 변하겠니? 안 변해. 끄떡없다니까. 억울하면 출세하고, 미국산 쇠고기 안 먹으면 되잖아, 이런 망상들을 하기도 했죠. 그러나 아무리 자기합리화를 해도 찝찝함은 가시질 않더군요. 사회에는 문제가 있고, 가만히 있으면 제 침묵이 부메랑이 되어 돌아온다는 생각에 소름이 목덜미를 덮어버리더군요. 닭살들을 털다보니, 어느새 촛불시위는 끝났고, 전과 별로 다르지 않는 세상이 펼쳐지고 있습니다. 왜 세상의 엉망은 쉽게 변하지 않는 걸까요? 선생님과 만나며 사회의 부조리함에 저의 무관심과 침묵이 있었다는 걸 새삼 반성하고 또 반성합니다.

2

삶을 깨우치는 공부,
공부는
자기 인생에 대한 탐구다

고미숙 선생님에게
'공부와 건강의 중요성'을 배우다

⫾⫾⫾⫾ 고미숙

⫾⫾⫾⫾ 고전을 지금, 이곳으로 불러서 새롭게 해석하는 '고전평론가'. 연구공간 '수유+너머'를 만들어 제도권 밖에서 새로운 우정과 학문의 공동체를 일궜다. 저서로 《비평기계》《한국의 근대성, 그 기원을 찾아서》《인텔리겐차—지금·여기 우리 지식인의 새로운 길찾기》《고전문학사의 라이벌》등이 있다.

'수유+너머'는 사회과학과 고전문학은 물론 과

학에서 예술, 영화에 이르기까지 온갖 분야의 공부꾼들

이 흘러 들어오는 연구소입니다. 10여 년 전, 공부와 밥

과 우정이 어우러진 풍경을 그렸던 여러 선생님들이 뭉

쳐 오늘에 이르렀지요.

그 가운데 고미숙 선생님은 눈 맑은 동지들과 뜻을 모아

수유+너머를 처음 일군 농부로서 오늘도 공부란 텃밭

에 씨를 뿌리고 김을 매고 계십니다. 그들이 애써서 거둔

열매들 덕에 수많은 사람들로 하여금 손에서 책을 놓지

못하게 했죠.

선생님은 몸에도 좋고 맛도 좋은 지식열매들이 사회에

더 퍼져나가길 바라는 마음으로 여러 강의를 하고 있습

니다. 또한 젊은이들에게 인생 공부의 중요성을 일깨워

주고, 삶과 앎을 일치시키라고 말을 거십니다. 늘 팔팔하

게 세상공부를 하시는 선생님을 만나 이야기를 들어보

았습니다.

경제는 어렵고 정치는 혼란스러워 많은 사람들이 답답해하고 있습니다. 선생님께서는 공부를 하시면서 세상을 읽어내시는데, 어떠한 전망을 갖고 계신지요?

IMF 이후 삶이 크게 바뀌었잖아요. 그런데 2008년 말부터 다시 패러다임이 바뀌는구나, 큰 운이 바뀌는구나, 이런 느낌을 받고 있어요. IMF 이후 사람들이 생각했던 삶과 행복의 가치가 다 붕괴되면서 단순히 돈을 중시하는 수준을 넘어 펀드, 주식, 부동산을 중심으로 삶이 재편되었잖아요. 지금은 이게 무너지고 있어요. 사람들이 다 어렵다 하는데 저는 오히려 이렇게 허물어지는 게 축복이라고 생각해요. 자격증 같은 도구화된 지식을 얻으려 하기보다는 게 뭔지 알려고 하는 공부가 늘어나고 있거든요. 이젠 정말 허황한 신기루를 좇지 않고 자기 몸에서 시작하는 공부, 자기에게 맞는 경제활동과 삶을 구성할 수 있는 기회가 열렸다는 생각이 듭니다.

🎤 그래도 자신이 붙들고 있던 게 무너지니까 많은 사람들이 아파하고 있는데, 그것을 축복이라고 말씀하시니 무척 놀랍네요.

그동안 붙들고 있었던 게 무너지니까 많은 고통을 동반하겠지요. 삶의 기반이 붕괴되는 과정에서 생기는 수많은 균열과 상실을 감내해야 하니까 상당히 힘들죠. 제가 축복이라 한 것은 마음이 편해질 거라는 게 아니고 이제 고통을 감내할 만한 가치가 생겼다는 뜻이에요. 이걸 감내하면 허황한 가치에 의존하지 않고도 어떤 상황에서든 당당히 살 수 있지요. 우리가 기존에 생각했던 행복의 기준으로 보면 행복할 것 같은 사람이 행복하지 않아요. 다 가진 사람도 행복하지 않아요. 그건 망상에 의존한 행복이었어요. 이걸 우리가 다 알고 있거든요. 주식이 대박난 사람이나, 부동산에서 성공한 사람들, 절대로 행복하지 않아요. 그걸 따라간 사람은 더 행복하지 않지요. 몸이 익숙하고 편했을지는 몰라도 그 편안함은 마약 같은 거였죠. 이걸 떨치기까지 굉장한 고통이 동반되겠지만 충분한 가치가 있다고 생각해요.

🎤 선생님 말씀처럼 위기가 기회일 수 있지만 이런 아픔을 조금 더 부드럽게 넘기는 방법은 없을까요? 많은 사람들이 변화하려면 시간이 필요할 것 같습니다. 고통을 덜 겪을 수 있도록 부드럽게 전환이 되면 좋겠다는 생각이 드네요.

저는 오히려 부드럽게보다는 정면으로 돌파할 수 있는 비전이 필요하다고 생각해요. 정치 지도자나 지식인들, 사회를 이끌어가는 사람들은 평범한 서민들이 자기 고통의 뿌리를 알 수 있게 하고 거기서 시작할 수 있도록 도와줘야 해요. 우리에게는 불행히도 그런 정치 지도자나 지식인 그룹이 형성되지 않았어요. 그게 가장 큰 문제죠. 젊은이들은 이 상황에서 어디에도 기댈 데가 없으니까 스스로 질문을 하고 답을 찾을 수밖에 없어요. 거품을 걷어내고 나면, 처음부터 다시 시작할 수 있지요. 중년층도 마찬가지고요.

제도에 기대지 말아야죠. 왜 기댑니까? 요즘 말로 생까야죠. 그러면 됩니다. 기성 권력이나 기성의 질서는 법이나 제도로 사람들을 유혹하고 협박해요. 제도의 편안함으로 유혹하고 어기면 벌을 받고 실패한다고 겁을 주죠. 제도는 허황되고 삶을 풍요롭게 해주지 않잖아요. 이것밖에는 없는가? 그렇지 않아요. 거꾸로 생각해보세요. 제가 대학을 다닐 때와 비교하면 지금은 정말 풍요로워요. 저희 때는 야학을 하면, 판자촌에서 간신히 건물 하나 얻어서 칙칙한 불 하나 켜고 했거든요. 그래도 끼니 때우는 일부터 판자촌 아이들에게 네트워크를 해주는 것까지 모두 가능했어요. 지금은 그렇지 않잖아요. 공간도, 먹을 것도 참 많습니다.(웃음) 또 예전에는 먹을 것도 부족했어요. 가난하고 아르바이트할 데도 없을 뿐 아니라 토큰 하나로 살아야 하고, 토큰 하나 없어서 걸어 다니는 경우도 많았고요. 그래도 젊었기에 위축되지 않았거든요. 지금은 끼니 절대 안 굶습니다. 젊음만으로도 세상에 걸릴 게 없어야 해요.

먹을 게 있고 만날 사람이 있고 뜻을 펼칠 공간이 있다면 그것만으로도 뭐든지 할 수가 있어요. 거기서 더 나아가서 세상에 사람 인연만 있으면 두려울 게 있습니까? 그 연으로 의식주 해결하고 자기 뜻을 펼칠 공간이 열리잖아요. 이걸 활성화시키면 제도나 법에 전혀 의존하지 않고도 지금보다 훨씬 풍요롭게 살 수 있어요. 사람들이 모여 있으면 절대 굶지 않아요. 가난한 사람들이 모이면 어떻게든 먹고삽니다. 그런데 어설픈 부자들은 굶어요. 돈 있어도 굶게 돼요. 근본적으로 생각한다는 건 이렇게 일상의 주변 자체를 뒤집어엎는 거를 말해요.

언론에서는 20대를 두고 불쌍하다거나 패기가 없다고 하는데요. 선생님은 언론의 그런 평가에 대해 어떻게 생각하시나요?

연구소에 대학생 프로그램이 있어서 젊은 친구들을 만나요. 부모와 학교와 국가의 배려 속에서 화초처럼 자란 세대라고 생각해요. 겉으로는 정말 멀끔하고 잘 빠졌는데, 속은 완전히 곯았어요. 건강도 너무 안 좋고요. 젊음은 봄에 대지를 뚫고 올라오는 싹처럼 건강해야 하는데 기성세대가 젊은 세대에게 뭔가 잘못 배려했다는 생각이 들어요.

올봄에 튼 싹은 작년의 싹과 달라요. 지구는 단 한 번도 동일한 방식으로 봄을 연출하지 않았어요. 수억 번의 봄, 여름, 가을, 겨울이 모두 다 달랐거든요. 봄이 되어 움이 나올 때, 지구는 단 하나의 생명의 꽃을 피우는 거예요. 따라서 우리는 봄을 수십 번 맞아도 지루하지 않아요. 눈 오면, 또 오네가 아니에요. 이 눈은 이전의 눈과 동일하지 않으니까요. 젊음도 그래야 하거든요. 젊은이가 마치 수십 번의 청춘을 겪은 것처럼 보인다면 이상한 거죠. 그런데 돈밖에 모르는 부모들이 그렇게 만들어버렸어요. IMF 때 자라난 세대잖아요. 그 기운에 의해서 움 트기 전에 땅속에서 짓밟혔어요. 양기를 다 빼앗겼어요. 부모가 예쁘고 경쟁력 있는 신체를 가져야 한다고 한 거죠. 그래서 요즘 애들은 부모를 전혀 안 닮았어요. 다리가 그렇게 길 수 없어요. 부모는 짜리몽땅한 한국인인데, 자식은 서양 사람처럼 쭉 뻗었다? 이건 출생의 비밀이에요. 이게 어떻게 진화론에서 가능해요. 그런데 어떻게 가능하냐? 부모가 그걸 전폭적으로 지지하고 열망했기 때문이에요. 내 자식의 신체가 그래야 경쟁력 있다는 신앙이 그렇게 만든 거예요. 예쁘고 늘씬하면 뭐해요? 그 속에 자기 기운이 없는데. 대한민국에서 자랄 수 있는 신체가 아니에요. 그러니 자기 내부와 네트워킹이 안 되고 건강이 안 좋은 거예요.

정신 건강이 안 좋은 건 몸이 안 좋은 결과예요. 거꾸로가 아닙니다. 몸이 건강한데 정신은 건강하지 않다? 동양의학에서는 불가능해요. 정신줄 놓은 사람 진짜 많아요.(웃음) 옛날에는 70~80대 노인들에게나 하던 말인데, 요즘엔 20대들이 자기들끼리 그런 말을 해요. 무의식적으로 느끼는 거죠. 자기들 몸을 반영하는 거거든요. 젊은이들의 몸이 약한데, 특히 어디가 약하냐? 하체가 약하고 간과 신장이 약하죠. 그러니까 다리가 그렇게 길고 기운이 위에 떠 있죠. 그게 정신병을 낳는 거예요. 열이 위로만 떠서 밑과 교신이 안 되잖아요. 소통이 안 된다, 안 된다 하는데, 20대들의 신체를 보면 소통의 부재가 뭔지 그대로 알 수 있어요. 내 몸 안에서 소통이 안 일어나는데, 어떻게 외부와 소통을 하겠어요. 내 몸에서 소통이 돼서 하체는 따뜻하고 머리는 차가워야 건강해지는 거거든요. 머리는 뜨겁고 하체가 차가워지면 하체는 하체대로 상체는 상체대로 붕괴가 일어나요. 그런 사람들이 어떻게 누군가와 정직하게 대면을 하겠어요? 눈을 똑바로 보고 대화를 하지 못해요.

책을 읽어도 그걸 전부 자기 방식으로 망상해버려요. 책을 읽어도 위험하고 안 읽으면 아무 생각이 없어지니까 또 위험하죠. 예전에는 공부를 안 하면 사람이 순박했어요. 천진하다는 게 그런 거였어요. 지금은 책을 안 읽으면, 미망에 사로잡히게 되어 있어요. 시골에 살아도 인터넷과 게임 이미지에 노출되기 때문에 천진하기 어려워요. 요즘 책을 안 읽는다는 건 건강하고 야생적으로 들과 산으로 돌아다니는 게 아니라, 매일 핸드폰으로 문자를 보내고 인터넷으로 게임을 한다는 얘기예요. 책을 읽는 게 생존권 확보처럼 되었어요. 밥 대신 패스트푸드만 먹으면 위험한 것처럼, 책을 안 읽으면 내 인생에 해로운 걸 하게끔 하는 세상이거든요. 그러니까 몸이 곯죠. 농담으로 얼굴은 20대인데 몸은 70대구나, 이렇게 얘기하면 다 동의해요. 그 정도로 몸이 안 좋아요. 요만한 씨앗이 두꺼운 땅을 뚫고 나오는 게 얼마나 경이로워요. 그런 기운이 10대, 20대에 있어야 하거든요. 그런데 다 피어버린 꽃 같은, 늦여름의 화초 같은 느낌이 들어요.

🎤 **20대들이 어떻게 하면 자신의 몸과 정신을 회복할 수 있을까요?**

굉장히 많은 길이 있죠. 우선 자기가 길들여져 있는 조건, 가족과 제도, 학교를 포함해 모든 것에 대해서 근본적으로 질문을 하고 일상을 재배치해야 해요. 자기 일상이 어떻게 흘러가는지 점검해보면, 그동안 얼마나 엄마한테 길들여져 있는지 알 수 있어요. 엄마가 거의 모든 걸 해주고 있거든요. 윗세대들은 부모에게 자상한 보살핌을 받아보지 못해서 자식들에게 엄청나게 배려해줬어요. 열 살까지는 보호가 필요할 수 있는데, 열 살도 안 된 아이에게 쏟을 관심을 20대에게도 하고 있고 20대도 그걸 당연하게 여겨요. 이걸 끊어야죠. 그렇지 않으면 야생적인 청춘을 불태울 수 없지요.

공부를 하면서도 '학교에서 배우는 게 도대체 무엇을 위한 것일까?' '학점을 따기 위해 이렇게 노력을 해야 하나?'와 같은 질문을 해야죠. 그게 아니라면 이 공부가 아닌 다른 공부를 구성해야죠. 학교에다 요구해봤자 소용이 없어요. 1980년대처럼 학생회관에 모여 스스로 구성해야 해요. 그때는 보직교수는 말할 것도 없고 안기부와 짭새의 온갖 억압과 감시 속에서도 수십 개의 동아리가 열렸잖아요. 금서라면 더 읽었어요. 오히려 더 치열하게 싸웠죠.

근데 지금의 대학은 그렇지 않잖아요. 대학을 자유의 공간으로 써야죠. 그렇게 못하는 이유는 무엇인가? 내가 손해 보는 게 두렵기 때문이에요. 내가 이걸 하는 동안 친구들이 학점을 더 따서 성공하면 어떡하지? 이런 생각을 하고 있어요. 그런데 그 성공이란 것도 너무 빈약해요. 굉장한 비전이 있다면 경쟁을 하는 것도 나쁘지 않은데, 기껏해야 정규직 되고 연봉 더 받는 거예요. 그 손해가 싫어서 고민하고 행동하지 못하는 거죠. 젊음이란 게 이보다 더 초라할 수 없죠. 이걸 끊어야 합니다.

🎤 선생님 말씀처럼 자유의 공간에서 책을 읽으며 스스로 생각하고 행동해야 하는데, 아시다시피 지금의 20대들은 경제적인 어려움 같은 현실에 놓여 있거든요. 이런 상황에서 저항하는 건 꽤 힘든 일이 아닐까요?

20대가 힘들다고 하지만, 그들의 생활을 살펴보면 소비 위주로 되어 있어요. 돈 없고, 실업률이 높고, 살기 어렵다는 말도 맞지만 실제 물적 토대를 활용하는 자체가 열심히 일해서 책을 사는 게 아니라 옷 사고 핸드폰 바꾸는 데만 정신이 팔려 있어요. 돈이 있건 없건 최신 핸드폰 신형 나오면 바꿔야 한다는 게 골수에 박혀 있거든요. 1980년대에는 부잣집 애들도 1년 내내 검게 물들인 군복을 입고 다녔어요. 일부러 빈티를 내야 지성이라고 했을 정도였지요. 요즘 가난한 아이들은 절대 가난한 티를 안 내요. 사실 이래서 더 예속이 되는 거잖아요. 가난을 긍정하고 겉으로 드러나는 그까짓 거 아무것도 아니다, 그렇게 가야 하는데 반대로 가리는 쪽으로 가고 있어요. 이것 자체는 문제가 아닌데, 이것이 나를 건강하고 활기차게 해주냐 물었을 때 아니란 거죠. 자신이 건강하고 활기차다면 아주 좋은 일이에요. 젊음을 제대로 살고 있는 뜻이니까요.

정답이 책이다, 공부다, 이런 게 아니라 이것이 내가 능동적으로 선택한 것이냐를 물어야 한다는 거예요. 광고에 현혹돼서 남의 욕망을 내 욕망으로 받아들인다면 내가 노예가 되길 선택한 거예요. 그런데 어떤 젊은이도 '너는 노예다'라고 하면 좋아할 리 없죠. 자존심 안 상하면 이상하죠. 노예로 살고 싶은 사람은 없어요. 그럼 나는 자유로운가? 이 핸드폰이 나를 자유롭게 해주는가? 이 게임이 나를 자유롭게 해주는가? 쾌락을 주는 게 그렇게 많은데 자유롭고 행복한가? 이렇게 다시 물어야 해요. 자유로우면 해야죠. 법으로 말려도 소용없습니다. 이렇게 질문을 해나가면서 이 길이 아닌가 보다, 라고 생각한다면 자유를 얻기 위해 몇 년을 걸어보겠다는 배짱이 있어야 해요. 테크놀로지로 하는 건 그렇게 중요하지 않아요. 지금 컴퓨터를 못한다고 뒤떨어질까? 전혀 그렇지 않습니다. 기술은 계속 개발되기 때문에 산에 살다 내려와도 업데이트된 거 따라갑니다.

결국은 사람 관계에서 내공이 결정되는 거예요. 인간이 개입하는 영역이 점점 줄어들기 때문에 그것을 사용하는 사람들과 결합하고 헤쳐 모여를 하게 되지요. 기계와 문서를 잘 다루려고만 애쓰는 건 내가 기계의 노예로 살겠다는 선언입니다. 영화, 음악에 대해 잘 몰라서 사람들과의 대화에 끼지 못한다고 불안해하죠. 막장 드라마가 자주 방영되는데 그거 안 봐도 본 것과 마찬가지예요. 그것을 본다고 흐름과 유행을 따라가는 건 아니거든요. 진짜 크고 깊은 눈으로 볼 수 있어야 해요. 그걸 못해서 지금 금융이 이렇게 된 거잖아요. 잘난 사람들이 예측했는데 왜 그렇게 된 거냐고요. 전 세계 최고 엘리트, 관료들이 다 모여 있는데, 10년은 고사하고 1년을 못 내다보잖아요. 자기들 능력에서 벗어나 있는 거죠.

결국, 제어할 수 없는 환상이 재앙을 불러왔다면, 앞으로는 무엇을 읽고 공부해야 하는가? 질문을 던져봐야죠. 욕망이 어떻게 흘러가는지를 읽어야 해요. 그건 곧 인간을 이해하는 거고, 이 세상을 이해하는 거죠. 인간은 따로 존재하는 게 아니라 시공간, 봄, 여름, 가을, 겨울, 풍한서습風寒暑濕이라는 대기의 흐름 속에서, 사회 조건 안에서 욕망을 구성하거든요. 이를 알아간다면 자기 존재에 대한 질문이 풀릴 거예요. 내가 왜 이렇게 망동하지? 내가 왜 이런 것들을 보면 참지 못하지? 이것이 내 신체에 어떤 영향을 미칠까? 이것을 알기 위한 과정이 통찰이에요. 이게 안 되면 자기 안에서 소통이 안 되기 때문에 타자를 자기 안에 받아들일 수 없어요. 인간이 타자와 소통하지 못하면 성숙할 수 없지요.

사람은 나이가 들어가면서 겨울로 향해가잖아요. 젊은 날의 씨앗이 싹과 꽃을 피우다가 겨울이 되면 다시 씨앗으로 수렴해서 땅으로 들어갑니다. 그런데 20대 때의 씨앗이 제대로 자라지 못하면 자폐증, 우울증, 암이 생기게 돼요. 내 안의 내가 소통을 거부하고 왕성하게 자라면서 다른 세포를 잡아먹을 때 병이 생기는 거죠.

그러니 자기 자신에서 시작하면 돼요. 나는 어디가 아픈가? 왜 주기적으로 아픈가? 나는 무엇 때문에 번뇌를 하는가? 연애가 안 되기 때문인가? 친구들과 잘 지내지 못해서인가? 그럼 나는 왜 그런 친구들밖에 안 만나는가? 나는 왜 인복이 없는가? 나는 왜 재수가 없는가? 모두 자기의 몫이에요. 만약에 이유를 자기 밖에서 찾는다면 그건 나는 내 삶의 주인이 아니라는 뜻이에요. 밖에서 다 정해지면 평생 남 때문에 사는 거죠. 억울하지 않나요?

모든 스승들은 자기가 겪는 괴로움을 질문으로 바꿨어요. 부처님이 그랬잖아요. 왜 인간은 태어나서 병들고 죽는가? 그게 너무 괴로웠기 때문에 출가를 한 거고 그 의문을 풀기 위해 자기 몸을 관찰했거든요. 부처님 설법이 온 우주를 포괄하지만 내용은 한마디로 '내 몸을 관찰해라'입니다. 몸 어디가 아픈지, 기운이 어디로 가는지, 왜 404가지 병을 앓게 되는지, 번뇌가 왜 108번뇌인지, 봐라 이거거든요. 예수님 말씀, 공자님 말씀도 모두 마찬가지예요.

🎤 선생님 말씀처럼 젊은이들이 우리 사회의 희망을 일궈야 할 텐데요. 젊은이들에게서 어떤 희망을 보시나요?

이제는 대학생들이 공부를 하고 새로운 돌파구를 찾고 있어요. 대학에 오면 달라질 거라고 생각했는데, 안 달라지니까 절망스러웠겠죠. 그래서 저희 연구실에도 많이 오는 것 같아요. 예전에는 주로 나이 드신 분들이 오셨는데, 지금은 젊은이들이 많이 와요. 대학 안에 새로운 흐름이 싹트기 시작했는데, 그걸 어떻게 북돋아줄 것인가, 저 같은 중년들의 몫이 있는 거죠.

지금 10대들이 대학에 갈 때는 당당히 자기들 힘으로 대학 사회를 바꿀 수 있어야 하겠지요. 봄에 산을 가보면, 1주일 전만 해도 겨울이었는데 싹들이 시퍼렇게 올라오는 게 보여요. 아마 젊은 이들도 그렇게 불만 지펴주면 들불처럼 일어날 거라고 봐요. 단계적으로 가는 게 아니에요. 1980년대에도 그랬지만 하나의 징조도 없다가 갑자기 뒤집혀요. 땅속에는 뭔가 일어나고 있는 거예요. 어제까지 용기를 내지 못하다가 다음 순간에 갑자기 확 치고 나가는 게 있거든요. 그게 인생역전이죠. 저는 그것을 믿어 대학생들 프로그램을 만들었고, 대학생들이 부응해서 온 것이니 그 자체가 시작이라고 생각하죠.

신자유주의 자본은 맹목적 증식을 위해서 국경, 민족, 오프라인, 온라인, 성별, 모든 경계를 깨면서 상품을 만들었거든요. 우리도 그 조건을 역이용해서 우리를 붙잡고 있던 규범과 코드 경계들을 진짜 삶으로 격파하는 거지요. 모든 존재는 공부를 해야 한다, 공부는 자기 존재와 몸, 자기 인생에 대한 탐구다, 이걸 통해 세상 전체와 소통해야 합니다. 그러기 위해서는 돈 벌려고 여기저기 다닐 게 아니라 어떤 낯선 타자와도 바로 그 자리에서 삶에 대해서 실험을 할 수 있어야 합니다. 타자 속에 자기와 함께하는 동료들을 보고 세대적 일치를 이뤄야 해요.

대학생들은 대학생들끼리 세대적 일치를 이뤄야 하죠. 대학 안에 엄청난 경계가 있잖아요. 명문대, 비명문대 이러한 내부 경계를 다 깨야 해요. 학벌이 주는 제약, 서울대와 비서울대, 지방과 서울,

이건 차이가 아니라 기득권에 의한 강요된 차별이에요. 이걸 넘어서서 어떤 세대, 어떤 타자와도 소통할 수 있는 그런 힘을 키워야 하죠. 인터넷 속에서 허구적으로 경계를 깨는 거 말고 진짜 삶에서 바꿀 수 있어야 해요. 자신의 무의식 속에 엄청난 차별들이 있어요. 사랑에 대한 고정관념도 엄청 많아요. 사회에서 진보를 외치며 세계 평화를 위해 일하는 사람도 자기 안에 일어나는 사랑과 성에 관해서는 엄청난 차별을 갖고 있잖아요. 이것하고도 싸워야 하죠. 그러면 앎이 나를 자유롭게 하는 위치에 도달하는 거죠. 그것이 구도요, 수행이요, 공부의 끝이자 시작이라 생각해요.

선생님은 책 《호모 에로스》에서 사랑도 공부임을 무척 강조하셨습니다. 여러 다른 책에서도 자신의 몸은 자신이 주인이어야 한다고 힘주어 얘기하셨는데, 왜 그렇게 공부가 중요한 것이죠?

존재하는 것 자체가 곧 공부니까요. 지금까지 사람들은 번뇌를 앓는 영역은 종교인들에게 맡겨놓고 몸이 아프면 의사에게 달려갔죠. 내 몸의 주인은 의사, 내 영혼의 주인은 목사님이나 스님이라고 보는 게 현대인들이 살아가는 방식이라고 생각해요. 근데 내 몸과 영혼의 주인은 바로 나예요. 나 자신에 대해 공부를 해야 하지요. 공부는 지식을 위한 도구가 아니라 내 존재의 해방과 자유를 위한 길이에요. 여기는 외부가 없어요. 어디까지는 내가 하고 나머지는 스님과 목사님 몫이 아니에요.

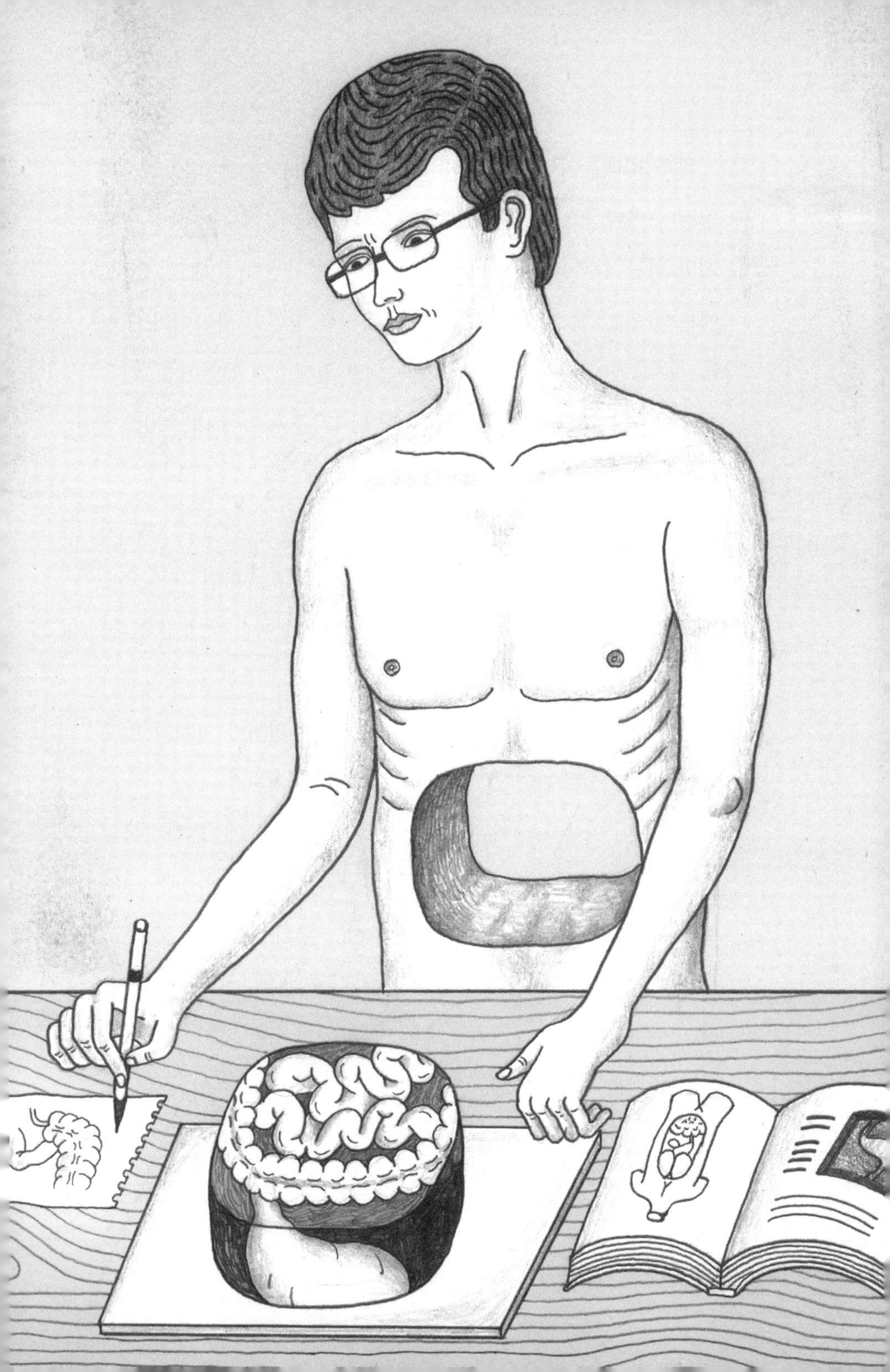

많은 10대들이 성이나 사랑 문제로 고민하는데 왜 이건 공부의 영역이 아니라고 생각할까요? 왜 학교에서는 알려주지 않고 못하게만 하는 걸까요? 사실 선생님도 자기 앞가림을 못해요.《호모 에로스》를 쓰게 된 것도 은밀하고 내밀한 영역인 사랑이라고 하는 것, 그거야말로 공부 영역이라는 걸 말해주고 싶었어요. 나를 힘들게 하고 내가 정말 원하는 거라면 이거를 풀어야 내가 자유로워지죠. 이것 안에 우주가 다 담겨 있어요.

골골한 사람에게 질병은 중요한 화두잖아요. 그러면 스스로 의사보다 질병에 대해서 더 알려고 해야 해요. 그냥 병원 가서 수술하고 한약방 가서 약을 먹으면 자기가 어디가 아픈지 몰라요. 공부를 해서 약을 스스로 달여 먹으며 스스로 자기 몸을 구원해야 해요. 아픈 만큼 지식을 얻잖아요. 의사는 아니지만 자기와 비슷하게 아픈 사람에게는 엄청난 지혜를 줄 수 있거든요.

저희 연구실에서 의학은 전문 영역이 아니라는 것, 의학이야말로 보편적 학문이라는 것, 내 존재의 구원은 종교인의 전문 영역이 아니라는 걸 알리는 작업을 할 거예요. 부처님도 나를 못 구하는데, 목사님이나 스님이 어떻게 구하겠습니까. 자기 몸, 자기 정신 모두 자기 스스로 구해야 해요. 그럼 자기 몸을 자기가 고치고 자기 번뇌를 자기 스스로 풀어나가는 공부란 무엇인가? 요약을 한다면, 자신의 몸과 마음을 해방시키는 도정인 거예요. 연애, 성욕은 사적인 게 아니에요. 같이 풀어가야 하는 거예요. 은밀하게 숨겨야 하는 건 없습니다.

공부할 게 너무 많아요. 공부를 하면 세상이 열리고 내가 모르는 것이 확 열려요. 공부를 해서 뭘 아는 게 아니고, '이걸 몰랐구나'를 알아요. 무지해서 고통스러운 게 아니라 공부할 게 많아서 너무 행복한 거예요. 저는 《열하일기》를 통해서 글쓰기와 여행, 삶이 일치하는 길이 있다는 걸 알고 굉장한 놀랐어요. 그 이후에 《동의보감》과 의역학을 배우면서 몸과 우주가 직통한다는 걸 알게 되었죠. 공부는 다음 생애까지 해도 끝이 없어요. 그걸 생각하면 정말 부자가 된 것 같아요.

어제 《임꺽정》 강의를 했는데, 《임꺽정》 인물들의 삶을 보니까 젊은 세대에게 해주고 싶은 얘기가 너무나 많아요. 비정규직 얘기, 우정의 네트워크, 야생 기질……. 연애도 너무나 야생적이고 여성들 목소리도 아주 세요. 우리가 조선을 그런 식으로 배우지 않았잖아요. 완전히 다른 세상이에요. 우리가 조선시대는 이랬다, 저랬다며 얼마나 많은 내적 경계를 갖고 있는지. 모두 지식이 갖는 망상이에요. 《임꺽정》을 읽고 정말 행복해서 강의를 열었는데 굉장히 많은 분들이 오셨어요. 《임꺽정》 인물들이 어떻게 먹고사느냐 얘기하면서 이 시대 비정규직과 청년실업을 얘기하는데, 강의를 하는 저도 정말 즐겁고, 듣는 분들도 여유가 생기는 것 같았어요. 모든 사람이 정규직이 되고 평생 직장을 갖고 일해야 할까? 비정규직이 정규직에 비해 차별받는 상황만을 보면, 비정규직의 억울함만을 이야기하게 되잖아요. 물론 비정규직 차별은 투쟁을 해야 하지만, 모든 사람이 정규직 자체를 목표로 삼을 필요는 없어요.

거기 나오는 인물들은 고정된 직업이 없어요. 그것을 갖고 싶어 하는 생각도 없어요. 그래도 자기들이 하고 싶은 짓은 다해요. 우리는 그 인물들보다 신분도 높고 사회권리도 많고, 물적 기반도 많은데, 왜 이 모양으로 사느냐 말이에요. 조선시대는 지금보다 열악했고, 그들은 천민이었어요. 부모도 일찍 죽고, 전염병도 돌았어요. 그런데 그들에 비해 현대인들이 훨씬 불행하게 사는 거예요. 이걸 볼 때마다 막 배짱이 생기는 거죠. 청년들에게 배짱 좀 키워라, 청년실업은 절대 부끄러운 일이 아니다, 100만 실업자와 함께하고 있는 거다. 이렇게 이야기를 해주고 싶어요. 중년 가장들도 명예퇴직 당하는 게 가족에게 수치스러운 일이 아니라고요. 3~4명 같이 살면서 왜 가장만 그렇게 죄의식을 가져야 하냐고요.

임꺽정은 자존심이 엄청 센데, 가장으로서 책임이 전혀 없어요. 그리고 가족 구성원들도 남자가 돈을 벌어야 한다는 생각도 없어요. 서로 편한 거예요. 능력만큼 일하고 놀고 싶을 때 놀고, 그러면 가족관계가 좋아지지요. 10년, 20년 다니다 회사에서 퇴출당

하면 가족들 앞에서 얼굴을 못 들고 공원으로 가는데, 20년 했으니까 좀 쉬어야겠어, 이렇게 생각을 해야죠. 그동안 잘 먹고 살았으니까 쓸데없는 소비를 줄이고 외식도 줄이면서 벌이가 생길 때까지 개별적으로 알바를 해서 생활한다고 생각하면 얼마나 재미있겠어요. 그런데 기러기 아빠가 되어가지고 1억씩 만들어 보내느라 힘들어서 자살하고, 이건 정말 슬프게 웃긴 일이에요.

씁쓸한 일이지만 이것이 오늘날 한국의 현실이고, 많은 사람들이 그 흐름대로 살아가고 있는데요. 그러한 희생과 헌신도 있어야 한다는 사람들도 많습니다. 어느 정도는 이해해야 하지 않을까요?

이건 이해를 해보려고 해도 도저히 동감해줄 수가 없어요. 그건 자기가 생각한 잘못된 척도에 의해서 희생당한 것이지 가족을 위해서나 의미 있는 가치를 위해서 희생한 게 아니에요. 공부를 하지 않았기 때문에 무지가 낳은 결과거든요. 왜 자식을 위해서 1억씩을 벌어서 보내고 그것밖에 못했다며 미안해하죠? 희생하면서 권리를 찾으려고 하면 너무 힘들어요. 파업이나 뭘 하려고 해도 애들 학원비를 걱정해야 되고, 내가 아니면 가족들이 당장 굶을지도 모른다며 불안해하죠. 사실, 굶지 않잖아요. 친구들끼리 도와주면서 얼마든지 먹고살 수 있어요. 내 친구가 파업 중이다, 걔네 집 애들 데려다가 밥 먹여야죠. 밥 먹이고 청소시키고, 동네에서 잘 뛰어놀게 하고, 그런 관계가 형성돼야지 몽땅 다 자기가 책임을 지려고 하면 안되죠. 지금은 주위 친구들이 불행해져도 전혀 책임지지 않잖아요. 자기 친구들의 자식이 불행을 겪는데 가만히 있으면 친구란 도대체 뭐예요? 왜 이렇게 꽉꽉 막혔을까요? 물질적 풍요를 더 누리고 더 거머쥐어야 한다는 걸 버려야 해요. 인간은 살아 있으면 재화 활동을 하게 되어 있어요. 간접노동이나 재화 활동을 어떻게 순환시킬 건지, 순환의 방식을 바꾸도록 상상력을 써야 돼요. 《임꺽정》을 보면 아무도 모르는 사람에게 집을 맡기고 시골로 내려가요. 그러고는 사돈에 팔촌과 같이 살고, 아무 연고도 없는 애들까지 데려다 키우죠. 그렇게 해도 불행하거나 뺏기는 게 없어요.

GDP를 올리고 문화를 뒤집고, 일자리를 인위적으로 창출하는 대신 상상력을 확대해서 네트워크가 확장되면 가난한 사람들도 지적인 풍요를 누릴 수 있어요. 예전에는 돈을 벌어서 공부하러 간다가 아니라 공부하는 지식인을 만나 그의 말을 열심히 들으면 최고의 지식을 배울 수 있다고 했잖아요. 이게 진정한 평등이지, 한 사람이 아파트 한 채씩 갖는 게 평등이 아니지요.

🎤 꿈이 있으시다면?

저는 부자들이 점유하고 있는 자산을 나눠야 한다고 생각해요. 내가 집 한 칸이 없고 내 아이들이 대학을 못 다니지만 1주일에 한 번은 고전강의를 즐겁게 들을 수 있다, 공부를 하고 싶으면 경제 부담 없이 밥도 얻어먹으면서 할 수 있다, 이런 조건들이 형성되면 아마 그렇게 열심히 돈을 안 벌걸요. 정말 필요한 게 이런 것이죠. 일용직 노동자나 기초생활수급자 분들의 생존권 보장도 중요하지만 아무리 사회적 분배가 이뤄져도 인류의 정신 자산이 그리로 흘러가는 건 쉽지 않잖아요. 가난해서 불행한 게 아니고 나를 경제만으로 표현해야 하기 때문에 불행한 겁니다. 저는 이걸 순환시키는 수많은 실험들을 해보고 싶고 그게 이뤄지길 바라죠. 그건 자금이 드는 일도 아니고 집을 많이 지어야 하는 일도 아니에요. 있는 지형지물을 이용하면 돼요. 지금 갖고 있는 걸로도 남아요.

뒤늦게 고백하지만 저는 고미숙 선생님에게 반했습니다. 툭하면 반하는 성격이라 이런 고백이 새삼스러울 것도 없지만《열하일기, 웃음의 역설과 유쾌한 시공간》그린비, 2003를 보면서 얻은 좋은 인상은《호모 쿵푸스》,《호모 에로스》를 거치면서 뜨거운 감정으로 봇물 터지듯 나왔죠. 어쩜 이렇게 맛깔나면서도 영양가 있게 글을 쓰시는지, 선생님 뒤에서 빛이 쏟아지는 느낌이었습니다.

그 뒤로 고미숙 선생님의 책만 보면 부지런히 집어 들었습니다.《나비와 전사》휴머니스트, 2006,《임꺽정, 길 위에서 펼쳐지는 마이너리그의 향연》사계절, 2009들을 읽으면서 생각의 키가 한 뼘쯤 자라지 않았나 싶습니다. 가볍지만 깊이 있는 선생님의 글들은 앎을 전달하는 것의 어려움과 중요성을 느끼게 해주었죠.

들뜬 기대로 만난 선생님은 자신의 책 제목처럼 전사이면서 나비같았습니다. 날카로운 말씀들을 해주시는데, 잘 벼린 칼을 휘두르는 전사 같았죠. 그러나 막무가내로 자신의 지식을 연장삼아 젊은이들을 비판하지는 않으셨어요. 나비처럼 가뿐하게 현실을 훨훨 날아다니며 젊은이들의 속사정을 잘 헤아려 주셔서 감사했습니다. 몸에 좋은 약은 입에 쓰고, 좋은 말은 귀에 거슬린다는 옛말이 떠오르더군요. 고미숙 선생님의 따끔한 말씀을 듣는 순간 속은 좀 씁쓸했지만 지금 제게 필요한 이야기였다는 깨달음과 함께 부끄러움이 몰려왔습니다.

또 선생님과 이야기를 나누면서 영화 〈패치 아담스〉톰 새디악, 1998가 생각났습니다. 영화 속 주인공은 자살 미수로 정신병원에 감금되지만 동료환자와의 만남으로 상처를 치유한 후, 의사로 새 인생을 살게 됩니다. 환자들의 몸 뿐만 아니라 정신까지 치료해주는 진정한 의사로 말이죠. 영화를 보면서 우리에게 진짜 필요한 치료는 어떤 것인지 생각해 보게 됐습니다. '20대 정줄놓'의 한 사람으로서 왜 때때로 욱하게 되고 기분이 싱숭생숭해지는지, 왜 철마다 몸이 으슬으슬하고 허튼 생각이 툭하면 솟구쳐 정신을 어지럽히는지도 돌아보게 됐죠. 고미숙 선생님께서 말씀하신 것처럼 이 역시 몸이 건강하지 않기 때문에 나타나는 증상일지도 모르겠다는 생각도 들었고요. 우리는 흔히 몸이 아프면 병원에 가서 약을 처방 받아 치료를 합니다. 근데 선생님께서 말씀하신 것처럼 몸과 마음은 하나로 연결되어 있기에 몸이 아플 수록 '나'에게 더 집중해봐야 할 것 같아요. 요즘 나에게 힘든 일은 무엇인가? 나는 어떤 것을 먹고 어떤 습관을 갖고 있는가? 이렇게 말이죠. 우리 모두 더 건강을 가꿔요!

3

인문학은 내가
내 삶의 주인이라는 걸
가르쳐주는 것

강신주 선생님에게 '인문학 정신'을 배우다

▓ 강신주

▓ 출판기획집단 문사철의 기획위원으로 쉽게 읽히는 인문
학을 지향하며 시민들을 상대로 강연을 하고 있다. 무위자
연을 이야기한 것으로 유명한 노자가 사실은 전체주의 사
상가라는 내용을 담은 《노자: 국가의 발견과 제국의 형이
상학》을 내면서 주목을 받았다. 저서로 《상처받지 않을 권
리》 《철학, 삶을 만나다》 《철학 VS 철학》 등이 있다.

누구나 행복하게 살고 싶어합니다. 그런데 행복하게

사는 사람은 드물죠. 행복하고 싶다고 입버릇처럼 말하지

만 잿빛 얼굴로 하루를 보내는 사람들이 너무 많습니다.

수많은 사람들을 만나고 연락하며 지내지만 혼자 있는 밤

이면 마음은 바람 빠진 풍선처럼 쪼그라들기 쉽습니다.

왜 이렇게 살아야 하는지 묻지만 답도 시원하게 안 나오

고요. 행복이란 것이 한정판매되는 상품처럼 몇 사람만

살 수 있는 것이기 때문일까요? 행복은 원래 쉽게 느낄

수 없는 것일까요? 저는 그 이유가 늘 궁금했습니다.

저와 비슷한 고민을 하는 이들이 많기 때문에 인문학을

공부하겠다는 사람들이 늘고 있는지도 모르겠습니다.

몇 년 전만 해도 인문학이 밥을 먹여주느냐는 소리가 왁

자했는데, 요즘은 주변에도 인문학의 중요성을 이야기

하는 사람들이 늘어나고 있네요. 인문학이란 무엇일까

요? 인문학을 공부한다는 것은 어떤 의미가 있을까요?

인문학을 왜 공부해야 하는 걸까요? 인문학을 공부하면

제가 늘 안고 있는 고민들을 조금은 해결할 수 있을까

요? 이런 질문들을 안고 철학자 강신주 선생님을 만나

봤습니다.

🎤 **인문학의 위기란 말이 나온 지 꽤 되었습니다. 이에 대한 선생님의 생각이 궁금합니다.**

흔히 제도권에서는 인문학과에 학생들이 지원하지 않는 걸 두고 위기라고 하잖아요. 학생들이 안 오면 과가 없어지니까요. 근데 이걸 두고 인문학의 위기라고 할 수는 없어요. 대학에서 자신들이 생계의 위기고, 직업의 위기니까 그렇게 말하는 거죠. 공부하는 동안 돈도 많이 들고 힘들었으니까요. 근데 인문학을 할 때는 돈과 권력에 벌벌 떨면 안 돼요. 두렵고 힘든 일이지만 누르려고 해야 해요.

지식인들이 학술진흥재단에서 돈을 받거든요. 안타까운 일이죠. 청나라 때, 명나라 한족 지식인들이 봉기를 일으킬까봐 《사고전서四庫全書》를 만들게 했어요. 강희제와 건륭제 때 모든 지식인이 국가 프로젝트에 편입되어 《사고전서》를 편찬하고 돈을 받았죠. 지성인으로 권위를 인정해주는 데로 들어가버린 거예요.

인문학은 수다 떨기라고도 할 수 있어요. 근데 청나라 때와 마찬가지로 사회 변화에는 침묵하면서 책상 앞에 앉아 연구랍시고 하는 거예요. 대중이 바라는 인문학과 지식인들이 하는 인문학에 간극이 생겨나는 거죠.

인문학은 대단한 게 아니에요. 단순해요. 긍정적인 희망을 주면 돼요. 사람들의 삶에 긍정적인 희망을 주지 못하는 것에 대해 비판하고 진단해주면 돼요. 근데 대학이 이걸 안 하고 있어요. 그러면서 무슨 인문학의 위기를 말하겠어요. 인문학은 늘 사회 변화에 민감하게 반응하며 성찰할 수 있는 기회를 제공해줘야 하는데 그런 점에서 인문학은 늘 위기였어요.

그러니 사회에서 인문학의 위기라고 떠들 때, 그 말을 조심해서 들어야 해요. 기본 잣대는 이거예요. 인간의 삶, 미래 후손들의 삶, 자라나는 아이들의 삶을 돌보지 않을 때 인문학은 곧 위기예요. 인문학의 진정한 위기는 인문학이 인간 편에 서지 않을 때 나타나는데, 그런 의미에서 보면 지금이 분명 위기죠. 인문대학 교수들이 인간에 대한 애정을 갖기보다 전임 자리를 딴다든가 연구비를 타기 위해 산다면 그게 바로 인문학의 위기인 거예요. 그 사람들이 아무리 떠들어봤자 거기에 무슨 애정이 담겨 있겠어요.

선생님 말씀을 들으니 '인문학의 위기'라는 의미에 대해 다시 생각하게 되네요. 근데 이런 문제의식을 느낀 이들이 늘어나기 때문인지 사회의 한쪽에선 인문학 열풍이 불어오고 있습니다. 제도권 인문학이 사치품이 될 인문학의 위기지만 한편에서는 인문학 열풍이 부는 이유는 자기 삶이 노예가 된다는 자각이 있기 때문이에요. 인문학은 자기 삶을 자기 의지와 힘으로 누리고 살아가는 걸 느끼게 해줘야 해요. 이건 다른 사람이 대신해줄 수 없는 거죠. 인문학은 계속 그런 역할을 해야 해요. 인간을 수단으로 만드는 한, 인문학은 계속 필요해요. 인문학이 뭔데요? 내가 내 삶의 주인이란 걸 가르쳐주는 거예요.

저는 대의민주주의 제도를 싫어해요. 권력을 양도하면 권력이 없으니까 노예가 된단 말이에요. 이건 민주주의가 아니에요. 대의민주주의는 굉장한 허울이에요. 4년 동안 노예로 지내다가 하루 동안 주인 행세하는 게 세상에 어디 있어요? 그런데 아무도 이런 생각을 안 하잖아요. 이런 습관이 잡히면 정치의 무관심과 냉소를 낳아요.

촛불집회를 한다? 법에 따르면, 다 잡아 넣어도 돼요. 권력을 위임했는데 권리를 주장할 수 없죠. 그걸 뼈저리게 느껴야 하죠. '내 삶의 권리를 어떻게 넘겨주지?' 이것 하나만 생각하면 돼요. 자신이 삶의 권리를 넘겨줬다고 생각하면 마치 자신이 자유로워서 그게 가능한 것처럼 보이잖아요. 그러나 양도하는 순간 노예가 돼요. 단순한 논리거든요. 선거운동을 할 때는 국회의원 후보든 대통령 후보든 만나는 사람들에게 인사를 해요. 그런데 투표만 끝나면 아는 척도 안 하고 보지도 않아요. 대표자와 투표자의 위계 구조가 군주제의 구조, 신과 인간의 구조와 똑같아요. 하나 다른 게 있죠. 자신들이 뽑아서 위로 올려 보냈다는 거죠.

인간이 어떻게 삶의 권리를 다른 사람에게 양도해요? 넘겨주면, 대표자가 우리를 무시해도 어떻게 할 수 없다는 데 동의한 것이기 때문에 위에서 뭘 해도 어쩔 수 없어요. 촛불집회를 진압하는 것도 합법적이에요. 우리들에게는 권력이 없어요. 5년 동안 권력을 넘겨줬잖아요. 국회의원들이나 정치인들은 선거 때쯤 와서 악수하다가 확 돌아서면 된다는 걸 알아요. 우리만 몰라요. 정치가 뭘 얘기하는지, 자신이 어떠한 상황인지 모른다고요. 이런 게 안타까워요.

그렇다면 인문학이란 무엇일까요? 저는 인문학을 대중의 현실을 들여다보고 진지하게 고민하는 태도를 가르치는 하나의 방법론이라고 생각합니다. 그런데 한국에서는 흔히 외국의 이론을 철학과 인문학이라고 부르며 가르치고 있습니다. 이러한 모습을 어떻게 생각하시나요?

존재, 실재, 이런 개념들을 떠드는 게 인문학이 아니에요. 이렇게 모던한 게 있다는 수입제품 소개에 불과하죠. 한국은 일본의 영향을 받아서 독일 관념론 철학이 먼저 들어왔고, 1980년대에 마르크시즘이 유행했죠. 그러다 1990년대에는 프랑스 철학이 유행했어요. 뭐가 들어와도 돼요. 어떤 안경을 썼더니 우리의 삶이 왜곡되었다는 게 보이더라, 그럴 수 있으면 돼요. 근데 사람들이 이 작업을 안 했어요.

지금 프랑스 철학이 떠받들어지고 있는데 들뢰즈Gilles Deleuze, 1925~1995, 데리다Jacques Derrida, 1930~2004 같은 프랑스 철학자들은 나치 독일에 점령당했을 때 학교를 다녔던 사람이에요. 이 사람들이 한창 공부할 때, 박정희와 비슷한 드 골Charles Andr Marie Joseph De Gaulle, 1890~1970이 나타났어요. 68혁명이 왜 일어났냐면, 드 골이 정치하는 모습이 히틀러와 비슷하다는 문제의식 때문이에요. 그래서 당시 지식인들은 권력을 비판하고 중심을 해체하려고 한 거죠. 그런데 한국에 데리다가 들어왔을 때는 이런 정치적인 맥락은 쏙 빠지고 '포스트모던', '해체주의'만 강조했어요. 이것들은 독일 치하를 겪고 드 골 체제 아래서 권위주의를 느끼면서 어떻게 하면 이런 체제를 없앨까 고민하다가 나온 철학이죠. 정치 감각에서 중심을 비판하고 해체한 거예요. 그렇게 프랑스 철학이 피어난 거고요. 유행처럼 철학자들의 이론을 끌어들이는 사람이 많은데, 그들이 과연 애정이 있어서 그런 이론을 소개하는 건지, 아니면 자기가 최고의 소개자 내지는 최고의 대리점장이 되길 원해서 그러는 건지 의심스러워요. 요즘 발표되는 글을 보면 대개 누가 위대하다며 소개하고 끝나잖아요.

그렇다면 단순히 서양 이론을 끌어들이는 게 아니라 현실에 적용해서 그렇죠. 인문학은 모든 인간의 행복을 증진시키고, 불행과 우울을 감소시키는 역할을 해야 해요. 그래서 인문학은 저항적일 수밖에 없어요. 보수적일 수 없다고요. 인문학이 보수적이면 끝난 거예요. 어떻게 인문학이 자본과 국가, 신의 편을 들어요? 인문학자는 진보적이어야 해요. 진보한 사회가 아닌데 어떻게 진보적이지 않을 수 있어요? 보수적인 지식인도 인정해야 한다고 하는데, 헛소리예요. 지킬 것이 뭐가 있다고 보수를 해요. 그걸 지켜서 사람들이 힘들어하고 있는데요.

잣대는 단순해요. 문명사에 남아 있는 위대한 인문학자들은 동시대에 굉장히 진보적이었어요. 장자, 스피노자, 마르크스 등 인문학자들은 인간의 편을 들었기 때문에 기존 권위 질서에서 기득권을 갖고 있는 사람들을 싫어했죠. 인문학은 지금의 질서가 사람들을 억압한다고 가르치면서 너희는 왜 노예가 되었느냐고 물어야 해요. 여기에 대해 잘 모르는 사람들에게 저는 되묻고 싶어요. 지금 이 시대를 사는 사람들의 삶과 이집트에 피라미드를 만든 노예와 어떤 차이가 있을까요? 우리는 스스로 노예가 된 거예요. 훈육이 되어서 주체로 길들여지는 거예요. 스스로 감시하면서 일하는 주체죠. 고대시대 노예와 별 차이가 없죠.

제가 1980년대에 대학 다닐 때보다 지금이 진보했다? 엄청나게 퇴보했어요. 요즘엔 아무도 서로를 돌보지 않잖아요. 겉보기엔 화려하죠. 퇴보한 만큼 겉모습이라도 치장해야 하니까요. 요즘 젊은 친구들 중에는 지성인을 찾기가 힘들어요. 서울대, 연세대, 고려대 할 것 없이 젊은 친구들을 보면, 자기 삶을 긍정하는 것을 배우는 게 아니라 생존을 배워요. 개네들에게 인문학 통찰을 요구하기에는 너무 많은 장애가 있어요.

벤야민Walter Bendix Schonofiles Benjamin, 1892~1940 얘기가 맞아요. 세상은 진보한 적이 없어요. '예외상태'라고 얘기했던 것들이 '항상상태'였어요. 별로 놀라울 것도 없어요. 우린 변한 게 없어요. 진보했다고 얘기하지 말아야 해요. 진보를 잘못 얘기하면 사람들이 손을 놓아요. 자신이 개입하지 않아도 사회는 굴러가고 발전한다고 착각할 수 있거든요. 벤야민은 그랬잖아요. 더 나아졌다고 하지 말아라!

🎤 그래도 세상은 진보한다고 생각하는 사람들이 많은데요. 어떻게 생각하시나요?

오늘이 어제보다 더 진보한 것 같다고요? 어디 한번 봅시다. 모양만 변한 거예요. 모양만 변했다고 진보한 게 아니죠. 진보를 가장하는 거죠. 진보적인 시선만 있을 수밖에 없는 역사가 안타까워요. 예를 들면, 스피노자Baruch de Spinoza, 1632~1677가 400년 전에 쓴 구절을 보면 지금과 똑같아요. 변한 게 없단 말이에요. 작은 소재들만 빼면, 그 원리와 구조는 같아요. 장자도 여물위춘汝物爲春이라고 하면서, 왜 사람들끼리 봄과 같은 연대를 못 만들까 고민했어요. 연대는 그때나 지금이나 잘 안 되고 있죠. '외부', '타자', '봄이 된다'는 표현은 현대의 이탈리아 철학자인 네그리Antonio Negri, 1933~가 다중의 즐거움을 얘기하는 것과 차이가 없어요.

인간이 개입하지 않은 채 진보한다면 그건 자신이 노예로 끌려간다는 뜻이에요. 피라미드를 세운 게 진보라고 할 수 있나요? 아니죠. 사람들이 더 자유롭게 수다 떨고 모여서 행복하게 지내는 게 진보예요. 1980~90년대보다 지금이 더 나아지지도 않았고, 그렇다고 나빠졌다고 할 수도 없어요. 변한 건 없어요. 여전히 삶 자체는 위축되어 있고 당당함이 없어요. 대학 다니는 아이들 얼굴에 통통거림이 없어요. 모든 대학생들이 고시생 포스를 하고 다녀요. 우울한 사회죠. 우리가 개입하지 않고 차별하지 않아도 사회가 진보한다고 생각하면 안 돼요. 우리가 진정한 진보나 더 나은 사회를 얘기하려면, 모든 사람이 정치와 자본에 참여해야죠. 그런데 우리는 못하고 있어요.

젊은이들은 지금의 삶이 습관이 되었고, 눈앞의 일만 보니까 다른 삶이 있다는 걸 몰라요. 자본주의는 인류 사회에서 200년밖에 안 되었어요. 더군다나 한국이 이런 체제를 받아들인지는 100년도 안 되었어요. 자본주의는 영원한 미래도 아니고, 역사의 종말도 아니에요.

이제까지 수많은 사람들이 사회가 어떻게 변해야 하느냐를 두고 많은 고민을 했죠. 기존 세대의 기득권이 만든 차별하는 삶이 아니라 모든 사람들이 노력한 대로 결과를 얻는 사회를 꿈꿔왔어요. 이런 평등한 사회를 고민하고 꿈꿔온 거죠. 그래서 왕정을 무너뜨리고, 일제에 대항하고, 독재에 맞서 싸운 거죠. 그런데 지금 한국 사회는 알다시피 귀족 사회예요. 교육제도도 그렇게 바뀌잖아요. 아이를 미국에 보냈다가 영어를 배우게 한 뒤 한국에 들어오면, 대학에 그냥 간다고 쉽게 말하잖아요.

슬프지만, 자기 아이의 생존을 위해서 어쩔 수 없다고 가르치고 있어요. 우울하지만, 너의 행복은 경쟁에서 이기는 거라고 윽박지르고 있어요. 이런 사회를 보면 여러 생각이 들죠. 꼬맹이들이 경쟁에 들어가 있는 걸 보면 미안해 죽겠어요. 마음이 아파요. 아이들이 무슨 죄가 있어요? 우리 지식인들이 반성을 많이 해야 해요.

어느 누구도 불행할 권리는 없어요. 누구한테도 강요해서는 안 되고, 고통을 물려줘서도 안 돼요. 후손들한테도 너희는 불행해지라고 가르칠 수 없어요. 그런데 불행을 물려주고 있어요. 경쟁을 빡세게 시켜야 국가가 발전하고, 한 명의 천재가 1,000명을 먹여 살릴 수 있다고 하는 사회는 필요 없어요. 다 저마다 하고 싶은 걸로 1등하는 사회가 좋지, 한 명의 1등 빼고 나머지 모두를 죽이는 사회는 우울한 사회일 뿐이에요. 한국은 경쟁이 만연한 사회이기에 사람들 머릿속에는 경쟁을 해야 한다는 압박이 있어요. 그것도 자본 앞에 다 몰려 있잖아요. 이렇게 일원화되면, 인간은 우울해지기 쉬워요.

🎙 **80년대부터 지금까지 계속 대학에 계신데, 학생들을 보면 어떤 걸 느끼시나요?**

사람들이 이렇게 묻곤 해요. 서울대랑 연대에서 강의하면 편하고, 이른바 낮은 학교에서 강의하면 불편하지 않냐고. 절대 그렇지 않아요. 물론, 명문대생들이 기본 개념은 많이 알아요. 근데 많이 안다고 진짜 사람답게 사는 건 아니잖아요. 해고자들이 자본주의의 생리를 잘 아는 것처럼 학벌 체제에서 소외된 친구들이 제가 얘기하는 문제점을 더 잘 알아들어요. 자신들은 몸으로 느끼고 있으니까요.

지금 한국은 끔찍해요. 1970~80년대에 대학 다닌 사람들은 최소한 책은 읽을 수 있었어요. 생존의 경쟁에 몰리게 되면 여유가 없어 책을 못 읽어요. 여유가 없는데, 어떻게 책을 읽겠어요? 더구나 시 같은 것은 엄두도 못 내죠. 입사 시험에서 시를 잘 안다고 합격하겠어요? 학교 선생님들도, 시를 읽으면 다른 생각을 한다고 핀잔을 주죠.

지금 사회가 이래요. 저도 기성세대니까 무조건 미안하죠. 20

대를 욕하면 안 돼요. 우리 땐 취업이 다 되었어요. 요샌 원서를 30개 내야 간신히 취업이 될까 말까 해요. 오늘날 산업구조가 이렇긴 하지만, 그럼에도 경쟁의 논리를 부수고 사람끼리 공존하면서 소통하는 사회를 꿈꿔야 하겠죠. 우린 동물이 아니거든요.

제가 강의하는 투로 책을 쓰는 이유는 별게 아니에요. 젊은 친구들을 위한 거예요. 그 친구들한테 쉽게 읽힐 수 있게 하기 위해서죠. 대학 다니는 아이들, 취업 준비하는 아이들에게 자본주의에 인간의 삶을 행복하지 못하게 하는 것들이 있다는 것을 보여주는 거죠.

🎤 그렇다면 선생님은 20대들이 할 수 있는 게 뭐가 있다고 생각하시나요?

젊은 친구들이 제 수업을 듣게 되면, 한국에 문제가 있다는 것을 많이 느낀다고 해요. 제 말에 공감은 되는데, 현실에서 실천하기는 어렵대요. 여기서 간극이 생기죠. 그래서 제 수업을 들으면, 힘들어하는 사람들이 생겨요. 한국은 경쟁사회고, 사람들 머릿속에선 경쟁을 해야 한다는 압박이 있으니까요. 그래서 저는 글을 쓰고 사람들과 최대한 공감대를 만들어가려고 노력해요. 여러분 자신에게 문제가 있는 게 아니라 사회가 잘못되었기 때문에 그렇다는 걸 깨닫게 하는 거죠.

저는 강의시간마다 지금 한국 사회는 누구나 노숙자가 될 수 있

는 상황까지 왔다는 이야기를 해요. 언제든 정리해고될 수 있고, 안정된 직장이 없다고요. 이제는 어디를 가든 혼자 먹고살 수 있는 자신감이 필요해요. 운동도 열심히 하고, 혼자 농사짓는 법도 배우고, 텐트 칠 수 있는 법도 배웠으면 좋겠어요. 굉장히 강해졌으면 좋겠어요. 부품처럼 어디 들어가 먹고살아야겠다는 생각을 하지 말고, 좀 당돌하게 나섰으면 좋겠어요. 스스로 생각을 해보면서 경쟁에 휘말리지 않는 자제력을 키웠으면 해요. 충고는 아니에요.

젊은이들을 보면, 생활을 해야 한다는 압박감이 많이 느껴지거든요. 대학은 다니는데 장래는 불안하고, 어떻게 해야 할지 모르겠다고 해요. 이런 상황에서 학점 관리와 스펙 쌓기는 살아남는 것과 연결된다고요. 대학생활이 밥벌이를 결정하니까 학점에 안 달할 수밖에 없죠. 이러니 다른 걸 신경 쓰지 못해요. 이렇게 아주 나쁜 조건에서 젊은 친구들은 살고 있어요. 그렇더라도 자기 삶을 포기하면 안 되잖아요. 생존에 몰리지 않으면서 사는 세상이 어떤 건지 더 성찰을 해야 하지 않을까 싶네요. 기성세대들이 많이 도와줘야 해요. 우리 상황이 이런데 어떻게 해볼까? 그냥 굴복할까? 아니면 변화를 시도해볼까? 질문은 던져주되, 답은 스스로 찾아가도록 도움을 주고 싶어요.

🎤 세상이 변하려면 먼저 사람이 달라져야 하는데, 어떻게 하면 변할 수

사람이 책 한 권 읽고, 강의를 한 번 듣고, 유명인사와 대화를 한 번 한다고 변하지 않아요. 우리는 몸을 가진 존재라서 몸이 바뀌지 않으면 안 돼요. 늦잠을 예로 들어 얘기해봅시다. 늦잠 자는 게 나쁘단 걸 아는 사람이 있어요. 그래서 제가 가서 아침 일찍 깨운다고 합시다. 과연 그 사람이 좋아할 것 같아요? 또 몇 번이나 할 수 있을 것 같아요? 사람은 천천히 조금씩 바뀔 수밖에 없어요. 습관이 잡힌 삶이 그 사람의 역사예요. 부르디외Pierre Bourdieu, 1930~2002의 얘기를 빌리면, 아비투스가 있는 거죠. 그걸 깡끄리 부정하면 안 돼요.

아비투스는 책 한 권 읽는다고 바뀌지 않아요. 성철스님은 '돈오돈수頓悟頓修'라고 얘기하셨는데, 사실 깨달음은 그렇게 단번에 오지 않아요. 저는 지눌이 옳다고 생각하거든요. 머리로 이해한 다음에 점차 수행을 해야 하죠. 그게 인문학에서 제가 해줄 수 있는 몫이고요.

제 머릿속에는 대안이 있어요. 하지만 그걸 강요하는 건 주제넘은 짓이고, 그 문제를 공유해서 지혜를 모아야 하는 거죠. 나를 따르라고는 못해요. 그렇게 외쳐도 안 따라와요. 머리는 아는데 몸이 안 움직여요. 마음 깊은 곳에는 여기 자본주의에서 성공해야 하고 일류대학에 가야 하고, 좋은 레스토랑에 가야 하고, 뭘 해야 한다는 게 뿌리 깊게 박혀 있어요. 허영도 부리고 싶고, 권력을 가

저서 사람들을 굴리고 싶은 욕구들이 있는데, 어떻게 쉽게 바뀌겠어요.

이건, 대학교 때 많이 느꼈어요. 많은 친구들이 '독재 반대, 전두환 타도'를 외쳤는데, 대학교를 딱 넘어가는 순간, 기성세대와 똑같아졌어요. 여긴 자본주의이고, 난 직장인이고, 결혼을 해야 하고, 승진을 해야 한다고 정당화를 하더라고요. 대학을 떠나는 순간 변하는 걸 보고, 4년 동안 진보인 것처럼 흉내 내느라고 친구들이 얼마나 힘들었을까, 안쓰럽더라고요. 결과를 놓고 보면, 그 시간 동안 걔네들은 대학생인 척한 거예요. 대학생이면 그 당시에 사회비판을 해야 하니까 한 것일 뿐, 4년의 대학생활이 자기 삶으로 들어오진 않은 거예요.

자본주의에 30년 익숙한 사람은 30년 동안 바뀌어야 돼요. 나이가 어릴수록 변하기 쉽죠. 스무 살이 된 청년들은 적어도 20년 동안은 자본주의 체제가 몸에 익었어요. 돈을 벌어야 한다는 생각, 상류사회로 올라가고 싶은 욕구가 몸에 각인되어 있죠. 그렇게 증폭된 욕망을 지우려면 20년이 걸려요. 그런 거에 길들여진 사람들을 바꿔야 하겠지만 한 번에 모든 걸 부정하면, 되게 힘들어져요. 사회에 애정을 가지고, 천천히 하나씩 바꿔갔으면 해요. 언젠가 그것이 구체적으로 사람 몸에 스며들어 당연한 습관으로 자리 잡을 때까지 움직일 수 있는 용기, 기다릴 줄 아는 인내가 있어야 해요. 문제를 던져주고 생각하라고 한 뒤 기다릴 줄 알아야겠죠. 스스로 조금씩 변하는 걸 도와주는 거죠.

결론은 단순해요. 많은 사람들이 인문학을 했으면 좋겠어요. 글을 쓰고 싶다면 쓰고, 강의도 하고, 논의가 이뤄지길 바라죠. 또 사람들이 사람들에게 애정을 갖고 살았으면 해요. 사람들이 너무나 상처를 받으며 살고 있어요. 개인만의 상처가 아니라 남의 상처도 보듬어주고 핥아주는 글과 모임, 그런 연대들을 계속 시도해야 하고, 노력을 해야 하겠죠.

영국의 시인 바이런Baron Byron, 1788~1824이 억압을 없애고자 그리스에 가서 싸우려고 했던 정신이 바로 인문학 정신이에요바이런은 1820년대에 그리스 독립전쟁에 참여했다. 세상 모습이 바뀌어도 이 정신은 계속 남는 거예요. 그 바닥엔 인간에 대한 애정, 후손에 대한 애정, 이런 고통이 자기 대에서 끝났으면 하는 바람, 불가능에 대한 희망 같은 게 있어요. 인문학은 더 나은 사회와 사람이 되도록 도와주는 거예요. 그래서 인문학을 한다는 게 힘들어요. 정신분석학을 공부하든 뭘 공부하든 사회의 모습이 해명이 안 되잖아요. 이렇게 하는 게 옳다고 했는데, 사람이 안 변하거든요. 그렇다면 유식불교도 보고, 장자도 보고, 비트겐슈타인Ludwig Josef Johann

Wittgenstein, 1889~1951도 보는 거죠. 설명이 안 되는 현상을 설명하기 위해서 여러 가지를 동원해야죠.

인문학은 현미경이나 안경 같아서 그걸 쓰면 다른 것들이 보여야 해요. 바람직한 사회와 새로운 인간상을 꿈꾸면서 어떤 안경을 써야 지금의 문제점들이 보일까 고민을 하는 거죠. 정신분석학 안경을 써서 설명이 되면 그 안경으로 해석을 하다가 안 되는 부분이 나오면 빨리 벗어야죠. 거기에 매몰되면 안 돼요. 균형을 잘 잡아야 해요. 제가 많은 철학자들, 과학자들, 시인까지 다 보는 건 하나의 답은 없기 때문이에요.

🎤 **인문학 강연을 많이 하시는데, 대중과 만나면서 어떠한 기대를 하시나요?**

대중 강연을 가는 이유는 하나입니다. 나와 전혀 이해관계가 없던 사람과 만날 수 있는 정말 좋은 기회이기 때문이에요. 사회가 만들어놓은 계급에서 벗어나 자유롭게 사람들과 만날 수 있잖아요.

우리는 다 위계 서열에 들어가 있기에 처음에는 잘 안 통하죠. 이러한 경계를 넘어설 수 있다는 생각을 하면 흥분돼요. 강의를 하면 '인문학 지뢰'를 품고 가는 마음이 들어요. 지금은 아니더라도 언제가 터질 거라는 기대를 가지고 있거든요. 제 강의를 들은 분은 자본주의가 밀어붙이는 이기주의와 경쟁주의에서 벗어나 타인과 미래의 후손들을 생각할 수 있을 거라는 기대를 해요. 실제로 그렇게 변한 사람을 보면 뿌듯하고요. 최소한 제 강의를 들으면, 이후에 아이에게 강요를 하려고 할 때 주춤하게 될 테니까요. 앞으로 할 작업들이 많아요. 자본주의뿐 아니라 국가나 가족, 자연스럽고 편안하게 생각하는 것들에 대한 여러 가지 문제들을 계속 쓰고 싶어요. 책을 쓰는 게 제가 할 수 있는 것이죠. 벼르고 있어요.

🎤 마지막으로 젊은이들에게 해주고 싶은 말씀이 있다면?

이미 대학을 떠났고 대학문화를 향유한 사람으로서 너무 미안해요. 저를 포함한 기성세대가 세상을 이렇게 만들어놓았으니까요. 저는 A나 B학점에 연연하기보다 그 학기에 어떤 좋은 책을 읽고 어떤 좋은 사람들과 어울렸나를 기억하며 살아온 세대거든요. 기성세대로서 젊은 친구들에게 정말 미안해요.

강신주 선생님과는 제가 이제껏 만났던 모든 사람들 가운데 가장 오랜 시간을 함께 있었습니다. 무려 3시간 동안이나 말이죠. 선생님의 귀한 앎들이 이야기를 나누는 가운데 제 몸에 스며들면서 핏줄을 따라 온몸에 흐르는 느낌을 받았습니다. 그래서인지 집으로 돌아오는 내내 아름다운 사람이 곁에 있는 것처럼 심장이 두근두근 거렸죠.

이제껏 지식은 그저 머리로만 이해하고 많이 외우면 얻어지는 거라고 '착각' 했었는데, 강신주 선생님을 만나면서 그 착각은 부서져버렸습니다. 앎은 자신을 더 나은 사람으로 거듭나도록 이끄는 길이고, 삶은 나와 너가 만나 기쁨을 이루는 마당이란 걸 깨달았거든요. 공부를 해야 하는 이유도 또렷하게 알았습니다.

강신주 선생님도 인터넷강의를 통해 먼저 알게 되었습니다. 그 즈음에 아는 사람이 강신주란 학자가 노자와 장자 쪽에선 이거라며 엄지손가락을 치켜세웠던 기억이 나네요. 당시에는 흘려들었는데, 인터넷강의를 들으면서 다시 떠올랐어요. 그리고는 한동안 그가 열어 제치는 지혜의 바다로 온몸을 던져 풍덩 빠져들었죠. 선생님들의 책을 읽는 내내 정말 놀라웠습니다. 《망각과 자유》생각의 나무, 2008를 시작으로 김영사에서 나온 지식인마을 기획물 《황제내경＆회남자》, 《공자＆맹자》, 《장자＆노자》를 쭉 봤고, 《장자, 차이를 횡단하는 즐거운 모험》그린비, 2006 을 읽으면서 기쁨의 비명을 질렀어요. 새로운 지식이 제 몸으로 파고들어오는데, 그 즐거움이 새록새록 했거든요. 거기다가 《철학적 시읽기의 즐거움》동녘, 2010 을 읽으면서 군침을 뚝뚝 흘렸죠. 그 어렵다는 철학과 시라는 재료들이 그의 손을 거치면 감쪽같이 맛있는 요리로 변했기 때문이죠.

선생님이 펼쳐준 길을 따라 편하게 여기까지 왔다는 생각이 듭니다. 여기가 어디인지, 앞으로 어떻게 가야 하는지 이리저리 더듬으면서 걸어가야 하겠지만요. 더욱 힘차게, 즐겁게 걸어가고 싶습니다.

4

철학하는 사람은 절대로 절망하는 법이 없다

박남희 선생님에게 '생활 속 철학'을 배우다

박

남

희

박남희

철학아카데미 공동대표. 강단에 갇힌 다소곳한 학문이 아
니라 현실을 바꾸고 치유하는 실천철학을 하고 있다. 하루
에도 여러 곳을 뛰어다니며 한국 사회에서 소외된 사람들
과 함께 배움을 나누고 있다. 함께 지은 책으로《행복한 인
문학》이 있고, 옮긴 책으로《과학 시대의 이성》이 있다.

본래 철학과 삶은 서로 사랑하는 사이였다고 합니다.

삶은 철학이 딛고 일어서는 너럭바위였고, 철학은 삶을

맴돌면서 삶의 의미를 알려주는 호랑나비였죠. 그러나

이제 철학과 삶은 너무나도 멀리 떨어져 있습니다. 일상

을 살아가면서 철학을 떠올리며, 철학에서 대안을 찾기

가 쉽지 않으니까요. 그래도 저는 철학의 힘을 믿습니다.

요즘같이 힘든 현실에서는 더더욱 그렇죠. 철학은 지금

어떻게 살고 있으며, 앞으로 어떻게 살 것인지 묻게 하니

까요.

박남희 선생님이 떠올랐습니다. 선생님은 철학아카데미

상임위원이자 성 프란시스대학 교수로 재직하면서 삶을

바꾸고 생활에 녹아나는 철학의 중요성을 이야기하는

분입니다. 생활 속의 철학, 철학 속의 생활을 외치며 이

를 직접 실천하고 계시죠. 한마디로 현장 철학자입니다.

일주일 내내 철학이 필요한 곳이라면 어디든 뛰어다니

시는 선생님을 만나 여러 가지 질문을 던져보았습니다.

🎤 지금 인류의 위기는 단순히 경제 위기가 아닙니다. 철학이 삶에 힘을 주면 좋으련만 철학을 어렵고 고리타분한 이야기라고 치부하기 일쑤죠. 선생님께서는 이런 상황을 어떻게 보시나요?

우리 사회에는 두 부류가 있는 것 같아요. 철학자도 있고 철학가도 있지요. 철학에 대해서 공부는 하지만 실제로 아는 대로 살아내지는 못하는 사람들이 있고, 철학을 공부하지는 않았지만 철학하면서 사는 사람들도 있는 것 같아요. 개개인의 철학함에 대해서는 논할 수 없지만 사회 전반의 철학함은 논해야겠죠. 서양 철학이 들어온 지 몇 십 년이 되었는데, 아직도 외국 학문을 답습하며 이론 공부에만 매달리고 있어요. 철학이 우리 사회에 정말 책임 있는 역할을 하지 못해서 안타깝기는 하지만, 알게 모르게 곳곳에서 철학을 얘기하는 분들이 계셔서 차츰 바뀔 거라고 희망해요.

우리는 흔히 목적 지향에만 가치를 둬요. 출세라든지 경제 수준, 사회적 지위, 이런 목적을 지향하는 교육에서 그것만이 성공의 표본이라고 믿고 있고 모두가 거기에만 몰두하고 있어요. 거기에 철학자들도 일조하는 게 많았던 것 같아요. 목적론 철학이 사회 전반에 깔려 있었으니까요. 시대가 어려우면 어려울수록, 사는 이유가 전도되는 상황일수록 진짜 철학의 힘이 나온다고 생각해요. 지금은 사회 전반을 다시 돌아봐야 할 때가 아닌가 싶어요. 왜 사는지, 무엇 때문에 사는지, 정말 잘살고 있는지……. 철학의 기본 물음이 이건데, 이것을 묻지 않고 철학을 한단 말이에요. 목적, 기술, 방법 이런 거에만 매몰되어 있어요. 어린 학생들에게도 뭐 할 거니, 뭐가 될 거냐, 이런 것만 물어보고 학교 교육도 그렇게 키워내고요. 사회가 전반적으로 다른 삶을 들여다볼 수 있는 여유를 주지 않아요. 이제는 좀 여백을 만들어가야 하지 않을까, 하는 생각이 드네요.

지금을 고통의 시대라고 해요. 고통을 아프게만 생각한다면 아무 의미가 없는 것인데, 고통이라는 것을 잘 들여다보면 그 안에 기회가 있어요. 뭐가, 어디서부터 어디까지 문제인지, 고통의 내용이 뭔지, 뭐를 잃어버리고 뭐를 얻을 수 있는지 찬찬히 생각할 수 있는 시간을 갖는다면 좋을 것 같아요. 그동안 미뤄뒀던 질문들을 다시 처음부터 해봤으면 좋겠어요. 특히, 가장 어려운 시기를 겪고 있다는 젊은 청년들이 생각을 많이 해봤으면 좋겠어요. 다른 사람들도 마찬가지고요. 자기가 알고 있고 배워온 게 전부가 아닐진대, 전부라고 생각할 때가 많잖아요. 자기 삶을 산다기보다는 남들에게 보이기 위한 삶이 자기 삶인 것처럼 연기하면서 사는 경우가 많은 것 같아요. 사회 지도자들이 제대로 역할을 해야 하는데 그렇지 못할 때가 많았지요. 엉뚱한 곳으로 유도하기도 하고……. 생각하면 안타깝게 느껴져요.

사람들이 한 번이라도 쉼표를 가졌으면 좋겠어요. 이건 왜 이런가, 물어보면서 살면 조금 달라지지 않을까 싶어요. 사실, 철학은 대학이라는 강단 안에만 갇혀 있느라 사회 전반에 스며들지 못해서 문제였지요. 사회 체제 곳곳, 일상으로 파고들어 변화시켜야 진정한 의미가 있는데 말이죠. 사람들은 흔히 소수의 인텔리들끼리 얘기하는 것을 철학이라고 생각하는데, 저는 철학이 삶 속에서 쉽고 구체적인 방법으로 적용되는 길을 가야 하지 않을까 싶어요.

물론 이것만이 옳다는 건 아니에요. 그렇지만 생활철학의 필요성과 책임감을 많이 느껴요. 특히 우리 사회는 더 그래요. 나름대로 열심히 한다고 하는데도 힘이 부치네요. 그래도 우리와 뜻을 같이하는 친구들이 많이 생기긴 했어요.

fresh philosophies
Berk
Kant
Spinoza
Hu
Bacon
Nietzsche
Lei
Bolzano
Bo

저는 삶의 가장 기본이 정직이라고 생각해요. 사람들이 궁금한데 묻지를 않아요. 내가 이런 질문을 할 때 상대방이 어떻게 생각할까? 이것에 얽매여 있어요. 자기에게 충실하기보다는 어떻게 비칠까 하는 의식이 알게 모르게 몸에 배어 있는 것 같아요. 우리 사회가 그렇게 기르고 있어요. 길을 모르면 사람들에게 물어서 길을 찾아가야 하듯이 자기한테도 끊임없이 물어야 해요. 자기가 다 아는 것처럼, 다 옳은 것처럼, 잘 가고 있는 것처럼 생각한다는 것이 얼마나 위험한데요. 철학자들이 보통 철학은 진리를 탐구한다고 하잖아요. 그럼 진리란 뭐냐? 좋게, 잘사는 거예요. 그럼 좋고 잘사는 건 뭐냐? 선에 대한 얘기예요. 선이라는 게 뭐냐? 인간을 아름답게 하는 거예요. 이렇게 진선미예요. 사람들이 처음에는 진선미를 서열로 배웠단 말이에요. 이제는 미가 왜 맨 밑에 있는지 고민해야 해요. 지금까지는 진선미를 순위의 개념으로 배워서 미가 가장 하등하다고 여겼다면, 이젠 그게 아니란 걸 알아야 해요. 나이가 들면 진선미가 하나라는 걸 느끼게 돼요. 진리를 탐구하는 건 잘살려고 하는 거고, 잘산다는 건 결국 아름답게 사는 거니까요.

자기가 이런 바탕을 얻으려면 자기 정직성이 필요해요. 자기 자신에게 솔직할 수 있고 자기가 모르는 것을 탐구하려고 애써야 하죠. 궁금함이 질문을 낳고, 답을 찾으려고 노력하다보면 나름대로 답을 구해요. 그 과정 자체가 우리를 아름답게 하는 거예요. 어떤 친구가 이런 얘기를 한 적이 있어요. 어디 대학에 강연을 가면 학생들이 질문을 안 한대요. 자기가 모르는 게 탄로 날까봐 마치 다 아는 것처럼 가만히 있는대요. 또 다른 대학에 강연을 가면 학생들이 마치 자기가 다 아는 것처럼 질문을 한대요. 양쪽 다 문제죠.

정직성에서 출발해야 철학 사회가 될 수 있어요. 정직함이란 너나 할 것 없이 사람이 모든 것을 다 알 수 없다는 자기 겸손함에서 출발하는 거예요. 얘기를 돌려보면 가장 아름다운 것은 경험에서 나오는 게 아닌가, 겸손이 사람을 아름답게 하는 게 아닌가, 하는 생각이 드네요. 세상의 놀라움을 경험한 사람은 겸손해질 수밖에 없어요. 이렇게 정직은 겸손함과 맞물려 있는 거예요. 그렇게 하지 못하니까, 너나 할 것 없이 얼굴에 가면을 쓰고 사는 거예요.

한국은 정직과 겸손을 얕잡아보는 사회입니다. 정직하면 속만 보이는 것 같다며 저마다 갑옷을 입고 있습니다. 또 완장을 차기만 하면 달라지는 사람들이 너무 많습니다.

이 사회는 조금만 지위가 올라가도 목이 뻣뻣해지고 교만해져요. 기독교에서는 교만을 으뜸죄라고 하는데 왜 그런지 알 것 같아요. 예수님을 성육신成肉身이라고 하잖아요. 왜 예수님이 육신을 입었을까? 성스러운 존재가 가장 낮은 곳에서 왔다는 거 아니겠어요? 사람이 사는 곳이 아닌 마구간에서 태어나셨잖아요. 이것의 교훈은 가장 낮은 곳에 삶의 진리가 있다는 거예요. 겸손해지라는 거죠. 하지만 한국에서는 겸손하게 행동하면 바보 취급을 당하잖아요. 철학하는 사람들이 이런 상황을 감당해야 하는데, 제대로 못하니까 잘못된 가치관들이 넘쳐나고 있는 실정이에요. 성공이 진리가 되었지요.

《이솝우화》의 '여우와 포도' 이야기가 여러 판본으로 있는데, 그 가운데 한 이야기가 생각나네요. 여우가 길을 가다가 포도가 열린 걸 봤는데 너무 먹음직스러웠어요. 그래서 그 위로 올라갔지요. 곁에 있던 많은 사람들이 부러워했어요, 그런데 먹어보니 너무 시고 맛이 없었어요. 하지만 모든 사람이 바라보니까 맛이 있는 척 연기할 수밖에 없었지요. 여기서부터 모든 게 시작해요. 만약 여우가 정직하게 인상을 썼다면 다른 사람들은 신 포도에 집착하지 않고 다른 길을 갈 수 있었을 거예요. 하지만 그러지 못했죠. 지금 우리 사회도 똑같아요. 모든 사람이 여우처럼 포도를 따는 게 인생의 목적이 되었고 거기에 매진해요. 여기서 문제가 생겨요.

하지만 모든 사람이 고통스러워하고 어려워하고 힘들어하고 낙담하고 절망할 때도 철학하는 사람은 절망하지 않아요. 자기 안에 있는 삶의 충동성, 역동성을 끊임없이 맛보니까요. 철학하는 사람과 철학하지 않는 사람의 다른 점이 이거예요. 자신에게 늘 물어보면서 가는 사람은 어떤 문제에 부딪혀도 길을 찾아내지요. 무엇이 되기 위해서 사는 사람이 아니라 살기 위해서 치유하는 사람이 되는 거죠. 하지만 목적에만 집착하는 사람은 나락으로 떨어지게 되어 있어요. 지금이야말로 철학의 힘이 필요한 때인 것이지요.

교육이 바뀌길 바라죠. 교육이 바뀌면 다른 것도 바뀌어요. 교육 시스템이 목적 지향으로만 나가고 있어요. 교육 철학이 부재한 교육이죠. 세계화 시대, 극심한 경쟁 체제에서 살아남으려면 어쩔 수 없다는 논리를 펴고 있는데, 저는 오히려 반대로 나가야 한다고 생각해요. 목적이 중심인 사회에는 아무도 행복할 수 없거든요. 세계 최강이라고 하는 미국도 지금 어려운 지경을 맞고 있고, 그 사람들의 행복감이나 행복지수를 보면 결코 높지 않아요. 사람은 그것만으로 행복할 수 없어요. 우리는 너무 하나에만 매몰되어 있는 거지요. 교육 프로그램에서부터 다양한 것들이 살아나야 하는데, 하나를 위해서 너무 많은 게 희생되고 있는 거예요. 교육이 바뀌지 않으면 안 돼요. 교육을 통해서 스스로 주인이 되는 철학이 사회에 파고들어야 하죠.

제가 점점 나이가 들어가면서 깨달은 게 있는데 우리나라 사람들은 삶의 바탕이 되는 이곳보다 외국에서의 평가를 더 인정하는 경향이 있다는 거예요. 우리가 우리를 신뢰하지 못하기 때문이에요. 실제로도 그렇고요. 언제까지 그렇게 외국을 지향할 건지 돌아봤으면 좋겠어요.

🎤 선생님께서는 '여성문제'에 대해서도 강의를 하시잖아요. 한국 사회에서 성 평등 문제는 여전히 중요한 화두입니다. 여성들과 함께 생각해보고 싶은 부분이 있으시다면요?

이제는 어느 정도 여성주의 얘기가 나왔지요. 한켠에서는 여성들이 상대적으로 득세하면서 남성들을 휘두른다고도 하던데, 저는 여기서도 자녀교육에 대한 문제를 얘기하고 싶어요. 자녀교육은 그 어떤 것보다도 대단히 중요한 일입니다. 아직도 부모들이 자식들에게 공부하라고만 하지, 전반적인 인격을 가르치지 못하고 있어요. 부모가 아이들을 교육하지 못하는 시대가 되었잖아요. 그렇다면 부모도, 학교도, 사회도 못하는 이 중요한 교육을 누가 할 것인가? 어머니만 할 것이 아니라 아버지들도 참여해야 해요. 제가 어렸을 때 어머니들은 사람이 제일 무섭다고 가르쳤어요. 이제 바뀌어야 하지 않나 생각이 들어요. 사람을 아름답다고 여기고, 사람을 믿을 수 있는 사회로 바꿔나가야겠지요.

요즘은 서로를 믿지 못하잖아요. 서로를 믿고 사람을 아름다운 존재로 여기려면 여성들이 자기가 하는 일에 자긍심과 적극성을 가지고 가정과 사회의 연관성을 생각하며 프로답게 생각하고 움직여야 해요. 남성들은 여성이 하는 일을 부차적인 일로 여기지 말고 동반자 관계에서 같이 해갔으면 좋겠고요.

남성들이 군대 가서 국가를 지킨다고 생각하지만 국방이란 게 단순히 외재적으로, 일방적으로 지켜지는 문제가 아니에요. 여성들이 아이를 낳지 않고 결혼도 하지 않고 있잖아요. 우리나라 여성들이 아이를 낳지 않기 때문에 인구가 줄고 있고, 세계에서 가장 빨리 사라질 국가 1위라는 연구 결과가 발표되었어요. 국방이란 것이 군대와 남성들만 지키는 게 아니에요. 여성과 같이하는 거라고요. 이런 식으로 세상을 보는 눈이 바뀌어야 해요. 보이는 것 이면에 있는 보이지 않는 빈 공간, 드러나지 않는 세계를 같이 볼 수 있어야 해요. 그러기 위해서 철학이 필요한 거죠. 이런 사회로 바뀌어나가는 게 바람직한 길이라고 생각해요.

 🎤 그러면 우리가 할 수 있는 생각이나 행동에는 어떤 것이 있을까요?

먼저 자신이 철저하지 못하다는 걸 깨달았으면 좋겠어요. 또 다들 자기 삶에 프로의식을 가졌으면 좋겠어요. 아마추어에는 두 가지 의미가 있어요. 직업으로 하지 않을 때 아마추어는 긍정적인 의미로 쓰이죠. 또 다른 의미로 서툴다는 뜻이 있어요. 예를 들어 어느 아파트에 수위로 있어도 수위로서 최선을 다하면 참 아름다워요. 내가 택시기사면 택시기사로서 할 수 있는 최선들이 있잖아요. 모두가 자기가 딛고 서 있는 자리에서 최선을 다하면 굉장히 좋은데, 우리는 그러지 않아요. 자기가 있는 곳을 불만스러워해요. 가치 위계가 다양하게 정해져 있지 않기에 어느 한 가지만 소중하고 다른 것들은 인정을 안 하는 거죠. 자신조차 스스로 하는 일의 가치를 인정하지 않으니까 대충하려고 해요.

저도 교육 현장에 있다보니까, 학교에서 아이들을 가르치는 선생님들을 학생으로 만나요. 학생들 가르치고 온 선생님들이 저에게 "선생님 좀 봐주세요, 점수 잘 주실 거죠?" 학생들처럼 똑같이 그런다고요. 학교에서는 학생들에게 최선을 다해 열심히 하라고 말씀하셨을 텐데, 자신이 학생이 되면 달라지는 거죠. 스스로 철저해져야 하지 않을까 하는 생각이 드네요.

　　박남희 선생님은 어느 토론회에서 처음 뵈었습니다. 상대를 존중하면서 차분하게 말을 풀어가는 솜씨가 아주 인상적으로 남았지요. 선생님을 뵐 때마다 사람을 절로 웃게 만드는 선생님의 재주 덕에 참 즐거웠습니다. 말씀을 재미있게 하신다기보다 진정으로 상대를 위하는 마음이 말투와 몸가짐 하나하나에 묻어 나왔기 때문이죠.

　　선생님과의 만남 덕에 선생님이 전공하신 독일의 철학자 가다머 Hans-Georg Gadamer, 1900~2002에 대해서도 공부했습니다. 노숙인들과 만나서 얼마나 행복했는지, 지식이란 무엇이고 배움이란 어때야 하는지를 온몸으로 뭉클하게 보여 주시는 선생님과 더 친해지고 싶었거든요. 선생님 덕분에 철학아카데미도 알게 되었고, 그곳에서 강의를 들으며 공부하기도 했답니다. 눈을 비비고 찾아보니 이곳저곳에서 시민강좌들이 피어나고 있더군요. '철학아카데미 http://www.acaphilo.or.kr', '수유 + 너머 http://www.transs.pe.kr, http://www.transsroad.net', '다중지성의 정원 http://www.daziwon.net', '지행네트워크 http://www.jihaeng.net', '문지문화원 사이 http://www.saii.or.kr', '한겨레교육문화센터 http://www.hanter21.co.kr' 등 시민대학들도 있고 시민단체에서 수시로 여는 시민

강좌들도 있지요. 그때의 공부를 계기로 지금은 대학교에 다닐 때보다 더 많은 시간을 책상에서 보내고 있네요.

또 자유자재로 시공간을 넘나들며 그동안 믿어왔던 것들에 거리를 두고 바라보기도 했습니다. 마치 데이비드 린치 David Keith Lynch, 1946~ 감독의 영화 〈블루 벨벳〉1992, 〈멀홀랜드 드라이브〉2001, 〈인랜드 뱀파이어〉2007가 현실을 낯설게 여기도록 보여주는 것처럼 말이죠. 데이비드 린치는 한국엔 널리 알려지지 않았지만 세계에서 손꼽히는 감독이죠. 그가 펼치는 묘하고 괴기한 영상은 손발을 오그라들게도 하고 두 눈을 동그랗게 만들게도 하죠. 사람 안의 욕망과 무의식을. 영상으로 그려내기 때문에 줄거리를 읽어내려고 하면 쉽지 않습니다. 그런데 마음을 조금 열고 린치 감독이 빚어내는 기묘한 이야기와 영상들에 한 발을 내딛으면 푹 빠지게 될 겁니다. 세상이 꼭 내가 알던 것이 전부가 아니라는 것을 새삼 느끼면서 제대로 세상을 향해 걸어나갈 수 있게 될 테니까요.

5

냉소타파!
더 많은 쾌락, 더 많은
즐거움을 추구하자

이택광 선생님에게
'인터넷 문화와 파시즘'을 배우다

|||| 이택광

|||| 경희대학교 영문학과 교수. 시각예술과 대중문화를 가름
하면서 정치사회 문제를 풀어내는 문화비평가. 여러 매체
와 자신의 블로그를 통해 한국의 대중문화와 사회현상을
밝혀내고 있다. 저서로 《중세의 가을에서 거닐다》《세계
를 뒤흔든 미래주의 선언》《근대 그림 속을 거닐다》《인문
좌파를 위한 이론 가이드》 등이 있다.

대중이란 무엇일까요? 대중이란 모호한 말의 경계가 어디까지인지는 불분명합니다. 인터넷의 발달과 가방끈이 긴 사람들이 많아지면서 지식인과 대중의 경계선도 흐려졌고요. 현실 문제와 사회 변화에 적극 참여하는 대중부터 연예인 기사마다 댓글을 달면서 싸움을 하는 누리꾼까지, 때와 장소에 따라 그 낯빛을 달리하며 공존하고 있습니다. 또한 하루가 다르게 변하는 사회 속에서 대중 역시 쉼 없이 변하고 있습니다. 노무현 정부에서 이명박 정부로 넘어가면서 한국 사회의 변화만큼이나 사람들의 모습도 많이 바뀐 것 같고요. 천사같이 선한 얼굴을 하던 대중이 갑자기 악마 같은 얼굴을 하고 나타나는 상황도 어떻게 봐야 할지 모르겠더군요.

그래서 이택광 선생님을 찾아갔습니다. 선생님은 특히 인터넷 매체 속에서 활발한 활동을 하고 계십니다. 블로그에서 수많은 누리꾼들과 토론도 하고 말다툼도 벌이는 선생님의 경험담을 바탕으로 인터넷 문화 속의 대중에 대해 들어봤습니다.

선생님은 여러 매체에 글을 쓰고 계시고 블로그를 통해서도 누리꾼들과 접촉하고 계십니다. 인터넷에 글을 쓰는 일은 선생님에게 어떤 의미인가요?

글쓰기의 일종이에요. 독일 철학자 벤야민이 말한 것처럼, 근대 글쓰기의 형식을 가장 잘 구현하고 있는 게 인터넷 글쓰기죠. 이런 부분은 진중권씨가 얘기하는 것과 일맥상통해요. 저는 인터넷을 계몽의 공간이라고 보거든요. 냉소주의와 싸우는 공간이죠. 제 글을 읽고 난 뒤, 한두 사람이라도 변화하는 걸 중요하게 여기기에 글을 쓰고 있어요.

제 블로그에 사람들이 들어오고 유지가 되는 것도 글 속에 배울 게 있기 때문이 아닐까요? 안티는 어느 정도 생기겠지만 제 인터넷 세계엔 경제적 이해관계가 없어요. 인터넷에 글을 쓰는 것이 저에게 이득을 주는 것도 아니고 인터넷을 안 하면 생활이 피폐해질 정도로 인터넷에 중독된 것도 아니거든요. 인터넷은 우리가 어떤 문제에 빠져 있는지 거울처럼 볼 수 있는 곳이라 관심을 갖는 거예요. 오늘날이 무슨 이념을 제시하고 나를 따르라고 말하는 시대는 아니라고 봐요. 니체가 한 말인데, 문자적 계몽에서 실천적 계몽으로 바꿀 수 있도록, 그러면서도 이 두 가지가 통합될 수 있는 작업을 해야 하는 거죠. 그 가운데 하나가 바로 문화비평 작업이고요.

🎤 **때로는 누리꾼들과 거센 논쟁을 벌이기도 하시던데, 그런 논쟁을 어떻게 받아들이고 계신가요? 논쟁을 하면서 많은 걸 생각하실 것 같습니다.**

지금 누리꾼들은 기존의 386세대와는 상당히 다르죠. 인터넷을 통해 책을 찾아보고 독서를 하는 세대지, 책을 통해 인터넷에 들어오는 세대가 아니에요. 저만 하더라도 책으로 공부하고 관념 세계를 만든 다음 인터넷에 푸는 세대인데, 이제는 인터넷으로 학습하고 자기의 세계관을 정립하는, 완전히 다른 세대들이 나타난 거죠.

그러니 소통의 차이가 있긴 있어요. 기본적으로 독해를 하는 방식이 달라요. 제 글은 고전적이고 문어적이어서 인터넷 세대들이 잘 읽어내질 못해요. 이런 식의 소통 방식에 익숙하지 않아서 저와 충돌하는 게 있죠. 제가 난독증이란 말을 많이 쓰는데, 실제로 그들이 난독증이어서가 아니라 이러한 간극을 보지 못한다는 의미예요. 타자에 대한 배려가 없어서 난독증이라고 하는 거죠. 인터넷 댓글을 보면 여러 가지 면에서 예의 없는 현상들이 나타나는

데, 본인들은 무례하다고 생각하지 않아요. 가령 융프라우에서 컵라면을 사 먹었다거나 트라팔가 광장에서 라면을 끓여 먹었다고 자랑스럽게 얘기하고 사진을 올려요. 나름대로 진정성은 있죠. 그렇지만 상식적으론 그렇게 하면 안 되잖아요. 서울광장에서도 그러면 안 되는데, 외국에 가서 그런 일을 하고 무용담처럼 글을 올리는 거예요. 남을 완벽하게 다른 존재로 생각하고, 평등하게 대하지 않는 인식이 있다는 거죠.

그런 행동을 하는 사람들은 자신이 어떠한 잘못을 하고 있는지도 잘 모르는 것 같습니다. 이러한 무례함이 왜 생겨난 걸까요?

저는 한국의 근대화 과정에서 이런 규율화가 일어났다고 봐요. 이 사람들이 왜 이런 생각을 가지게 되었는지 정치적인 변천이나 정책의 변동들을 봐야겠지요. 지난 10년간, 이른바 대의민주주의 제도 안에서 좌우파의 권력 교체가 있었어요. 이게 무척 중요한데, 저는 한국 민주화운동 세력의 기본적인 정치 목적이 정권을 평화롭게 교체하는 데 있었다고 봐요. 그러면서 다른 정치적 목적들과 의제들은 사라져버린 거예요. 정권 교체가 목적이었기 때문에 정권이 교체된 뒤에 어떤 내용이 나와야 하는가, 한국이 지향하는 민주주의는 뭔가, 이념은 어때야 하는가, 이런 것들에 대한 합의가 하나도 없었어요. 교체만 중요했던 거죠.

제가 볼 때는 정권이 지난 10년 동안 우파들이 한 것과 비슷한 걸 하면서 끝나버렸어요. 여기에 대해서 여러 가지 논란이 있었겠지만, 저는 민주화 세력들이 현명한 방법으로 대처하지 못했다고 봐요. 슬로베니아의 철학자 지젝Slavoj Zizek, 1949~이 얘기한 것처럼, 사회주의를 거친 유럽 동부의 대중들에게 생긴 냉소주의가 한국에서도 지난 10년을 지나면서 퍼져버린 거예요. 한국에 사는 사람들이 너무 많은 진리를 알아버린 것처럼 된 거죠. 계몽이 된 적도 없으면서 계몽이 되었다고 착각하는 냉소주의죠. 내가 세상을 다 안다고 생각해요. 이러니까 계몽이 안 먹혀 들어가요. 계몽하려는 태도, 지식인 자체를 냉소하죠. 꼰대라고 생각한단 말이에요. 훈장질을 한다든지 날 가르치려 들려고 한다든지 하면서 거부감을 나타내죠.

냉소주의와 인문학의 비판의식이 이데올로기로서 충돌하는 거예요. 이런 것이 이데올로기의 대립 전선이죠. 저는 한나라당과 민주당의 대립보다 냉소주의와 인문학의 대립이 더 심하다고 생각해요. 그래서 좌파든 우파든 헤게모니가 없는 거고요. 많은 사람들이 한국은 우파의 나라라고 생각하지만 전 그렇다고 생각하지 않거든요. 우파의 나라에서 돈을 주고 사람들을 사서 시민단체로 보내 깽판치는 게 어떻게 가능해요? 박정희 때 그랬나요? 그냥 잡아가면 끝이잖아요. 돈을 주고 사람들을 쓴다는 건 자신들이 이 세상의 주인이 아니란 걸 느끼고 있다는 뜻이에요. 우파의 나라에서 조갑제씨가 블로그를 하겠어요? 자기가 주인이면 안 하죠. 지만원씨가 나와서 냉전 시대로 돌아가야 한다는 발언을 왜 하겠어요? 자기들도 불안한 거예요.

세계를 지향했던 모든 이데올로기들이 불안한 거예요. 프랑스의 정치철학자 장 뤽 낭시 Jean-Luc Nancy, 1940~의 말을 빌리면 지금 이 세계는 냉소주의로 가득한 세계 없음worldless의 상태예요. 예전에는 지향하는 세계, 건설하고 싶은 세계가 있었다면 지금은 그런 유토피아가 사라졌어요. 세계 자체가 존재하지 않는 곳에서 살고 있는 거죠. 이제 우리가 살고 있는 곳은 세계world가 아니라 장소place에 불과해요. 엄청난 유물론이죠. 이러한 물리주의 안에서 살고 있기 때문에 삶의 목적이나 왜 사느냐는 질문은 자연스럽게 소거시켜요. 스포츠 경기 때마다 누리꾼들이 인터넷에서 싸우잖아요. 근데 어느 팀이 이기든 자기와 무슨 상관있나요? 왜 싸우는지 물어보면 이유가 없어요. 그저 즐겁다고 얘기하는데, 말 그대로 즐겁자고 하면 왜 피 터지게 싸우냐고요. 싸우는 데서 오는 쾌감들이 전부고, 이런 걸 얻는 게 목적이 된 상황이지요.

이런 상황에 대한 인문학적 분석과 접근이 필요하다고 생각해요. 인문학자들은 욕망의 구조와 욕망의 배치를 분석해야 하고요. 좋고 편한 일만 하면서 살 수 있는 건 아니거든요. 골방에 앉아서 책만 보고 자족하면서 살 수 있겠지만, 그런 일만 할 수 없는 게 세상살이니까요. 맛있는 것도 먹어야겠지만, 더러운 것도 치우고 청소도 해야 하죠. 인문학자들이 그런 것들을 하자는 거예요. 이런 작업들이 진전이 될 때, 우리 사회에 변화가 오지 않을까 해요.

기본적으로 사회는 존재하지 않아요. 주체들이 충돌하면서 생기는 다발일 뿐이죠. 이것을 윤리라고도 할 수 있는데, 주체들이 바뀌면 그들로 이뤄지는 분위기와 모임도 당연히 변해요. 윤리가 달라지면서 사회가 바뀌는 거죠.

🎤 스포츠 경기 때마다 나오는 대중의 이상 열기라든지 연예인에게 가해지는 집단 폭력이 갈수록 심각해지고 있는데요. 선생님도 대중에게서 파시즘 정서가 느껴진다고 진단하셨습니다. 이 점에 대해서 자세히 들어볼 수 있을까요?

무조건 집단으로 이뤄졌다고 해서 파시즘은 아니에요. 붉은 악마의 월드컵 응원이 집단주의로 나타났다고 해서 파시즘적이라고 하는 분들이 있는데, 저는 거기에 동의하지 않아요. 파시즘은 약자에 대한 공격이나 희생양을 만들어내는 논리같은 구체적인 목적이 있어야 해요. 파시즘은 합리성을 갖추거든요. 그러니까 붉은 악마를 합리적이라고 보긴 어렵죠. 붉은 악마는 쾌락의 재현이자 자기 정체성을 확인하는 과정에서 개연성을 갖춘 자연스러운 현상이에요.

단순히 파시즘이라고 할 게 아니라 한국 사회를 제대로 봐야죠. 지금 한국 사회는 위험 수위에 와 있고, 19세기 인상파가 출몰할 때와 비슷해요. 나폴레옹 3세가 공화정을 뒤엎고 제정을 할 때와 상황이 비슷하죠. 지금 한국에 뉴타운이 생겨나듯이 그때도 아파트 붐이 벌어지고 중간 계급이 출현했어요. 부동산 거품이 끼었다가 보불 전쟁이 터지면서 무너지고, 파리코뮌이 생겨났죠. 또, 이탈리아와도 비슷해요. 이탈리아는 후발 자본주의 국가로 유럽의 중심인 프랑스에 콤플렉스를 심하게 느꼈어요. 한국이 미국에 대한 동경과 열등감을 갖고 있듯이 말이에요. 프랑스를 좋아하면서도 이기고자 하는 갈망들이 생겼죠.

지금 한국도 그때와 굉장히 유사한 게, 근대화에 대한 조급증이 존재한다는 거예요. 단지 우리나라가 그때와 다른 건 민주주의가 덜 되어 있다는 거죠. 한국은 독일의 바이마르공화국처럼 자유주의 이념이 완전히 구현되는 민주주의 공화국을 가져본 적이 없어요. 파시즘의 주도자가 되려면 밑에서부터 민중의 지지를 얻지 않으면 안 돼요. 부르주아에 대한 혐오와 프롤레타리아의 혐오, 사회주의에 대한 증오가 파시즘의 정서고, 에너지원이에요. 이 증오가 힘을 받으려면 밑에서부터 지도자가 올라와야 해요. 그런데 한국에서는 밑에서부터 지도자가 올라올 수 없어요. 한국의 정치경제 체제를 몇몇 부르주아들이 장악하고, 그들은 미국식 자본주의를 추구하고 있으니 당연히 파시즘을 지지하지 않죠. 한국에서는 중앙 정치에 올라가려면 계파 정치든 일정한 통과의례를 거쳐야 하는데, 여기서부터 안 된다는 거예요. 그러니까 허경영 같은 사람이 나오는 거죠. 허경영 같은 광대가 나와서 그런 에너지를 대리하는 거예요. 이게 한국의 명백한 현실이에요. 파시즘적이라는 것은 파시즘이 올 가능성이 크다는 걸 뜻해요. 파시즘 정서는 조성되어 있는데, 아이러니하게 대의민주주의가 잘되어 있지 않기 때문에 정치체제로 출몰하지 못하고 있는 거예요.

일본과 비슷해요. 일본이 파시즘이라고 할 수 있는 군국주의 집권으로 치닫지 않는 이유가 중간 계급들이 자본주의를 지지하기 때문이거든요. 한국에도 이러한 구조들이 있기 때문에 아직 문제로 불거지진 않지만, 제가 볼 때는 위험성이 다분해요. 거기에 대해 여러 가지 경고를 하는 건 지식인들의 당연한 사명이에요. 이런 정서들이 반드시 나쁘다는 건 아니에요. 파시즘적 열기는 혁명에 대한 요구를 전제하기 때문에 민주주의를 발전시켜 나가고, 민주주의를 급진화시키는 데 없어서는 안 되는 원동력이기도 하거든요. 파시즘으로 갈지 급진 민주주의로 갈지는, 지식인들의 역할에 따라 달라질 거예요. 그러니 지식인들이 이런 담론을 만들어내야 해요. 파시즘적 정서가 문제가 되는 게 아니라 제대로 급진화될 수 있도록 만들어줘야 한다는 거죠. 수많은 분노가 정당한 경로를 거쳐서 문제 해결을 하는 데 정당한 에너지로 쓰이게 만들어야 해요. 이걸 가능케 하는 데 인터넷이 중요한 장소가 될 수 있다고 생각하고요.

선생님께서 연예인 사진 말고는 별 내용 없는 기사들에 질린 나머지

저 역시 정치 이념이 있고, 제 나름대로 바라는 바가 있죠. 그건 제가 이론 작업을 통해서 하고 있어요. 인터넷으로 하고 있는 문화비평은 이론 작업과 좀 다르죠. 문화비평을 할 때는 중간 계급의 의식에서 동의할 수 있는 수준에 맞춰요. 중간 계급에겐 냉소주의도 있지만 평등에 대한 욕구도 있어요. 냉소를 하면서도 사회를 바꿔보려는 의지들이 남아 있어서 갈등하는 게 한국의 중간 계급이라고 보는 거죠.

한국에서 중간 계급처럼 그나마 정치적인 자의식을 가지고 주체를 형성하고 있는 집단이 어디 있냐는 거예요. 혁명적인 것과 달라요. 실질적으로 연구를 해봐야 되는 부분이겠지만 제가 말하는 중간 계급은 실증적인 차원에서 존재하는 게 아니에요. 어떤 수치로 나타낼 수 있는 게 아니라 그런 중간 계급 의식이 발화해서 나타난다는 게 중요한 거죠. 댓글이나 인터넷 여론에서 중간 계급 의식이 나와요. 그래서 인터넷을 무의식의 공간이라고 보는 거예요. 무의식은 직접 나타나는 게 아니라 말을 통해서 나타나거든요. 그래서 사람들의 글을 보면, 중간 계급의 무의식이라고 할 수 있는 실체들이 있다는 거죠. 이 사람들은 상식에 맞는 방식으로 세상이 바뀌기를 바라요.

저는 민주노동당과 진보신당에 힘이 없어서 한국에 문제가 있

다고 생각하지 않습니다. 대의민주주의로 수렴되지 않는 정치가 명백히 있기 때문에 투표를 하지 않을 수도 있어요. 그렇지만 한국 현실에선 되도록 투표를 하는 게 좋죠. 한국 정치는 대의정치나 정당정치에서 모든 게 결정되기 때문에 시민사회가 발달하지 않았어요. 시민사회에서 해결할 수 없는 게 한국의 현실이고 특수성이죠. 문화비평은 바로 이러한 데 끼어들고 담론에 개입해서 제가 생각하는 바를 던져주고 생각할 수 있게 하는 일종의 전략이에요.

원래는 시사비평을 안 했어요. 그러다가 이명박의 지지율이 높고 당선 가능성이 클 때, 《경향신문》에 '왜 하필 이명박인가'라는 칼럼을 썼죠. 정치 문제를 문화비평으로 쓴 최초의 글이었어요. 그 다음에 쓴 게 이회창에 대한 글이었죠. 기존의 시사비평과는 다른 방식으로 정치 문제를 보려고 했는데 두 글은 제가 생각을 해도 시기적절했고, 쓰기도 잘 쓰지 않았나 생각이 들어요. 지금까지 발표된 글들은 대의정치나 정당정치가 이룬 부분만 보여줬어요. 그런데 저는 실질적인 정치는 대의정치만이 아니라는 생각을 갖고 있거든요. 그래서 문화비평으로 현실에 개입할 수 있다고 생각했죠. 그런 틈새들이 분명히 존재하기에 들어가서 명명해주는 거죠. 이건 이런 것이라고 얘기했을 때 사람들이 그것을 통해서 생각을 해보는 계기가 되겠죠. 그런 것들이 문화비평의 조각이고, 촌철살인이죠. 이런 글들이 그때그때 상황에 대응해서 쓰는 글이었다면, 총괄해서 쓰는 글도 있어요. 문화비평을 모아서 추상화하고 보편화할 수 있도록 도출하는 글이죠. 이 두 가지를 동시에 해야 해요. 추상화하는 사람은 추상화하고, 현장에서는 현장비평을 하고요. 그러면서도 두 개가 잘 맞물려야 하는데, 한국은 이게 잘 안 돼요. 동시에 해야 하기 때문에 바쁘기도 하고 부하가 많이 걸리지요.

그럼 이번에는 '대학' 공간에 대한 선생님의 생각을 듣고 싶습니다. 모든 게 돈으로 설명되고 오로지 돈 버는 게 목적이 돼버린 세상에서 대학이라고 예외일 수 없습니다. 대학은 취업준비 학교로 변했고, 기초학문을 연구하는 학과에는 사람들이 잘 가지 않죠. 이런 상황에 대해 어떻게 생각하시나요?

인문학의 위기는 현실 문제에 개입하는 인문학자들이 별로 없다는 데서 오는 거예요. 과거에 비해 너무 많이 없어져버렸어요. 우리나라에 인문학이 들어온 건 삶에 개입하기 위해서였어요. 전쟁 이후에 생긴 트라우마 같은 것들을 해결하기 위해 서구 인문학이 들어온 건데, 지금은 이런 것들이 사라져버리고 이른바 '인문학 오타쿠'들만 남아 있는 암담한 현실이죠. 인문학을 하는 사람은 수도사들처럼 도 닦는 사람이라고 생각 안 해요. 인문학을 하는 게 자기 쾌락의 추구일 수 있어요. 앎에 대한 주이상스_{고통스럽지}

만 멈출 수 없는 즐거움을 의미하는 프랑스어. 정신분석학자인 라캉의 용어가 분명히 있으니까요. 하지만 그걸로는 끝날 수 없는 게 인문학이에요. 현실 문제에 개입하지 않으면 인문학은 의미가 없어요. 살아가는 것 자체가 인문학이에요.

이건 제가 주장하는 게 아니고 상식이에요. 실용주의나 실증주의가 발달한 영미권에서도 인문학을 공부하는 이유는 인문학에 효용성이 있기 때문이에요. 공리주의자와 실용주의자들조차도 인문학을 인정하는 이 마당에 인문학자들이 인문학의 본성과 목적들에 대해서 생각하지 않는다면 본분을 망각하고 임무를 망기하는 거죠. 다행히 최근에는 인문학이 다시 살아나는 측면도 보이고 이런 작업들을 하려는 노력도 보여요. 앞으로 더 확대되고 체계적으로 이뤄졌으면 하는 생각이 드는 거예요.

인문학의 위기와는 반대로 한편에서는 인문학 열풍이 불고 있습니다. 인문학의 위기는 새로운 인문학을 요구한다는 뜻이기도 하잖아요. 선생님께서는 인문학이 무엇이고, 왜 필요하다고 생각하시나요?

인문학은 정립되어 있는 게 아니에요. 고전을 현실에 접목하면서 생겨난 것이지요. 르네상스도, 근대 인문학도 그렇죠. 고전을 재해석하면서 현실에 적용시키는 것들이에요. 고전을 당대의 관점으로 재해석하고 다시 읽은 것들이죠. 요즘엔 대체로 독일 철학이나 프랑스 철학을 얘기하는 것 같아요. 프랑스 철학을 고전으로 삼는다면 오늘날의 현실에 맞춰서 다시 읽어야 해요. 우리 현실에 있는 것들을 개념으로 만들어내는 게 제대로 된 철학이죠.

프랑스 철학의 원천은 독일 관념론이었고 독일은 그리스 철학을 바탕으로 삼았죠. 그 원천을 당대 현실로 가져온 거예요. 훈고학처럼 텍스트에만 매달리지 말아야 해요. 그런 작업도 필요하지만 프랑스 이론을 전부 다 한국으로 끌고 들어올 수 있는 건 아니니까요. 이런 관점이 제대로 정립되지 않으면, 번역도 제대로 안 돼요. 원 텍스트에 충실한 번역은 있을 수 없어요. 문맥에 따라서 재해석되니까요. 이러한 태도와 자세가 정립되어야 하고, 거기에 맞춰서 실천 방안들과 인문학 전략들이 나와야 해요. 인문학 전략이라고 하면 인문학으로 대동단결한다고 오해하는 사람이 굉장히 많은데, 비판적 관점을 뜻해요. 인문학이란 게 원래 비판하는 거예요. 고전을 통해서 현대를 비판하니까 창조성을 가질 수밖에 없죠.

우리 인문학은 완성된 것도 정립된 것도 아니에요. 앞으로 정립시켜야 하는데, 현대 철학자 바디우Alain Badiou, 1937~의 말처럼 '미학적 실천', '공가능성'을 생각해야죠. 철학과 인문학은 그 자체로 뭔가를 할 수 있는 건 아니에요. 스스로 어떤 영역을 구축하는 게 아니라 정치와 예술, 과학, 사랑과 같은 욕망들을 해명하고 이름을 붙여주는 작업이거든요. 다른 것들을 개념화하고 명명하는 게 인문학이에요. 그런 의미에서 우리에게는 아직 인문학이 오지 않았죠.

지식을 손쉽게 얻을 수 있는 인터넷 시대가 되면서 지식인의 권위는 낮아졌습니다. 그러나 지식인들의 영향력만 적어졌을 뿐 사람들의 앎에 대한 욕망은 오히려 더 커졌습니다. 지식인의 말이 사람들에게 먹히지 않는 시대, 모두가 지식인이 되어간다는 한국 사회에서 지식인들의 의미는 어떻게 달라졌다고 생각하시나요?

지식인은 문자적으로 '계몽이 된 자'를 말해요. 어느 정도 정신적 여유가 있는 사람들이죠. 이게 스칼라schola예요. 스칼라는 '스콜레'란 그리스 말에서 왔고, '여유가 있는 자'란 뜻이에요. 여기서의 여유는 경제적 여유일 수 있고, 정신의 여유일 수도 있죠. 물론 형편이 넉넉해야 정신에 여유가 생기죠. 그런데 한국에선 스콜레가 백수란 이미지예요. 일이 없어서 스콜레가 되는 사람이 많죠. 이런 사람들이 문자적 계몽을 통해서 보상을 받으려고 한다는 생각도 드는데, 어쨌든 스콜레의 존재는 대단히 중요하다고 봐요.

칸트Immanual Kant, 1724~1804가 '이성의 사유'를 말할 때 스칼라를 언급했어요. 그때는 지식인이란 말이 없었지만, 기본적으로 그런 걸 돌아볼 수 있는 사람들이 있었고, 그들의 역할이 대단히 중요했죠. 여기엔 예술가도 포함될 수 있고 여러 사람들이 있을 수 있죠. 여유가 있는 사람들이 사회문제를 고민하고 연대를 만들어내는 게 중요하다고 봐요. 그만큼 지식인의 역할이 중요한 거죠. 서로 헐뜯을 게 아니라 공동 전선을 만들어야 해요. 연대감을 형성하는 게 대단히 중요해요. 프랑스가 지금과 같은 철학의 나라가

될 수 있었던 것도 지식인들의 연대가 있었기 때문이에요.

또 한 가지는 정치적 주체에 대한 고민을 해야 해요. 정치 얘기를 하려면 먼저 정치적 주체들이 한국에 존재하는가를 짚어봐야 하죠. 저는 강남 좌파만이 정치적 주체가 아닌가라는 말을 자주 하는데, 강남 좌파를 지지하기 때문이 아니라 실질적으로 그렇기 때문이에요. 동의하고 안 하고를 떠나서 주류에 반대 의견을 개진할 수 있는 유일한 세력이니까요. 바디우 식으로 말하자면 '목소리가 있는 사람' 들이죠. 제가 보는 강남 좌파의 정치적 스펙트럼은 우석훈씨에서 한비야씨까지 아우를 수 있어요. 굉장히 넓어요. 강남 좌파가 얘기하면 정부가 들을 수밖에 없고, 강남 좌파만이 정치 현실에 제동을 걸 수 있는 세력이 되었다는 게 아이러니예요. 왜 이렇게 되었는지 고민하는 일과 더불어 현실 지형도에서 구체적인 전략들이 나와야 한다고 생각해요. 저마다 자신의 몫으로 현실에 개입해서 뭔가를 해내야 한국 사회가 갖고 있는 문제들을 개선해나갈 수 있다고 생각해요.

🎤 한비야씨를 강남 좌파로 묶을 수 있다는 게 흥미롭습니다. 진보 진영 사람들 중에는 한비야씨를 별로 달가워하지 않는 경우도 있지만, 대중들은 좋아하고 있잖아요. 한비야씨에 대한 생각을 더 들려주신다면?

저는 한비야씨를 좋다고 봐요. 지지하거든요. 이른바 진보 진영에서는 무슨 한비야냐고 하는 분들도 있죠. 근데 한비야씨가 얘기하면 사람들이 듣습니다. 생각을 바꾸더라고요. 한비야가 다르게 살라고 하는데, 그게 나쁜 말이 아니잖아요.

제가 재미있는 경험을 한 적이 있어요. 언젠가 강남의 한 커피숍에서 얘기를 나누는데, 뒷자리에 어머니와 딸이 앉아 이야기를 하고 있더라고요. 딸이 아프리카로 봉사하러 가고 싶다는 거예요. 봉사를 해보고 자신과 잘 맞으면 유네스코에 들어가겠다고 하니까 난리가 났어요. 왜 사서 고생하려고 그러느냐, 시집가란 얘기 안 할 테니까 여기서 살면서 너가 하고 싶은 거 추구해라, 하면서 어머니가 말리려고 하더라고요.

근데 딸에게 그런 생각을 심어준 게 한비야씨죠. 사람들이 한비야씨 책을 읽고 불평등 개발과 제3세계 문제에 관심을 갖게 됐어요. 평범한 방법으로는 문제 해결이 안 되니까 점점 급진적인 생각을 하게 되고요. 그런 물꼬를 터주는 게 한비야씨라는 것을 확인했어요. 한비야씨를 별로라는 사람들도 있는데, 저는 제가 쓴 책보다 한비야씨가 사람들에게 더 큰 힘을 줄 수 있다고 생각해요. 세상의 다른 측면을 생각해볼 수 있게 하니까요. 어쩌면 우리가 생각하는 것보다 현실이 비관적이지 않을 수도 있어요. 이런 걸 일상에서 발견할 수 있는 능력이 필요하죠. 간지 좌파도 훌륭한 거 아니냐, 이런 생각도 해봐야 해요. 다른 쾌락과 다른 즐거움을 추구해보려는 욕망에서 새로운 정치적 기획들이 나오지 않을까 하는 게 제 생각이죠.

🎤 그렇다면 선생님은 여전히 지식인의 힘을 믿고 계시는 거네요. 지식인들이 어떤 역할을 해줘야 할까요?

지식인들의 발언이 예전보다는 축소되었지만 아직까지는 유효하다고 생각해요. 그러니 정부와 기득권 세력이 지식인들을 끝없이 공격하지요. 아주 재미있는 게 교수들의 연봉을 왜 공개하는지 모르겠어요. 공개하려면 국회의원, CEO, 공무원들의 연봉까지 공개해야 되는데, 그건 안 하잖아요. 왜 교수들만 공개하냐고요. 제가 교수라서 이런 말을 하는 게 아니라 이런 게 지식인들에 대한 사회의 공격이라는 거예요. 잘 모르는 대중들까지 동참해서 공격하게 하는 거죠. 교수 사회도 집단이기 때문에 교수 같지 않은 교수들도 많아요. 그렇지만 그런 교수들은 교수 사회에서 주도적인 역할을 하지 못해요. 교수 사회에 자정 능력을 부여하기 위해선 교수들의 자율성, 지식인들이 활동할 수 있는 공간을 확보할 수 있도록 해줘야죠. 돈을 얼마나 더 받고 있는지, 이런 걸로 옭아매려고 하는 게 문제라는 거죠.

반지성주의가 별게 아니라 지식인들을 공격하는 거예요. 지식인들이 훈장질한다고만 생각하는 게 다 반지성주의라고 보면 돼요. 계몽을 거부하면서 냉소주의와 결합하고 있죠. 영국과 미국에도 비슷한 게 많아요. 영국 최초의 여성 총리였던 마거릿 대처 Margaret Hilda Thatcher, 1925~ 가 재임하는 동안 지식인들을 엄청나게 공격했고, 1950년대 미국 의회의 매카시 Joseph Raymond McCarthy,

1908~1957 의원 때도 수많은 사람들을 죽여서 '매카시즘'이라는 말까지 등장했죠. 레이건 Ronald Wilson Reagan, 1911~2004 이 출몰했던 1980년대에도 그랬고요. 여기서 말하는 지식인은 좌파 지식인이에요. 지금 한국 사회에서는 교수와 교사에 대한 공격으로 나오죠. 전교조를 공격하고, 민교협을 공격하고, 시국선언을 한 교수들을 공격하고 이런 식의 공격이 나온다는 거예요. 사람들은 지식인을 공격하면서 그러한 공격과 자신을 동일시하게 되죠. 진정한 정치 기획들을 달성하려면 이런 걸 짚고 넘어가야 하고, 구체적인 전략들이 나와야 한다는 생각이 들어요.

여기에는 여러 가지 문제들이 결합되어 있어요. 이런 문제를 해결하지 않으면 진보 정치, 급진적 민주주의는 불가능하다고 생각해요. 큰 얘기만 할 게 아니라 구체적인 전선에서 일상의 문제들과 싸워나가야 해요. 기존의 한국 사회를 지배하는 욕망의 쾌락, 신자유주의의 쾌락을 넘어서 새로운 쾌락과 즐거움을 추구하는 사람들이 많아져야 해요. 앞에서도 얘기했지만 사람들이 생각을 하도록 만들어야죠.

　　이택광 선생님은 제게 폭포처럼 많은 말을 쏟아내셨습니다. 저는 이택광 선생님이 펼치는 물길을 따라 아주 재미나게 헤엄쳐 다녔죠. 물론 앉아서 이야기를 들었지만 선생님이 이끄시는 말길을 따라 걷다보니 놀라움의 연속이었죠. 한비야씨를 강남좌파로, 허경영씨를 파시즘의 기운을 받고 있다고 분석할 수 있다니, 새로웠습니다.

　　많은 지식인들의 책은 직접 살갗에 와 닿지 않아서 읽다보면 지루해지는 경우가 많은데 이택광 선생님의 글은 무척 살갑습니다. 결코 쉽다고 말은 못하지만 묵직하게 사회 현상을 파헤치면서 풀어내는 솜씨가 대단하죠. 《무례한 복음》난장, 2009을 읽으면서 정신분석과 사회이론으로 대중문화를 분석할 수 있다는 걸 알았고, 이론이 그저 장신구가 아니라 현실에 쓰이는 연장이란 걸 배웠죠. 최근에 출간된 《인문좌파를 위한 이론 가이드》글항아리, 2010를 읽으면서도 입이 다물어지지 않았습니다. 벤야민, 지젝, 데리다, 네그리, 랑시에르 등 현대 철학자들의 이론을 한국의 지금 현실 속에서 어떻게 받아들여야 하는지 조목조목 설명한 책이거든요. 이택광 선생님이 품고 있는 문제의식과 사회에 던지는 비판들은 제게 무척 자극이 됩니다.

저는 파시즘과 정신분석에 흥미를 갖고 있는데, 공부를 하면 할수록 사람이란 존재가 그렇게 투명하고 근사한 존재가 아니란 걸 알아가고 있습니다. 이런 불투명하고 부조리한 '나'들이 모인 공간이 지금 이 사회이니 불합리가 만연한 모습은 당연한 건지도 모르겠습니다. 영화 〈파리대왕〉해리 훅, 1990에서 잘 그려냈듯 사람은 자기가 놓인 환경에 따라 짐승으로도 변할 수 있는 존재죠. 그렇기에 이성을 더 갈고닦으며 사람과 사회에 대한 공부가 필요합니다.

초·중·고교, 거기다 대학까지 다니면서 사람들은 늘 공부를 해왔지만 정작 자신이 누구이고 남과 관계를 어떻게 맺어야 하며, 어떻게 살아야하는지에 대해서는 배우지 못했습니다. 헛공부를 했다고 할 수 있죠. 도대체 공부란 무엇이며, 공부를 왜 해야 하는지 다시 생각해봅니다.

6

촛불 논쟁, 촛불은
우리에게 무엇이었는가?

이택광 선생님 VS 조정환 선생님

이택광 vs 조정환

2008년 촛불은 그냥 잊을 수 있는 일이 아닙니다. 2008년에 일어난 가장 큰 사건이자 21세기에 손꼽히는 역사적인 일이지요. 까면 깔수록 껍질이 나오는 양파처럼, 알면 알수록 여러 얼굴이 보이는 사건이자 21세기 한국의 지난날과 앞날을 가늠할 수 있는 나침반이라고 할 수 있죠. 촛불에 담긴 수많은 이야기들을 뭉뚱그려 한 마디로 이름 붙일 수는 없습니다. 촛불은 흘러간 기억이 아니라 두고두고 살아나는 경험이니까요. 과거형 명사가 아니라 현재진행형 동사니까요.

시간이 지나면서 촛불을 헤아리고 분석하려는 시도들이 많았죠. 때론 거센 논쟁이 붙기도 했습니다. 그 가운데 이택광 교수와 도서출판 갈무리의 조정환 대표가 블로그를 오가며 벌였던 논쟁은 촛불만큼 뜨거웠죠. 촛불의 성격을 다르게 보는 두 사람은 "촛불이라는 판타지 너머의 실재를 직시하라", "촛불을 판타지로 보는 당신 생각이 판타지다"라는 상반된 의견을 주장하며 설전을 벌였습니다. 서로 다른 생각들이 마주치면 새로운 생각을 낳는 법. 먼저 이택광 선생님을 만나봤습니다.

선생님께서는 2008년 촛불시위를 '쾌락의 평등주의'라고 보셨습니다. 그 이유를 들어볼 수 있을까요?

촛불집회는 2002년 월드컵의 재현이에요. 촛불은 촛불이 계속 이어지길 원했고, 축제를 하면서 정치 기획들을 달성하면 좋겠다고 바랐죠. 따라서 폭력시위와 정치구조를 배제시키려고 했어요. 이것은 중간 계급의 욕망, 쾌락의 평등주의를 반영한 것이고요. 저는 여기서 문제의식을 갖고 논의를 출발시켜야 한다고 생각했어요. 그 평등주의가 진짜 평등이냐, 그 쾌락은 무엇인가에 대해서 질문을 던지고 해명해야 하는 거죠. 지식인이 이것을 해명해줄 수 있는 건 아니지만 그런 질문들을 던져줄 수는 있다고 봤어요. 촛불을 볼 때, 이렇게 출발을 해야지 '다중'이라든지 '혁명적 세력'이나 '예외상태'와 같이 우리 상태에 맞지 않는 개념을 끌고 와서 규정할 필요는 없다고 생각했죠.

촛불은 복잡한 활동이었고 굉장한 갈등이 존재한 공간이었어요. 메가폰을 잡은 사람이 쫓겨나는 것만 보더라도 촛불이 일사불란하지 않다는 걸 보여주죠. 촛불이 위대하다고 할 게 아니라 그런 갈등이 왜 발생하는지 탐구하는 게 진정한 인문학자의 몫인 거죠. 촛불이 실패한 운동인지 성공한 운동인지 논하는 것은 인문학에서 내릴 수 있는 게 아닌 것 같아요. 활동가들 입장에서는 그런 평가를 할 수 있지만 인문학 관점에선 그게 중요한 게 아니란 거죠. 다른 상황에서도 마찬가지입니다. 2009년 쌍용자동차 파업을 두고도 그것의 성공과 실패보다 그런 사건이 왜 일어났는지 질문하는 게 중요한 거죠. 활동을 하고 싶어도 전략이 있어야 할 거 아니에요. 전망과 비전이 있어야 하는데, 지금은 그게 없어요.

🎤 촛불에 참여한 사람들을 중간 계급이라고 정의를 하셨습니다. 중간 계급에 대한 설명을 들어볼 수 있을까요?

제가 '중간 계급'이라고 부르는 이유는 그들을 시민이라고 부르기도 그렇고 인민people이라고 부르기도 뭣해서예요. 공화주의적인 게 있어야 인민이잖아요? 근데 국가와 계약을 맺고 있다는 관념이 있어야 하는데, 그런 관념이 없어요. 국가와 자기가 계약을 맺었다는 생각을 하지 않아요. 대신 정부와 계약했다는 생각이 생겨났죠. 지난 10년 동안 정부에 자기 주장을 하는 세력이 생겼는데 저는 이들을 중간 계급이라고 보는 거예요. 그런데 엄밀히 말하면 민주주의 개념으로 정립된 게 아니라 도시에 사는 일부의 세력들이 정부에 주장을 하면서 형성됐죠. 다시 말하면, 시민과

서민으로 나누어진 느낌이에요.

중간 계급이란 명칭을 사용하고 있지만 사실 곤혹스러운 개념이죠. 시민이라 하기도 그렇고 민중이라 부르기도 그래요. 서구의 개념 '시민'으로 딱 부르기엔 곤란하다는 거예요. 시민이 되어야 하는 과정, 시민이 되는 과정 becoming civil 정도로만 보고 있어요. 시민이 존재한다면, 시민운동이 이렇게 안 될 수 없거든요. 시민 단체가 시민이 내는 기금으로 운영이 안 돼요. 정부에게 돈을 받아야 하죠. 시민계급 형성이 안 되어 있고, 시민의식도 없어요. 비난하는 게 아니라 이게 한국 사회의 정체성이라는 거죠. 여기서부터 출발해야 하는 거고요.

🎤 조정환 선생님과 논쟁을 하면서 여러 가지를 느끼셨을 것 같습니다. 아주 열띤 논쟁이 오갔으며, 수많은 누리꾼들이 참여해 토론이 커지기도 했고요. 돌이켜보면, 어떠셨나요?

조정환 선생님은 평소 존경했던 분이에요. 그런데 현실을 공부하신 내용에 너무 끼워 맞추는 건 아닌가 싶었어요. 그리고 그 과정에서 대중과 괴리가 오는 게 아닐까 생각이 들었고요. 제가 바라보고 겪었던 경험들과는 차이가 너무 났죠. 저는 어떤 이론이라도 현실에서 파악을 해야 하고, 현실에 적용해야 한다고 생각하거든요. 이론에 맞춰서 현실을 끼워 넣었다가는 오판을 할 수 있으니까요. 제가 볼 때는 지금, 그럼 오판들이 많아요. 취지는 이해가 돼요. 절망의 정서가 아닌 희망의 정서를 가져야 한다고 하는데, 한국의 운동권은 항상 희망의 정서를 가져왔어요. 그러다 오늘날처럼 된 거 아닌가요?

국민들은 운동권이 반성을 안 한다고 볼 수 있어요. 냉소하는 군중들이 있는 거죠. 자기들 스스로 어디에도 속하지 않으며, 심판자거나 중립자라는 생각을 하는 거죠. 그래서 꼰대질 하는 걸 싫어하는 거예요. 근데 이런 사람들이 되게 많아지면서 정책을 좌지우지하고 있어요. 좌우파 누구든 대의정치에서 정권을 잡으려면 부동층 눈치를 봐야 해요. 대의민주주의에서 이뤄지는 다른 정치 문제와는 다르죠. 대중의 눈치를 안 볼 수 없어요. 대의정치에 수렴되지 않는 소수의 정치들이 힘을 발휘하려면 보편성을 획득해야 해요. 바디우의 말처럼, 그것이 주체화되는 것이고 그것이 시대를 바꾸는 진짜 진리인 거예요. 사도 바울처럼 처음에는 미미하게 출발하지만 그것이 결국에는 보편화되는 게 진짜 진리란 말이에요. 이런 과정을 거치는 게 타당하고, 현실에서 개입하는 모든 사람이 가져야 하는 생각이라고 봐요.

그렇다고 촛불시위가 정치 집회가 아닌 것은 아니잖아요. 쇠고기 반대를 외치는 것도 다 정치 행동이니까요. 기존의 정치 이론으로 설명이 되진 않더라도 해석하는 작업이 필요할 텐데요.

촛불은 기존의 정치 기획이 다 무너지면서 나온 거라고 생각해요. 정치긴 정치인데 기존의 정치공학이나 정치학으론 설명이 되지 않는 거죠. 10대들이 촉발시켰다는 점, 문화적인 맥락을 타고 문화적인 얼굴로 나왔다는 점, 축제를 통해서 나타난 점 등은 대단히 중요하다고 생각해요. 여기서 주목할 것은, 촛불을 주도했던 '쌍코'나 '소울드레서'에겐 촛불시위가 정치 집회로 보이지 않게 하는 일이 대단히 중요한 문제였다는 거예요. 자존심이 상하니까 어떻게든 항의를 해야 한다고 생각해서 촛불을 들었는데, 기존의 정치 개념, 진보 보수 대립 안에서 벌어지는 정치 기획과는 상당히 다른 모습이 나온 거죠. 어떻게 보면 이건 철없는 정치 같은 느낌을 주기도 했죠. 초기엔 청계광장에서 집회를 했던 사람들이, 우린 뭘 어떻게 해야 할지 몰랐고 우리가 정말 어수룩하게 준비했다는 걸 알았다고 해요. 자신들이 하는 것이 뭘 의미하는지 정확히 모르지만 어쨌든 집회를 해야 된다고 생각해서 한 거예요. 모르고 했던 것이 바로 정치였던 거죠.

많은 사람들이 모이자 기존 정치에 익숙한 사람들이 정치 집회 형식으로 가도록 요구를 하기 시작했고, 집회를 이끌었던 사람들이 운동권에 가서 도와달라고 얘기도 했죠. 그러면서 운동권들이 깃발을 들고 나오고 조직의 역량들이 결합됐죠. 이런 과정이 촛불을 타락시켰다는 논란도 있지만, 정치 공간이 열리면 기존의 정치 세력들이 모이는 게 당연하잖아요. 그게 바로 정치고요.

저는 '누가', '어떻게' 그런 공간을 열었는지에 초점을 맞추고

본 거죠. 정치 공간을 연 정치 주체가 누구였는지를 고민하자는 거예요. 촛불이 그 뒤에 어떻게 바뀌었느냐에 대한 문제는 운동 역량이 그거밖에 안 되니까 명박산성을 못 넘어간 거고, 역할들을 제대로 못했기 때문에 끝난 거거든요. 누구 탓을 하고 책임을 돌리는 게 문제가 아니라 왜 그렇게 되었느냐를 고민하는 게 핵심이죠. 따라서 저는 촛불집회를 실패라고 말하기 어렵다고 생각해요.

🎤 이론을 가져다가 현실을 설명하는 부분에서 사람마다 생각이 다를 수 있습니다. 이론과 현실의 틈, 이것을 어떻게 좁혀가야 한다고 생각하시나요?

저는 어떤 얘기든 현실에서 출발해야 한다고 생각하는데, 그렇지 않은 분들도 많으세요. 제가 비판하는 것이 이른바 '인문학 오타쿠'예요. 그들이 말하는 것은 현실과 너무 달라요. 가령 랑시에르Jacques Rancière, 1940~ 가 말하는 인민이 우리에게 있느냐고 물었을 때, 저는 없다고 생각해요. 저는 인민이 만들어져야 한다고 보거든요. 랑시에르가 한국에 왔을 때 한국 정치 해법에 대해 묻자, 그건 당신들의 문제다, 하는 대답밖에 못해줬어요. 한국 문제는 한국 현실에서 이야기해야 한다는 뜻인데 그게 맞는 말이죠. 우리 현실은 우리 스스로 말해야 하고, 그럴 때 학문의 세계가 풍부해지는 거죠. 그런 측면에서 인문학을 공부한다는 것이 어떤 의미인지 더 고민해봐야 하고, 개념을 현실에 끼워 맞추는 것이 과연 옳은 일인지 살펴야 한다는 거죠. 들여온 이론들은 맞는 말이지만, 그것이 한국에 왔을 때 어떤 문제가 생기고, 어떻게 받아들여질지에 대해서는 깊게 생각하지 않는다는 거예요. 이게 한국 지식인의 문제점이에요. 이런 비판에 대해 동의는 하지만 대부분 이론에 매달리는 게 아니라 한국 상황에 맞춰서 재구성한다고 말하면서 빠져나가요. 이제는 그러한 원론 확인보다는 한국 상황에 맞는 구체적인 담론과 실천할 수 있는 성과물이 나와야 한다고 봐요.

한국은 근대화 과정 내내 그랬어요. 외국의 표준에 한국의 현실을 맞춰왔죠. 좌파든 우파든 비판의 준거점이 외국에서 왔어요. 외국의 것을 참고할 수는 있죠. 그렇지만 이론을 가져와서 한국의 현실에 맞게 재구성해야지 외국의 현실을 가져오는 건 아니라고 봐요. 보편을 지향하는 이론을 가져와야 한다는 거예요. 현실이란 것도 사실은 투쟁의 갈등이거든요. 사회를 재단하는 데 외국 것을 계속 가져오는 것은 진실의 측면에서도 맞지 않고, 학문의 측면에서도 엄밀하게 틀린 거예요. 참조는 할 수 있을지언정 우리의 이론들을 만들어야 한다는 게 제 기본 생각이에요. 그런 측면에서 지식인들이 나태했다고 봐요.

이제 서양 학문을 들여온 지 오래되었으니 이런 문제제기를 해야지요. 해방 이후 헌법이 제정된 때부터 치면 60년이에요. 외국 지식을 들여오는 것만 반복했지 그것을 현실에 적응해서 뭘 만들려고 한 사람은 몇 명 안 돼요. 그들의 성공과 실패에 대해 이야기를 전개하고 끝없이 작업을 해야 하는데, 이런 것들은 외면받는 게 현실이죠. 아주 웃기는 게 많아요. 하나를 꼽아보자면, 백낙청 교수가 롤랑 바르트Roland Barthes, 1915~1980를 60년대에 얘기했어요. 그런데 80년대에 롤랑 바르트가 최신 이론이 되고, 90년대에 또 최신 이론이 되는 거예요. 90년대에 들어 포스트모던 이론이 유행하는 걸 보면서 굉장히 황당했어요. 백낙청, 김우창, 박이문 교수들은 포스트모던 철학자들과 동시대를 산 사람이에요. 그 사람들 책을 보면 이미 다 나와요. 박이문 교수는 데리다에게 강의도 들었고 80년대부터 이미 데리다 얘기를 했어요. 그런데 최신 이론이라며 갑자기 소개가 되는 거죠. 한국에도 그들과 동시대를 산 사람들의 글이 있다는 거예요. 그런 글들은 외면하면서 외국에서 부지런히 들여오기만 하는 거죠.

촛불의 요구는 다시 말해 이명박에게 '제대로 하라'는 것이었고, 이건 '너희가 즐기는 만큼 나도 즐길 수 있다'는 '쾌락의 평등주의'에 근거한 것이라고 이택광 교수는 얘기합니다. 왜냐하면 오늘날 한국 사회의 기본이 되는 '도덕'을 욕망한 것이니까요.

이런 맥락에서 촛불은 이명박 정부에게 요구했던 건 '엄청난 변화'가 아니라 '소통'이라고 할 수 있을 겁니다. 지금 한국 사회는 부르주아 민주주의인데 이것의 위기가 오고, 소통이 불가능해지자 촛불을 들고 거리로 나온 것이라고요. 따라서 촛불은 기존의 정치학으로 규정할 수 없는 '정치적인 것'의 출현이며, 중간 계급들이 바라는 '근대적 기획의 완성', '정상국가'에 대한 열망이죠. 또한 좌우파를 막론하고, '지식인'에 대한 중대한 도전이기에 조정환 선생님처럼 촛불을 '위대한 다중의 봉기'라고 선언하기만 한다고 해서 이 현상을 풀 수 있는 건 아니라는 말씀도 합니다.

이에 대해 조정환 선생님은 촛불을 중간 계급의 욕망이라고 부르는 것 자체가 잘못된 분석이라고 비판을 하죠. 촛불을 환등상으로 보는 것은 유령이나 광기로 보는 이른바 '민족지'들과 큰 차이가 없다면서요. 대신 촛불은 MB라는 환등상의 깨어남이라고 얘기하십니다. '중간 계급'만이 아닌 수많은 계급들, 성들, 직업들, 생각들, 사람들 사이의 협력이 어떻게 가능한지를 실험하는 마당이라고요. 이택광 선생님은 대중의 한계를 꼬집기만 할 뿐 그 운동과 섞이기를 거부했던 지금까지의 비판적 지식인들과 비슷한 모습을 하고 있다고 신랄한 비판까지 하시면서요.

이렇게 두 선생님은 서로의 글을 읽으면서 반박과 재반박을 일곱 차례나 했습니다. 수많은 철학자들의 개념이 등장했고, 여러 누리꾼들이 함께하여 더 뜨거운 토론이 되었죠. 그럼 이번에는 조정환 선생님의 말씀을 들어보겠습니다.

촛불집회가 끝난 지 많이 지났습니다. 광화문을 넘어 세계를 환히 밝혔던 촛불들이 꺼졌는데요. 촛불은 한국 사회에 어마어마한 큰 사건이었지만 막상 몸에 와 닿는 변화는 별로 일으키지 않았다는 생각도 드네요. 촛불에 열정적으로 뛰어드시고 해석에 뜨겁게 참여하기도 하셨는데, 요즘 사회는 어떻게 보시나요?

촛불로 인해서 이명박 정부가 펼쳐나가는 일련의 정책들이 여러 가지로 수축되고 굴절되기는 했으나 4대강 문제라거나 FTA는 여전히 진행되고 있어요. 그러면서 사람들의 정치적 강박감이 더 심화되고 있다고 봐요. 한국은 1980년 광주민주화항쟁이나 1987년 시민노동자 항쟁, 두 번의 경험을 겪으면서 과거 권위주의 정부에서 벗어나 나름대로 정치적 민주주의가 형성된 10여 년을 보냈는데, 지금은 이게 훼손되는 국면이에요. 항쟁에 참여했던 사람으로서 MB정권이 너무 답답해요. 앞으로도 계속되지 않을까 싶어 고통스럽네요.

정치적 민주주의가 밑바닥을 치는 상황에서 사람들의 삶은 좋아졌다고 할 수 없거든요. 비정규직, 실업자, 노숙자가 늘어나고 있어요. 이런 변화는 정치적 변화와는 별도로 삶의 깊숙한 부분까지 파고들어온 신자유주의의 결과죠. 지난 10여 년 동안 정치에서는 민주화, 사회경제에서는 신자유주의화가 동시에 진행되었어요. 그런데 지금 시장화는 계속 진행되는데 민주화는 막힌 상황이거든요. 그렇다고 암담하고 희망이 없는 것이냐? 꼭 그런 건 아니에요. 변화는 항상 이중, 삼중, 사중, 다중성을 갖고 있죠.

정치적 민주화도 닫히고, 신자유주의가 물밀듯 들어와 고통스러운 시간이지만 아래로부터 사람들이 더 많이 소통하고, 더 많이 협동해서 생산하려는 모습이 나타나거든요. 지금 사람들의 소통하는 힘은 크게 신장되어가는 상태예요. 신보수주의는 사람 사이에서 일어나는 소통 과정을 빼앗아가기 때문에, 빼앗김을 저지해낼 만큼 힘을 결집할 수만 있다면 상황은 달라지죠.

이택광 선생님과 논쟁을 하면서 여러 가지를 느끼셨을 것 같습니다. 아주 열띤 논쟁이 오갔으며, 수많은 누리꾼들이 참여하여 커다란 토론이 되었습니다. 돌이켜보면, 어떠셨나요?

먼저 논쟁의 초점을 말씀드릴게요. 저는 촛불시위 체험과 기록을 모아 《미네르바의 촛불》갈무리. 2009 이라는 단행본을 냈어요. 2009년 5월, 촛불 1주년에 맞춰서 원고를 다 쓰고 출판에 들어가려고 하는데, 이택광 선생님이 참여한 《그대는 왜 촛불을 끄셨나요》가 나오더군요. 출간하기 앞서 이걸 읽어보고 내야겠다는 생각이 들어 읽어보았죠. 신좌파 지식인들이 주축이 되어서 쓴 글 모음이었는데, 촛불을 엄청 냉소하는 방향에서 평가를 했더군요. 제가 이야기한 것처럼 냉소주의 입장에서 본 촛불은 수많은 사람들이 마치 산책자처럼 재미삼아 시내에 나온 것이고, 환상을 쫓아가다가 불과 2개월여 만에 재미가 없어서 끝내버린 것으로 해석하죠. 책 안엔 다양한 얘기가 있지만 제가 크게 문제 삼고자 한 것은 그런 냉소주의 경향이었어요.

이렇게 촛불이 평가되는 건 역사적으로 문제가 있다는 생각이 들었죠. 출간을 일주일 뒤로 미루고, 그 생각에 대해 비판하는 글을 썼습니다. 촛불이라고 하는 게 처음엔 청소년부터 시작해서 유모차 부대라고 할 수 있는 어머니들, 곧 이어서 '소울드레서'나 '화장발', '쌍코'같이 과거의 개념과는 전혀 상관이 없는 새로운 주체성들이 정치적인 발언과 행동을 하고 나섰죠. 종각에서부터 광화문까지 거의 전투 행렬처럼 줄을 지어 서 있는 사람들은 그야말로 화장을 진하게 하고 패셔너블한 옷을 갖춰 입고, 온갖 장식들을 한 여성들이었거든요. 이런 현상들이 거의 처음으로 우리 사회에 나타났어요.

그러다가 7월쯤엔, 과거 87년 운동을 이끌었다고 할 수 있는 '전국대학생대표자협의회' 같은 단체들이 나오고 화물연대 같은 노동자 세력들도 모였어요. 온 사회에 다종다양한 사람들의 참가가 있었고, 열거하기가 어려울 정도로 다양한 주체들이 참여했죠. 그런 역사적 사건인데, 이걸 한마디로 환상에 빠졌던 사람들이 심심풀이처럼 한 산책이라고 하는 건 역사에 대한 과도한 평가절하죠. 촛불은 역사적 전환점으로서 굉장한 운동인데, 이러한 진실을 보지 못하도록 하는 그러한 평가는 눈가리개라는 생각이 들었어요.

촛불의 지속 기간에 대해서도 서로 생각이 많이 다릅니다. 조정환 선생님께선 촛불의 지속 기간을 어떻게 보시나요?

촛불은 8월 15일을 정점으로 참여한 사람들은 줄었지만 10월~11월까지 계속됐어요. 뿐만 아니라 촛불시민연석회의는 용산참사 현장에서도 재조직되었을 정도였어요. 그게 쌍용자동차로 이어지며 사실상 촛불이 연결되는 과정을 밟았죠. 쌍용자동차는 전통적인 노조운동의 싸움이었지만 촛불의 일부는 두 달 가까이 거기에서 밤을 새워가며 노동자들과 함께 싸웠죠.

촛불 방송이라 부르는 생방송을 통해 노동자들의 상황을 보여줄 뿐 아니라 쌍용 내부로 들어가서 안의 상황을 외부로 노출시키고, 경찰들이나 사측 직원들의 폭력을 카메라로 고발하면서 위험 수위가 더 높아지지 않도록 경계하는 역할을 맡기도 했죠. 이렇게 쌍용자동차에 이르는 일련의 과정이 촛불의 연속선상에 있다고 생각해요.

운동이라는 것이 항상 그러하듯이 폭발했다가 다시 필요할 때는 잠복하거든요. 그러다 재출현하죠. 이런 주기성과 순환성에서 보면, 지금은 촛불을 드는 형태로 싸우는 시기가 아닐 뿐이죠. 촛불이 8월에 끝났다, 10월에 끝났다, 혹은 훨씬 더 길게 잡는 사람도 있지만, 촛불은 사라지거나 꺼진 게 아니라 물밑에서 다시 무엇을 준비하고 있는 것뿐이에요. 따라서 이런 상황을 읽을 수 있는 능력을 키우는 게 중요한 거죠. 다중의 힘이 폭넓게 배치되고 있더라도 이걸 제대로 보지 못하면 없는 거나 다름없어요. 표면화되고 현실화된 다중의 힘과 다시 잠재화된 다중의 모습을 다 읽어낼 수 있어야 해요.

🎤 근데 선생님 말씀처럼 세상이나 사건을 제대로 보는 건 꽤 어려운 일입니다. 어떻게 하면 평범한 사람들이 더 적극적으로 현실의 알맹이를 볼 수 있을까요?

다중의 힘을 획득해야죠. 그러면 누가 나의 형제이고, 누가 나의 동지이고, 누가 나와 계속 싸워나갈 수 있는지 전력을 진단할 수 있으니까요. 실재하는 에너지가 우리의 동지와 친구들에게 어떤 모습으로 어떻게 있는지가 징후로 나타나는데, 이걸 읽어낼 수 있는 눈을 갖추는 게 꼭 필요하다는 생각이 들어요. 이런 눈을 갖지 않으면, 싸우다 그냥 가버리네, 이거 완전 좀비 아냐, 무슨 애들 장난치는 거야, 이렇게 우습게 봐버리게 되죠.

지금 한국 사회처럼 어떤 움직임도 무력으로 눌러버릴 때는 운동 자체가 불가능하거든요. 이에 맞서는 건 여러 가지가 가능하겠지만, 일단 역사를 바라보면서 새로운 흐름을 읽어냈으면 해요. 루카치Gyorgy Lukacs, 1885~1971가 강조한 '역사적 새로움'처럼, 새로움의 성격을 통찰하기 위한 공부를 항상 할 필요가 있어요. 그러한 공부가 누락될 때에 우리의 힘에 대한 저평가가 이뤄지고, 언제 어디에서 뭘 시작해야할지 모르고 방황하게 되죠. 그러면 안타깝게도 우리의 에너지가 엄청나게 소진될 수밖에 없겠죠. 공부를 멈춰서는 안 된다, 공부를 계속하자고 말하고 싶어요.

그러나 공부만으로는 충분치 않잖아요. 어떤 형태로든 공부로 키워진 눈으로 발견한 것과 상상한 바를 나름대로 현실화시킬 수 있는 작업을 해야 하는데, 그건 혼자서 할 수 있는 건 아니에요. 연구자들은 혼자서 할 수 있겠지만 그보다 같이 모여서 공부하는 게 낫죠. 그럼에도 소수가 할 수 있는 작업이 있는데, 이걸 실현하기 위해선 잠재적 에너지를 끌어내는 노력이 필요해요. 전체 에너지를 끌어내려면, 현존하는 낡은 방식을 거부하고 혁명 같은 방식으로 새로운 것을 재창조하려는 노력이 있어야 해요. 지금 있는 것들에서 벗어나서 새로운 땅을 개척하려는 사람들의 노력이 결집되도록 해야겠죠. 우리의 지적인 유산들과 접촉을 해야 해요.

몸으로 표현을 해보면, 부대 안에 자신이 할당되어 들어가는 거죠. 거주자들의 연대라든지 박노자씨의 표현을 빌리면, 탈영자들의 연대가 이뤄져야 하죠. 항상 느낌을 열어놓고, 자기 삶의 능동성을 갖추려면 최대한 수동성을 버리지 않으면 안 되거든요. 자기를 열어놓을 때만 열림을 통해 들어온 에너지를 능동적인 힘으로 전환시킬 수 있기 때문에 항상 타자에게 자신을 열어놓았으면 해요. 그러한 방법으로 자신에게 들어오는 에너지를 상호 접속하면서 연대하고 결합해야겠죠. 그러한 노력들을 현실 차원에서 꾸준히 해야 한다고 봅니다. 행동을 할 수 있도록 열림을 준비하고, 현실 속에서 작업들을 같이 해나갔으면 좋겠어요.

촛불 경험을 통해 사람들의 생각도 많이 달라진 듯해요. 많은 사람들이 신자유주의와 자본주의 한계를 얘기하고 있습니다. 선생님도 앞으로 많은 걸 더 준비하고 계실 것 같습니다. 어떠신가요?

저는 아직도 지역 촛불에 참가하고 있어요. 작년 7월에 생겼는데 지금까지 계속되고 있어요. 이제는 거리에서 촛불을 들기보다는 지금 이 상황을 어떻게 보고, 다시 준비해야 하느냐를 논의하는 상황이죠. 그걸 지원하는 방식으로 작업을 하고 있어요. 그리고 앞으로는 촛불집회의 역사적 체험을 다지원의 강연회에 반영시킬 생각이에요. 조금 더 멀리 보면, 여성, 청소년, 기존의 운동에서 변두리로 취급되었던 사람들에게 더 많이 관심을 쏟을 예정입니다. 촛불집회 연속강좌를 하면서 촛불집회의 전개 과정, 누가 참가했는가, 싸움의 기술이 올발랐는지 분석하는 강좌를 만들었는데, 너무 이론적인 성격이 강할 수 있으니까 이건 이것대로 하되, 교양 형태로 누구나 편하게 와서 고민하고 토론할 수 있는 자리를 마련하려고 해요.

어려운 책을 읽는 모임이 아니라 함께 대화 하면서 생각하는 강좌를 준비하고 있습니다. 관심을 기울여주셨으면 좋겠어요. 제가 행동하자고 얘기했는데, 첫 단계가 공부예요. 이런 데 관심이 있는 사람들끼리 만나고, 같이 조직하고 행동하면서 연대했으면 해요. 다지원뿐만 아니라 수유＋너머, 철학아카데미같이 장소는 다르지만 비슷한 작업들을 해나가는 곳이 많아요. 관심을 기울여주면 좋겠어요.

　　촛불은 이제까지의 운동과는 전혀 다른 모습이 었습니다. 여러 색깔의 사람들이 모여 지도부도 없이 순간마다 스스로 결정을 내려 행동했죠. 조정환 선생님은 이들을 컴퓨터와 인터넷과 핸드폰으로 서로 접속하고 소통하는 최첨단의 정보부대라고 정의하죠. 그런 점에서 촛불은 공동체성을 바탕으로 한 주체성이라 할 수 있어요. 이것은 지금 갑자기 나타난 것처럼 보이지만 사실은 오래전부터 그 낌새가 있었죠. 오늘날 현대의 생산 활동을 거치면서 사람들의 생각과 움직임은 달라졌고, 그러한 변화가 촛불로 드러난 것뿐이죠.

　　촛불은 공장, 학교, 사무실, 가정으로 대표되는 현대 생활 속에서 정보의 소통을 되풀이하면서 연습해온 결과라고 분석하기도 합니다. 촛불의 등장은 수동성의 대중이 아니라 능동성의 다중을 알리는 것이죠. 누가 시켜서 움직이기도 하지만 동시에 스스로 움직이는 전인全人의 모습이 촛불집회에 나타난 거죠. 아주 많은 사람들이 촛불을 들면서 정보를 모으고, 자신의 생각을 이야기하면서 지성집단을 꾸려내고, 구호를 함께 외치면서 투쟁의 공동체를 만들었습니다. 조선생님은 경찰들과 맞서고 몸싸움을 벌이고, 때론 달아나고 빠져나오지만 다시 모이는 순간마다 스스로 상황을 짚을 수 있는 총체적 인간으로 촛불들이 움직였다고 말씀하시죠.

　사회가 자본주의에서 빚어지는 인간관계에 붙들려있지만 엄연히 실재하는 삶정치이자 아직 드러나지 않은 공동체를 비춰주는 사건이 촛불이라고 합니다. 따라서 촛불봉지에서 나타난 특징들은 우연이 아니라 필연이며 되돌릴 수도 없는 역사의 흐름이라는 거죠. 많은 약점들을 갖고 있지만 촛불운동에서 탈근대 시대의 밑판이자 조건이라고 할 수 있는 다중지성이 나왔으며, 다중지성을 터전삼아 새로운 삶, 새로운 운동, 새로운 혁명이 자라 나올 거라고 힘주어 얘기하십니다.

　따라서 조선생님은 MB라는 '환등상'을 깨뜨리며 깨어난 운동이 촛불이고, 여기에서 뛰는 길 이외엔 어떤 길도 주어져 있지 않다고 봅니다. 반면 이택광 교수는 촛불이 중간 계급의 욕망에서 생겨난 '환등상'이었으나 그 안에 진리가 있기 때문에 이 점을 먼저 인정해야 촛불의 성과와 한계가 뚜렷하게 보인다고 하죠. 여기서 둘은 갈립니다.

　어떤 주장이 더 맞는지는 사람에 따라 다르겠죠. 다만, 한가지로 모이는 게 있습니다. 촛불은 그저 몇 사람들이 불꽃놀이를 한 게 아니라 현대사에서 커다란 사건이라는 거죠. 촛불이 어떤 의미였는지 되새겨보는 시간이었으면 합니다.

7

다중지성은 누구인가?
저항하는 당신이
바로 이 시대의 다중!

조정환 선생님에게 '다중지성'을 배우다

조
정
환

|||| 조정환
|||| 다중네트워크센터의 대표이자 웹저널 《자율평론》 상임만
사. 도서출판 갈무리 공동대표로서 수많은 책을 내고 있으
며 막스코뮤날레 집행위원으로도 활동하고 있다. 저서로
《민주주의 민족문학론과 자기비판》《노동해방문학의 논
리》《지구 제국》《21세기 스파르타쿠스》《아우또노미아》
등이 있다.

다중이란 말이 등장하고 있습니다. 다중은 지금까지 사회의 여러 현상들을 설명할 때 끌어다 썼던 대중이나 민중, 시민과는 다른 뜻을 갖고 있습니다. 떼지성, 집단지성이라고도 불리며 수많은 사람들 사이에서 동등하게 결합하고 소통하며 새로운 창조성을 낳는 무리라고 할 수 있죠. 계급이나 인종, 나이와 성별 같은 사람들 사이의 구분을 뛰어넘어 온갖 성격이 뒤섞인 잡종 모임으로 볼 수도 있고요.

다중이라는 말로 이 사회를 분석하시는 조정환 선생님은 세계 경제 위기가 자본주의 자체의 결점에서 비롯한 결과가 아니라, 세계 곳곳에서 솟구쳐 오른 저항이 만들어낸 것이라고 말씀하십니다. 신자유주의가 가는 길목마다 다중의 움직임이 지뢰처럼 터져 올랐기 때문에 다자 간 협정 지배체제를 겨냥한 WTO가 실패했고, 그것을 대신한 FTA마저 벽에 부딪히게 됐다고 보시는 거죠. 이렇게 다중은 전 세계적인 문제와 연결지어 설명할 수도 있습니다. 조정환 선생님을 만나 다중과 지금 우리 사회에 대한 이야기 들어보았습니다.

오늘날을 다중시대라고도 합니다. 다중이 무엇인지 알려면 우선 요즘 사람들의 모습이 지난날과 무엇이 다른지 이해해야 할 듯싶습니다. 선생님은 다중이 나오기에 앞서 한국 현대사를 어떻게 보시나요?

과거 역사의 흐름을 뚜렷하게 알고 있으면 다중시대를 이해하기 훨씬 쉽습니다. 1980년대와 얼핏 비교만 해도 차이가 나죠. 80년대 광주항쟁 당시에는 학생과 시민, 그리고 전통적인 룸펜 프롤레타리아라고 할 수 있는 사람들이 중요한 역할을 했거든요. 운동가들보다 오히려 윤상원 같은 평범한 분들이 앞장서서 투쟁을 했죠.

그로부터 수년 동안 주요한 운동 형태는 서구 사회와 비슷하게 노동자운동으로 발전해왔습니다. 1985년에 구로동맹파업이나 그로 인해 촉발된 서노련, 민노련, 노동자의 깃발, 사노맹에 이르기까지 많은 정파들이 생겨났어요. 그렇게 1980년부터 6~7년 동안 쌓여왔던 것들이 폭발하듯 올라와 6월 시민항쟁과 7~9월 노동자 투쟁에 다시 접속했는데, 저는 1987년부터 정원식 총리 밀가루 투척 사건으로 역공을 받아 위축된 1991년 5월까지를 '4년의 장기 혁명 기간'이라고 생각하고 있습니다.

🎤 80년대와 달리 1990년대 들어 사회가 많이 달라졌습니다. 노동운동이 많이 꺾였고 학생운동도 수그러들었죠. 민주화가 어느 정도 자리 잡고, 기술과 자본이 더 늘어남에 따라 대중의 욕망도 많이 변했는데요, 이런 변화와 다중은 어떻게 이어지나요?

한국 산업의 재구조화 과정을 보면, 전두환 노태우 정부 때는 이미 재구조화가 시작되었지만 김영삼의 세계화 정책 같은 과정에서 본격화되었고, 정보산업화로 가는 발걸음이 1990년대 초에 빠르게 진행되었어요. 특히 대우를 중심으로 신경영이 도입해 들어왔고 삼성은 반도체로 산업구조를 전환시켰죠. 문화이론으로는 포스트모던이 쇄도하고 있었고요. 아주 고전적인 주체성 형태가 빠르게 틀을 바꿔가는 시기였다고 생각합니다.

최근 미국 시장을 삼성 핸드폰이 석권했다는 보도가 나올 정도로 한국의 정보산업화와 비물질적인 생산이 빠르게 진행되었고 IMF를 경험하면서 글로벌 사회, 정치적으론 제국 질서 속으로 깊숙이 투입되었죠. 국가주권 자체를 위임할 정도로 세계시장의 구성단위로 들어갔는데, 이 과정이 산업적 차원과 생산적 차원에서 바로 다중시대를 준비시켰다고 생각해요.

이건 운동에서도 나타났죠. 민주노총은 1991년까지만 해도 대우자동차와 같은 큰 회사 노조가 주도했던 대기업 연대회의를 하는 곳이었어요. 지하철노조나 민주노총이 만들어지면서 노조운동 중심축이 대기업 노조에서 공공, 서비스, 교육으로 넘어왔죠. 90년대에 가장 기억에 남는 게 전교조거든요. 참교육을 얘기하면서 교사들이 집결해서 싸웠죠. 또 KT 통신노조, 롯데호텔관광노조, 서울대병원노조, 간호사노조도 있었죠. 노조운동의 폭이 전통적인 블루칼라 운동에서 화이트칼라 운동으로 넓어진 거죠.

2000년대에 들어서 기억나는 것은 비정규직 노조운동이에요. 정규직이 싸웠지만 실업화, 비정규직화에 맞선 것이죠. 파병에 반대하는 싸움들, 2005년 미군기지 건설을 놓고 대추리에서 주민들이 싸우고, 2005년 부안에선 방사능폐기물 처리장 반대 투쟁이 질기게 이어졌고, 2005년부터 FTA 반대 투쟁이 일어났죠. 2009년 쌍용자동차 파업만 해도 자신들의 정리해고에 대항해서 싸운 거죠. 최근 민주노총에 공무원노조가 가입을 했는데 프티 부르주아라고 비난을 받던 사람들, 한 달 월급이 적어도 몇 백 만원 되는 사람들의 운동 참가가 뚜렷하게 나타나고 있죠.

이런 것들을 보면 지금은 1980년대와 모습이 많이 다릅니다. 2008년엔 촛불이 피어올랐는데, 이건 완전 잡종이죠. 직업이 뭔지, 어떤 사람들인지 알 수 없을 정도로 온갖 색깔들이 다 섞여서 춤을 추고 노래를 부르는 모습이 나타났죠. 1980년대를 민중의식이 중요했던 노동자들의 헤게모니 시기라고 한다면, 지금은 다중 시대라고 명명해도 무리가 없을 정도입니다.

EXIT

🎤 이전까지는 민중이란 말을 썼습니다. 많은 386들이나 지식인들이 민중을 위한다는 말을 외치며 운동을 했습니다. 민중과 다중은 어떻게 다른가요?

민중이란 말은 박현채 선생님이 《민족경제론》한길사, 1978에서 쓰기 시작하면서 사회과학 용어가 되었죠. 그전에는 대부분 인민이라고 했어요. 근데 북한에서 인민을 쓰니까, 그 용어를 그대로 쓰면 아무래도 탄압을 받을 위험이 있으니 좀처럼 쓰지 못했죠. 그러다가 1960년대부터 지식인 사회에서 북한의 인민과는 다른 의미인 민중 개념을 만들려고 시도했어요.

사회과학을 공부하는 사람들의 민중 개념, 민족문학론의 민중 개념이 탈춤운동, 판소리, 사물놀이를 생활에서 실천하면서 마당극, 민중극 형태로 발전했죠. 민중은 사회과학 용어로 인민 개념을 치환했다고 할 수 있는데, 조선시대부터 따져보면 인민의 단순한 대치물은 아니에요. 민중은 공동체 구성원이란 개념을 가지고 나왔고, 판소리, 탈춤 같은 문화부터 19세기의 동학 농민들, 일제시대 때 천도교 운동, 해방 이후엔 해체되어가는 농민사회에 대한 농민들의 저항운동으로 나타났어요. 김지하씨의 생명사상에서도 민중 개념이 나오죠. 민중이란 말이 안착되고 보편화되는 데 1960년대부터 80년대까지 30년이 걸렸어요. 꽤 오래 걸린 데 반해 다중이란 말은 오히려 빠르게 정착되었다고 생각합니다.

다중 개념은 제가 가장 먼저 썼는데, 그때만 해도 다중은 생소

한 낱말이었죠. 그런데 저보다 먼저 쓴 곳이 있었어요. 바로 헌법이죠. 다중이 집단적으로 어떠한 행위를 하여 어떠한 결과를 유발했을 때는 몇 년 이하의 징역에 처한다, 이런 기록이 나오거든요. 이런 점에서 다중은 대중과 다르죠. 대중은 형법에서 나쁘게 묘사하지 않습니다. 국민이나 대중은 형법에서 귀하게 취급하거든요. 대중은 문화 현상이니까 미디어에서 추켜세우는데, 반면에 다중은 권리가 없어요. 일반적으로 처벌 대상입니다. 나쁘거나 위험한 계급으로 분류되죠. 제가 다중이란 말을 쓰고 나서 나중에 발견했는데, 광주민주항쟁 당시 기소문들을 보면 다중이란 말이 굉장히 많이 나옵니다. 폭도 이미지죠.

다중이 폭도의 의미로 쓰였다는 말이 꽤나 흥미롭습니다. 다중이 한국에서만 나타난 게 아니라 온 세계에서도 일어난 일일 텐데요. 다른 나라의 다중은 어떻게 생겨났나요?

다중의 역사를 살펴보면, 1500~1600년대 근대 정권이 생기면서부터 위험한 계급을 가리켰어요. 해적들을 다중이라고 불렀죠. 인민people이나 독일어의 폴크volk는 주권을 구성하는 말로 존귀한 존재들이죠. 말이 비슷해 보이지만 다중과는 대비되는 개념입니다.

이제는 제국주의 시대처럼 강대국이 식민지를 직접 지배하면서 수탈하고 착취하지 않죠. 전 지구에서 일어나는 교환들을 통제하는 권력국가, 제국이 되었으니까요. 세계는 국민국가에서 지구시장으로 변화했습니다. 제국엔 권력의 중심이 없고 권력의 바깥도 없죠. 미국의 이라크와 아프가니스탄 침공은 제국과 제국주의가 뒤섞인 모습이라고 할 수 있습니다. 갑갑하고 우울하지만 새로운 변화도 생겨났죠. 다중이 나타나 제국 권력에 맞서고 있거든요.

지난 1994년 북미자유협정에 대항해 일어섰던 사파티스타 봉기, 1995~96년 프랑스와 독일의 공공 부문 노동자 파업, 1996~97년 한국의 노동자 총파업, 1999년 시애틀 투쟁 이후 연이어 나타난 반세계화운동, 2000년 볼리비아의 물 사유화 저지 투쟁, 같은 해 9월 팔레스타인의 2차 인티파다, 2001년 아르헨티나 피케테로 투쟁, 2003년 전 지구의 반전운동, 2005년 방리유 봉기, 2006년의 CPE 최초고용계약 반대 투쟁, 그리고 2008년 11월 프랑스 반란, 그해 12월 그리스 민중봉기, 이것들이 모두 다중들의 저항이에요.

제가 1990년대 말, 2000년대 초에 '제국과 다중'이란 주제로 강연을 하면서 다중이란 말을 쓰기 시작했는데, 이제는 많은 곳에서 다중이란 말을 쓰는 것 같아요. 짧은 시간 동안 수용될 수 있었던 것은 홍보를 잘해서가 아니라 실제로 민중시대와는 다른 뭔가가 나타나고 있고, 사회가 변하고 있기 때문이에요. 누구나 이를 쉽게 인지할 수 있으니까 빠른 시간 안에 사회의 공식 개념으로 정착되었다는 생각이 드네요.

제가 《제국기계 비판》갈무리, 2005에 쓴 것처럼 다중은 프롤레타리아가 띠었던 형태인 노동계급과는 다른 특성을 갖고 있어요. 기본적으로는 생산과 재생산의 회로에 놓여 있기에 산업 노동자, 가사 노동자, 학생 노동자, 연구 노동자, 언론 노동자 등으로 사회전 영역에 산포되어 있죠. 또 이들은 하나의 이름으로 규정하거나 부를 수 없어요. 각 개인이 지닌 자기만의 개성이 국경을 넘어 교류하고 흐름을 만들기도 합니다. 그렇다고 우연히 모여 있는 사람들을 무조건 다중이라고 할 수도 없습니다. 다중은 어떤 행위 속에서 등장하는 실천적 개념이기 때문이죠.

시민은 도시민에서 나온 것으로 도시에 사는 사람들이란 뜻이죠. 도시는 시장이란 공간이 전제되어 있기에 시장에서 상품과 몸을 공유하고 있는 집단이라고 할 수 있죠. 일반적으로 국민들 가운데 도시 노동자를 지칭할 때, 시민이란 말을 많이 써요. 프랑스혁명 당시 인민들은 정치의식이 깨어 있는 시민이라는 뜻의 '시투아앵 Citoyeon' 이라고 했는데 지금 시대에 시민은 꼭 그렇지는 않다고 생각해요.

그런데 시민이란 말은 이주노동자, 이주민들을 끌어안을 수 없다는 결정적인 한계가 있어요. 이들은 주민등록증을 확보하는 게 불가능하거든요. 프랑스에는 신분증 없는 사람들을 부르는 이름인 상파피에 Sans-papier 도 있죠. 한국에도 이렇게 부를 수 있는 사람이 100만 명이 넘어요. 이들은 국민에 속하지 않아 주권을 보호받는 존재가 아니에요. 주권의 바깥에 있고, 추적당하는 사람이죠. 이런 사람이 100만 명 이상 된다는 사실에 주목해야 할 것 같고, 그런 것을 염두에 두면서 일반 시민들이 자기가 누구인지를 성찰하면 좋지 않을까 싶어요. 이주노동자들의 주권을 고민하면서 그 주권 속에서 나오는 다양한 욕망들을 담을 수 있어야 하죠.

이와 함께 똑같이 신분증이 있고 같은 도시 공간에서 시장을 향유하는 시민이라 하더라도 거기에는 엄청난 차이가 있어요. 비정규직과 정규직은 계급 차가 큰데 이런 상황에서 시민이란 이름으로 뭉뚱그려져버릴 때 그 차이는 어떻게 할 것인가 생각해봐야죠. 강남 지역에 사는 사람과 강북 지역에 사는 사람은 경상도와 전라도의 차이보다 크다고 보거든요. 지역의 차이는 계급의 차이를 함축하고 있어요. 어떻게 해야 더 나은 생활을 쟁취할 수 있고, 제대로 살아갈 수 있을지 성찰을 해야 하지 않을까 싶어요. 보통 시민들은 먹고살기 힘드니까 이주노동자들이 일자리 빼앗아간다고 생각하기 쉽고, 가난한 사람은 자신의 가난이 개인의 못남 때문으로 생각하면서 자책할 수도 있어요. 본질을 꿰뚫어봤으면 해요.

다중이란 개념은 새로운 기운과 생산력을 갖고 있어요. 사실상 세상을 창조하는 힘은 정규직보다 비정규직에서 더 많이 나온다고 보거든요. 오늘날 정규직은 비정규직이나 고용되지 않은 사람들의 생산물을 걷어가는 마름 역할에 가까운 것으로 변해버렸죠. 새로운 생산에너지에 대한 보상을 제대로 받지 못하고, 정치적으로 억압당하고, 문화적으로 차별받고, 정신적인 소외 속에 놓인 상황을 타파해가기 위해선 먼저 자기 자신에 대한 새로운 성찰이 필요하다고 봐요.

그러기 위해선 공부를 해야 하죠. 다중지성의정원을 시작한 지 2년이 넘었어요. 그전에 했던 다중문화공간이나 자율비평, 그리고 갈무리 출판사에서 경험하지 못한 대중과의 만남이 다지원에서 시작되었거든요. 여기에 많은 강좌들이 있어요. 공동체 문제부터, 예술이 어떠해야 하는가, 다양한 삶을 어떻게 바라볼 수 있을까, 라틴아메리카에서 일어나는 성격은 뭐냐 등 많은 이야기를 하고 있습니다.

신문, 방송, 대학 같은 지배 이데올로기 기구들이 있잖아요. 거기에 사람들이 너무 많이 매몰되다보니까 소수의 사람들만 이런 문제에 관심을 갖고 있어요. 이 글을 읽는 분들은 조금 더 우리 사회의 비주류 영역이랄까, 그림자 같은 곳에서 전개되고 있는 담론을 듣고, 그 노력들에 관심을 많이 기울여줬으면 좋겠다는 생각이 드네요.

현실 사회주의가 무너지면서 과거의 유령이라고 생각했던 마르크스의 책들이 다시 주목받고 있습니다. 마르크스만큼 세계사를 뒤흔든 지식인도 없으나 오랜 세월 한국에 심어진 반공주의때문에 자유롭게 읽지는 못했죠. 하지만 자본주의가 삐거덕거리고 이런저런 문제들이 일어나면서 다시 마르크스주의가 고개를 들고 있습니다.

저는 인터넷으로 조정환 선생님의 마르크스 강의를 들었습니다. 그것을 통해 마르크스가 스탈린으로 대표되는 소련의 전체정치와 다르고, 마르크스주의 안에서도 수많은 갈래가 있다는 걸 알게 됐습니다. 최근엔 마르크스의 텃밭에서 새로운 지식과 변화가 꽃피고 있다는 것도 알게 됐죠.

조정환 선생님을 만나 뵈러 '다중지성의 정원'에 가는 동안 설렜습니다. 다지원은 다중들이 만나 같이 공부하는 나눔과 만남의 마당이기도 하니까요. 실제로 조정환 선생님에게선 뜨거운 기운을 머금은 뚝배기 같은 느낌을 받았습니다. 오랜 탄압을 겪으면서도 꿋꿋하게 자기 길을 열어가셨기 때문인지 한 마디 한마디에 단단한 뼈가 있었습니다.

조정환 선생님이 이원영이란 필명으로 옮긴 《자유의 새로운 공간》

갈무리, 1995은 무척 흥미로운 책이죠. 《다중》의 저자로 잘 알려진 안토니오 네그리와 질 들뢰즈의 연구 동지인 펠릭스 가따리가 공동 저자입니다. 이른바 '탈구조주의' 정신분석가와 자율주의autonomia의 이론가의 만남이 책으로 나온 것이라고 할 수 있죠.

이들은 68년 혁명에 눈길을 돌리고 세상의 새로운 변화를 읽어내고 있습니다. 자본주의 국가들이나 소련을 비롯한 사회주의 국가들을 비판하면서 코뮤니즘을 다시 정의하고, 민주주의의 탈을 쓴 중앙집권주의 대신 다중심주의multicentrism를 이야기합니다. 이들의 논의는 오늘날 한국사회에도 적용할 수 있죠. 대의제민주주의제도가 사람들의 뜻을 잘 담아내지 못한다는 볼멘소리가 예전부터 들리더니 촛불시위를 거치면서 크게 불거졌으니까요. 공산주의란 말이 지닌 낡고 갑갑한 무게 때문에 그동안 손사래 쳤던 자신의 케케묵음을 조금 떨쳐내고 책을 쥐면, 우리 삶에서 어떻게 코뮤니즘을 실천할 수 있는지 알게 될 수 있을 겁니다.

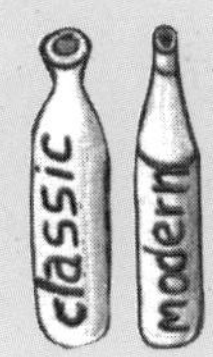

8

우리의 삶을 바꿀 고전 읽는 방법을 알려드립니다

김사천 선생님에게 '고전 읽기'를 배우다

김시천

도가철학, 한의철학, 동아시아 고전을 현대에 맞게 해석하며 글을 쓰고 있는 철학자. 출판에도 관심이 많아 여러 인문학 도서들을 기획하고 있다. 저서로 《번역된 철학 착종된 근대》(공저) 《철학에서 이야기로—우리 시대의 노장 읽기》 《이기주의자를 위한 변명》 등이 있다.

자기계발 열풍을 타고 한창 실용서적들이 큰 인기를 누린 적이 있습니다. 책에 적힌 대로 따라하면 모든 게 다 잘될 것처럼 얘기하는 책들을 많이 읽었는데, 정작 책을 덮는 순간 남는 게 거의 없었습니다. 이게 과연 실용적인지 고개를 갸웃거리게 됐죠. 실천하기가 어려워서 책을 본 건데, 그게 문제라고 하니, 쓴 사람이나 읽는 사람이나 답답한 노릇입니다. 다시, 다른 자기계발서를 읽어보지만 다 비슷비슷합니다. 그 틈에서 괜한 냉소가 슬슬 피어오릅니다.

이런 자기계발서의 인기 뒤엔 대학의 위기가 있습니다. 대학은 사람답게 사는 지성인을 길러내는 곳인데, 어느 순간, 취업 학원이 되어버렸습니다. 모든 가치를 숫자로만 재는 사회에서 대학은 거세게 흔들리며 안에서부터 무너지고 있습니다. 대학에 도대체 왜 가야 하는지, 왜 필요한지 짚어볼 시점이 아닐까 생각합니다.

그래서 김시천 선생님을 만났습니다. 대학생들과 소통할 수 있는 책을 기획하고 또 고전 속에서 지금 이 사회를 읽어내는 선생님께 오늘날의 대학 위기와 고전 읽기의 중요성에 대해 들어보았습니다.

🎤 선생님은 노자와 왕필을 공부하셨습니다. 서구를 모델로 근대화가 이뤄진 한국에서 동양학을 공부하신 이유가 있나요?

거꾸로 얘기를 해야 할 것 같아요. 읽어보고 의미가 있으니까 했던 거죠. 시대에 따라 동양학도 많이 달라졌어요. 19세기 방식과 20세기 방식은 다르죠. 19세기에는 자존심 강한 동아시아 학자들이 서양의 것을 연구하면서 서양을 대등하게 바라보려고 했습니다. 20세기에 들어오면서는 서구에 먹힌 이유를 변명하기 위해서 수세적으로 얘기했고요. 그러나 20세기 말부터는 너희도 우리 얘기를 들어봐라, 하는 태도가 생기지 않았나 싶어요. 이런 과정에서 고전을 대하는 방식이 많이 달라진 것 같아요.

중요한 건 동양학이라고 하는 것이 서양학에 대한 동양학이라는 거예요. 동양학 자체가 서양 사람들에게 우리 것을 알리고자 하는 내용을 구성하면서 이뤄졌다는 거죠. 달리 말하면, 우리 삶의 내용이 빠져 있었다는 거예요. 설명하기 위한 동양학을 만드는 데 치중했기 때문에 인문학의 위기가 온 것이 사실이죠.

제가 다른 분들과 차이가 있다면, 노자로 학위를 받았지만 노자 사상을 지지하지는 않는다는 점이에요. 문제가 많은 사상이거든요. 아름다운 얘기라고 할 수 없습니다. 노자가 당시 사회에서는 절실한 텍스트였겠지만, 지금과는 용도와 방식이 달랐죠. 과거 지식인들에겐 노자 사상이 정치 현장에서 써먹을 수 있는 텍스트였다면, 오늘날엔 정치인을 비판하고 감시하는 텍스트로서 유의미한 부분이 있다고 생각해요.

하지만 민주주의와 공공의 가치를 중시하는 현대 사회에서 노자가 지지했던 정치의 모습을 옛날과 똑같이 타당하다고 긍정할 수는 없지요. 그런 차원에서 본다면 노자를 연구하는 다른 학자분들, 예컨대 우주학 방식이나 고전의 가치에 의미를 두고 전통을 사랑하면서 해석하는 분들과는 차이가 있겠죠.

한국뿐만 아니라 미국이나 유럽도 나라 차원에서 인문학을 지키기 위한 정책을 펴고 있지만 인문학이 쇠퇴하는 흐름을 거스르진 못하고 있습니다. 한국이 유독 문제가 되는 까닭은 인문학 보호 정책 자체도 부족할 뿐만 아니라 인문학을 경제 논리로만 따지면서 깔아뭉개는 분위기가 무성하기 때문이 아닐까 싶은데요. 이런 상황을 어떻게 보시나요?

인문학의 위기라는 얘기를 많이 하잖아요. 한편으론 인문학이 위기가 아닌 적이 있었느냐고 얘기하는 사람들도 많았어요. 둘 다 잘못된 질문이고, 잘못된 대답이에요. 인문학의 위기를 말하기 전에 인문학이라고 할 수 있는 학문이 있었느냐부터 물어야 하죠.

《논어》가 인문학인가요? 전 그렇게 생각하지 않거든요. 플라톤도 오늘날에 좁은 의미의 철학자와는 거리가 멀죠. 공자랑 노자는 철학자였느냐? 아니에요. 그럼 정치인이었느냐? 그렇기도 하고 아니기도 하고, 모호해요. 달리 말하면, 인문학이라고 할 수는 없을 것 같아요. 국문학 없이 국문학 행위가 불가능하냐? 아니에요. 국문학과를 나오지 않아도 시인이 될 수 있는 것처럼 인문학이 없다고 해서 삶 자체가 불가능한 건 아니에요.

굳이 인문학이라는 좁은 분야에 한정해서 지금이 위기냐고 질문하게 되면 문제점이 생길 수 있어요. 그래서 거꾸로 생각해봤으면 해요. 공자가 제기했던 문제의식 없이 현실을 살 수 있느냐? 이렇게 물어야 제대로 된 판단을 할 수 있죠. 그런 물음들 가운데 사회과학자들이 답변할 수 있는 내용들이 있고, 소위 인문학에서 말할 수 있는 답변이 있어요.

인문학의 수요 자체가 줄어들었다는 게 아니라 과거엔 여러 분야의 학문이 골고루 논의되었지만 지금은 내용들이 한쪽에 집중되다보니까 인문학에 대한 가치 지향이 적어진 거예요. 클린턴이 대통령이 될 때 "바보들아, 문제는 경제야"라고 했듯, 경제 담론이 모든 것을 장악하는 세상에서 인문학은 경제 효율성으로 환원될 가능성이 적다보니 힘이 없다고 얘기하는 것뿐이에요. 그러다 보니 인문학에 대한 관심이 줄어든 것처럼 보이는 것이고요.

인문학이 사회에 발언하는 힘이 약해지다보니 무용한 것처럼 얘기하지만, 인문학적 질문 없이 살 수 있느냐고 묻는 게 중요하죠. 누구든 인문학에서 고민하는 질문들을 갖고 살지 않습니까? 사실 살고자 하는 의지 자체가 인문학적 표현이에요. 인문학은 체계화된 질문을 하는 학문이기에 앞서 그 자체가 삶이기 때문에, 인문학의 위기가 아니라 인문학 방식으로 사유되는 삶의 내용들이 사라지고 있다고 봐야겠죠.

태어나면서부터 인문학자가 되려고 했던 건 아니에요. 하다보니 재미있었고, 그래서 계속하다보니까 지금까지 하고 있는 거죠. 내가 아니면 인문학을 누가 해? 그런 생각은 해본 적도 없고, 내가 꼭 인문학자가 되어야 한다는 생각도 해본 적 없어요.

어떤 면에선 인문학자보다는 출판과 연계하여 책 만드는 일에 더 관심이 많아요. 인문학자로서 연구를 하는 것도 중요하지만 그런 내용을 어떠한 방식으로 구현할 것인가에 초점을 두고 있는 거죠. 다른 사람의 글도 제가 읽고 좋았다면, 더 많은 사람들이 읽었으면 하는 바람으로 출판 쪽 일도 하고 있어요.

이제는 매체가 다양해졌기 때문에 학자들도 꼭 논문만 써야 한다는 생각에서 벗어날 필요가 있다고 생각합니다. 대중들이 보지도 않는 논문에 구태여 목매달듯 할 필요는 없다는 거죠. 다양한 방식의 매체를 활용하는 능력이 필요하고, 특히 오늘날 학자들에겐 더 많은 노력이 필요한 부분이 아닌가 싶어요.

논문 읽기가 너무 힘들어요. 다른 사람이 쓴 논문 읽는 것도 힘든 작업이지만 정작 논문 발표가 끝나면 힘들었다, 어려웠다, 어떻게 썼다는 등 하소연을 많이 하거든요. 왜 이런 얘기를 공공의 차원으로 가져가지 못하냐는 거죠. 이런 논문을 왜 써야 하는지 모르겠다는 얘기가 공공담론에 드러날 때, 인문학이 삶과 섞일 수 있는 요건들이 만들어질 듯합니다.

선생님 말씀처럼 인문학이 여전히 학술 공간에 머물러 있다는 생각이 들어요. 그래서인지 인문학은 이런 사회를 변화시키지 못하고 있습니다. 어떻게 생각하시나요?

사실 거의 힘이 없죠. 그 까닭을 정확히는 모르겠어요. 왜 인문학이 이렇게 힘이 없는가? 막연한 얘기를 하기 때문인 것 같아요. 너무 막연하죠. 자기 말이 공감대를 못 가진다는 건 그만큼 자기가 다른 사람의 마음을 제대로 파악하지 못하고 있다는 거예요. 세상이 경제 논리로 일원화되었다고 하더라도 인문학자들이 다른 사람들의 공감대를 얻으려면 그만큼 학자들의 능력도 필요하다고 봅니다.

인문학 자체가 갖고 있는 성격이 권위적인 것 같다고 하는 사람들이 많아요. 그런데 거꾸로 학자 입장에서 생각을 하면 대중문화 어쩌고 하는데, 학자는 대중 아닌가요? 학자도 대중이에요. 대중의 일원으로서 대중문화를 객관화해서 비평할 수밖에 없는 딜레마에 빠져 있는 사람이 학자죠. 사회에 속해 있지만 벗어나 있고, 대중에 속해 있지만 벗어나 있는 거죠. 마치 자기가 아닌 것처럼 굴어야 해요. 학자들이 이러한 딜레마를 잘 극복해야 인문학이 삶과 호흡할 수 있어요.

그렇게 본다면 객관성이라고 하는 것 자체의 문제도 되짚어볼 필요가 있을 것 같습니다. 고전 역시 객관성이 있는 책이 아니니까요. 따라서 저는 객관성보다는 당파성이 더 필요한 게 아닐까라는 생각을 해요. 모든 사람을 위한 책이기보다는 어떠어떠한 부분을 위한 인문학과 고전이 필요한 게 아닌가 싶죠.

예전에 도올 김용옥 선생을 보면 방송에서 쇼맨십을 곁들여 많은 사람들에게 공감을 얻었잖아요. 그것이 얼마만큼 삶의 질을 높였느냐는 별개의 문제로 치더라도, 공감대를 얻어냈다는 것에 주목해야 해요.

인문학을 얘기할 때, 현재 한국 사회를 보기로 들어야 합니다. 그래야 인문학이 호흡할 수 있습니다. 그런데 지금 칸트를 가르치는 사람이 200년 전 칸트 시대만 얘기해요. 역사책을 뒤지지 않으면 알아들을 수 없죠. 이런 부분은 바꿀 필요가 있다고 생각해요. 특히 유학을 다녀 온 분들에게 이런 문제점이 많이 드러나는데,

칸트가 겪었던 상황을 오늘날로 바꿔봐야죠. 텍스트만 번역할 게 아니라 삶에 대한 번역이 강의와 해석에서 녹아나야 한다는 게 제 생각이거든요. 그러면 많은 분들이 인문학을 더 잘 이해하지 않을까 싶네요.

대중들이 인문학을 모른다고 핑계대지 말아야 해요. 자신이 다른 사람의 절실한 고민을 얼마만큼 이해하고 소화해서 인문학으로 발언하느냐에 따라 학자의 권리가 나오는 거예요. 그때 비로소 지식인이라고 부를 수 있지 않나 싶습니다. 그런 의미에서 저 역시 지식인이라기보다는 책 읽는 사람이지만, 그런 말을 해보고 싶고 해봤으면 좋겠어요.

사실 인문학은 새로운 것을 찾아내려고 하기보다는 어떻게 하면 삶과 더 섞일 수 있는가에 대한 노력을 해야 합니다. 실제로도 그게 더 중요하고요. 대부분 학자들이 사회 참여라고 하면 대중을 대상으로 하는 책 쓰기만을 생각하는데, 더 다양하다고 생각해요. 다른 사람의 글을 읽고 비평해주기, 다른 사람의 책을 읽고 서평 쓰기 등등…… . 이런 부분들이 필요하지 않을까 싶어요.

그러기 위해서는 무엇보다도 책 읽는 문화를 더 발전시켜야 하고, 인문학자들도 스스로 노력해야 한다고 봐요. 예를 들어, 요즘 경제가 어려우니까 학생들이 책을 못 사요. 그렇다면 공공도서관을 활성화시켜야 하는데, 인문학자들이 나서서 압력을 가하고 목소리를 내야지요. 이런 다양한 노력들이 인문학을 살릴 수 있는 길이 아닌가 싶어요.

인문학자들이 말을 하는 것은 공부를 더 했기 때문이 아니라 더 많이 생각해봤기 때문이에요. 열 권 읽은 사람이 한 권 읽는 사람보다 더 말을 잘할 수 있으니까요. 학벌이 좋고 박사라서 얘기하는 게 아니란 거죠. 아는 게 많으니까 더 말하고 싶은 것뿐이고요.

정작 중요한 문제는 인문학자들이 자기 삶에 진솔하지 않다는 거예요. 자기가 하는 학문이 자신의 삶을 설명할 수 없고, 자기 글이 자기 삶을 끌어안는 데 별로 도움이 안 되는 것 같아요. 저는 《이기주의를 위한 변명》웅진지식하우스, 2006에서 난 대인이 아니고 소인이다, 소인은 이렇게 살면 안 되느냐고 썼어요. 《논어》, 《맹자》를 읽으면서 그랬거든요. 나는 이렇게 못살아, 하고요. 이렇게 살 수 없다는 고백을 우리가 해본 적이 있나요? 그렇게 못살겠다면 어떻게 살아야 하느냐? 고전에서 말하는 삶의 모습 자체를 버릴 게 아니라면, 그럼 우리는 어디까지 받아들여야 하느냐? 그게 인문학자들이 질문해야 할 고민이에요.

제가 대학원생일 때 선생님과 함께 아주 유명한 노스님을 찾아 뵌 적이 있어요. 덕담 한마디 해달라고 부탁드렸더니 "열심히 공부하시고 나라를 위해 좋은 일 하시고 훌륭한 학자가 되십시오”
하고 끝나는 거예요. 스님이 무슨 애국주의 같은 얘기를 하나, 속
으로 이렇게 생각하고 나왔어요. 유명한 스님이라더니 별로 재미
없다고 했더니, “상황이 되어야 귀에 들어오는 거지, 아무런 상
황이 없는데 무슨 말을 하겠느냐”고 선생님께서 얘기해주시더라
고요.

이게 인문학이 처한 현실과 비슷해요. 한국 땅에서 인문학에게
발언권이 없다고 하는 것은 우리가 인문학을 가지고 우리의 삶을
대변했던 경험이나 기회가 없었다는 뜻이에요. 발언을 하려면, 적
절한 사회 조건과 사람들 사이에 공감대가 있어야 하는 거예요.

예전에 싱가포르의 정치인 리콴유가 ‘아시아적 가치’를 얘기했
을 때, 싱가포르 사회는 그럴 만한 조건이 무르익어 있었어요. 그
런 분위기에서 적당한 말을 하니까 상당한 호응을 얻었고 지지를
받은 거죠. 인문학이 사회에서 힘이 없다는 것은 인문학자들 스스
로가 그렇게 만들어놓고 적당한 분위기에서 적절하게 발언해서
성공해본 적이 없다는 뜻이에요.

🎤 인문학 위기를 넘어서기 위한 여러 가지 이야기가 나오는데, 어떻게
생각하시나요?

여러 가지 방법이 많겠지만 우선 제대로 된 제도화를 갖추는 게
중요하다고 생각해요. 배우는 사람이나 부모들의 욕구가 경제적

인간으로만 키워지기를 바란다고 볼 수 없는 건 확실해요. 그렇다고 인문학을 모든 사람들이 다 배워야 한다고 생각하지도 않아요. 문제는 현재 인문학에 관심 있는 사람들마저 관심을 끊게 만드는 시스템이라는 데 있지요.

초·중·고교 과정에서 인문학은 암기과목일 뿐이에요. 인문학 공부를 하는 게 아니라 교재를 앞에 두고 수험 공부를 해요. 수학 공식을 외우는 것처럼 인문학 공식을 외우고 있어요. 그걸 인문학이라고 할 수는 없습니다. 더구나 대학 입시 자체가 반인문학으로 되어 있고요.

대학도 사정은 똑같죠. 교재 하나 갖다놓고 학생들 수십 명씩 몰아넣은 뒤, 발표시키고, 보고서 내게 해서 누군 A, 누군 B, 이렇게 점수를 매겨요. 가장 반인문학적인 방식으로 인문학을 교육하는 거예요. 이건 인문학이라고 말할 수 없습니다. 분명한 건 지금 우리가 철저하게 반인문학적인 제도 속에 있다는 거예요. 이 속에서 인문학을 살리기란 당연히 불가능하죠.

적어도 대학이란 공간에서는 인문학을 인문학다운 모습으로 공부할 필요가 있어요. 다양한 고전들을 읽고, 독서할 수 있는 프로그램들을 만들어주는 것이 대학의 할 일이죠. 공대생도 인문학 수업에 들어올 수 있습니다. 칸트의 《순수이성비판》이나 플라톤의 《대화편》 읽고 싶어하는 사람이 있을 거예요. 인문학을 공부하고 싶은 욕구가 있는 사람에게 인문학을 충분히 인문학 방식으로 전달해야 해요. 수요자 중심 교육은 그렇게 가야 하고, 그래야만 인문학이 살아요.

대학이 아닌 바깥에서 인문학이 활성화되는 까닭이 여기에 있습니다. 평가받을 이유가 없는 거예요. 평가할 수 없는 것을 평가하려고 하니까 문제가 생기죠. 어떻게 인문학을 ABCDF라는 점수로 평가하나요? 이건 말이 안 되는 거거든요. 대학은 인문학적 평가 체제를 갖춰야 한다고 생각해요.

평가 자체를 반대하는 건 아니에요. 평가를 하더라도 등급을 매기는 게 아니라 이 사람이 뭘 읽었고, 나름대로 어떻게 사유를 펼쳤지만 이런 부분은 약하다는 식으로 할 수 있는 거죠. 칸트의 《순수이성비판》을 읽으면서 어느 정도 객관화되고 합의된 해석이 있는 거니까 얼마만큼 이해했느냐를 평가할 수 있는 부분도 있습니다. 하지만 그것이 전부가 아니에요. 인문학 공부는 점수를 얻기 위한 게 아니란 걸 놓치면 안 됩니다.

오늘날 공자를 다시 읽는다는 것은 무슨 뜻일까요? 공자가 한 말 그대로를 우러르고 따르겠다는 게 아니라 공자를 통해서 지금 우리의 삶을 이야기해야 한다는 거예요. 공자를 통해서 뭘 배우는 게 아니라 자기가 하고 싶은 이야기를 공자를 빌려 발언하는 것이죠. 우리는 모두 자기가 살고 있는 문화의 영향을 받기 때문에 고전이 색다르게 들릴 수도 있고 그걸 통해 새로운 생각을 할 수 있어요. 지난날 사람들과 교감하고 호흡하면서 오늘을 돌아볼 수 있다는 거지요.

《논어》가 아무리 대단한 무게를 갖고 있어도 자기 몸무게보다 무거울 수는 없어요. 진리가 아무리 무거워도 자기 삶보다 무거울 수는 없다는 것이죠. 우리의 삶으로 고전을 들여다보는 게 중요하지 고전 자체에 의미가 있다고 생각하지 않아요.

그래도 고전과 하는 대화는 일상에서 하는 대화와는 다르죠. 우리가 살아가면서 하는 체험이 제한되어 있기 때문에 진지한 고민이 배어 있는 대화를 하는 시간은 극히 제한되어 있잖아요. 그런데 고전을 읽으면 문화도 시대도 달랐던 사람들이 평생에 걸쳐서 한 고민들이 녹아 있는 사유들을 접하게 돼요. 제대로 된 맥락을 쫓아서 읽으면 다른 책을 읽을 때보다 많은 것을 생각하게끔 촉발하는 가치가 있어요. 그래서 이야기가 어려울 수 있지만 그러한 책과의 만남은 의미가 있죠.

classic
modern
BEST WAY TO MIX

저 나름대로 고전을 읽는 방법이 있습니다. 예를 들어, 칸트 책을 읽다가 이해가 안 되는 구절이 나오잖아요. 무슨 말인지 모르겠으면 넘어가요. 왜 쓸데없이 어려운 말을 했냐고, 머리는 나랑 똑같은데 뭘 복잡하게 생각하느냐고 칸트에게 따집니다. 그렇게 읽다가 이해가 되는 부분이 나오면 '맞아, 말 잘했네, 이거야' 하며 마치 칸트가 제 앞에 있는 것처럼 말하죠. 이것이 고전을 읽으면서 시간을 보내는 방법이기도 하고, 고전과 자신을 길들이는 과정이기도 해요.

그런데 동양철학에 이렇게 대화할 수 있는 부분이 더 많은 것 같아요. 《논어》나 《도덕경》엔 단구들이 많고, 예화와 우화 중심으로 되어 있어서 대화하기가 더 쉽죠. 서양 고전은 처음부터 끝까지 논리적으로 이어져 있기 때문에 멈추면 안 돼요. 더듬거리더라도 앞에 것부터 이해해야 뒤쪽도 이해가 되거든요. 동양 고전은 하이퍼텍스트에 가까워서 이해가 안 되는 이야기면 그냥 넘어가면 되고, 이건 완전 옛날에나 했던 고민이라는 판단이 들면 버리면 돼요.

시대가 달라졌어요. 《논어》든 《순수이성비판》이든, 새로운 텍스트가 쓰일 필요가 있다고 생각합니다. 예로 《논어》에 〈학이편〉

이 있는데, 꼭 이렇게 구성될 이유가 없잖아요. 다른 모습으로, 구조도 바꿀 수 있지요. 이런 책들이 우리의 삶과 맞닿아야 한다고 생각하고, 그런 책을 써보고 싶은 생각도 있어요.

아리송하기만 한 세상 속에서 책만큼 목마름을 적셔주는 게 없습니다. 좋은 책 한권 한권은 삶에 든든한 버팀목이 됩니다. 때론 책이 어려워 술술 책장이 넘어가진 않지만 책과 씨름한 만큼 삶은 가뿐해지더군요. 엉덩이를 무겁게 한 경험들이 나중에 귀한 보배로 돌아온다는 걸 새삼 느낍니다.

그러나 오늘날엔 대학 안에서 책과 씨름하며 고민하는 젊은이들이 많지 않은 것 같습니다. 그 유명하다는 대학을 졸업한 사람들을 보면, 사회 참여는커녕 자기 삶도 가누지 못한 채 허우적거리는 경우도 수두룩합니다. 그렇다면 지금 대학은 어떤 곳일까요? 초·중·고란 하청 기업을 거치며 올라온 제품들에 브랜드를 붙이는 인간공장이라고 한다면 너무할까요?

최근 대학 자퇴 선언을 한 김예슬씨의 외침은 대학이 병을 앓고 있다는 걸 알리는 기침입니다. 입을 가린다고 기침이 멈춰지지 않듯 대학 문제는 쉬쉬한다고 감춰지지 않습니다. 김예슬씨처럼 대놓고 나서지 않았을 뿐, 대학에 고개를 돌리고 조용히 떠난 사람, 아직 짐을 꾸리지 못했을 뿐 주변을 맴돌고 있는 사람들을 쉽게 볼 수 있습니다.

만약 대학이 이대로 간다면 사회발전을 위한 디딤돌이기보단 걸림

돌이 될 겁니다. 초기 산업사회에서 통하던 서열화 방식이 여전히 남아 사람들을 차별하고 있으니까요. 언제까지 이렇게 가게 될지 갑갑합니다. 대학을 가지 않더라도 사람 차별하지 않은 사회, 가치의 다원화가 이루어지는 사회를 일궈야 하겠지요.

배우고 싶은 사람이라면 누구나 대학에 들어갈 수 있게 하되, 정말 제대로 배운 사람만 졸업시키는 쪽으로 대학 제도를 바꾸는 건 어떨까요? 일류 대학을 가는 대신 일류 선생을 찾아가 공부하도록 학풍이 바뀐다면 얼마나 좋을까요? 대학이 제 구실을 못하고, 학생들이 더 이상 좋은 책을 읽지 않는데 그 사회가 멀쩡하다면 그게 더 이상하겠지요. 대학은 말 그대로 큰 배움터야 해요. 손때 묻은 좋은 책들을 거울처럼 보면서 세상과 자신을 돌아보는 공부를 해야 합니다. 대학과 대학생이란 무엇이고 어때야 하는지 되짚어야 할 때네요.

9

가능하지 않은 것을
사유하고, 행동하고, 꿈꿀 때
더 크게 웃을 수 있다

고병권 선생님에게 '명랑법'을 배우다

▥ 고병권

▥ 연구 공동체 '수유＋너머'의 연구원. 철학의 눈으로 우리
사회와 세계가 어떻게 움직이는지, 사람들의 삶은 어떠한
지 공부하고 있으며 교도소와 파업 현장, 야학 등에서 인
문학 강의를 하고 있다. 저서로 《니체, 천 개의 눈 천 개의
길》《화폐 마법의 사중주》《고추장, 책으로 세상을 말하
다》 등이 있다.

안녕하십니까, 고객님. 사랑합니다! 반가운 인사와 사랑한다는 말이 귀에 거슬리는 시대입니다. 사랑한다는 인사 안에 진심이 담겨 있지 않기 때문이죠. 웃으라고 으름장 놓는 세상에서 사람들은 억지웃음을 지으며 살고 있습니다. 그렇게 '썩소'가 탄생합니다. 또 거리는 온통 잿빛입니다. 뿌연 하늘 아래 모지락스러운 얼굴들만이 가득하죠. 시간이 갈수록 시멘트 건물이 높아지고 강에 콘크리트가 부어지듯 사람들의 표정은 굳어갑니다. 답답한 가슴을 안고 매스꺼움을 이겨내면서 열심히 살아가지만 시원스럽게 한 번 웃는 사람 만나기 쉽지 않은 세상이네요. 유쾌하고 활발하게 지내고 싶은 마음이야 굴뚝같아도 명랑하지 못한 사람들 틈에서 그 누구도 환히 웃기는 어렵습니다.

까르르 웃으며 살고 싶었지요. 날로 웃음기가 메말라가는 얼굴을 보면서 어떻게 하면 웃을 수 있는지 궁금했습니다. 그때 제 앞에 수유+너머의 고병권 선생님이 나타났습니다. 선생님은 명랑을 퍼뜨리며 새로운 사회를 상상하는 분인데요. 고추장이라 불리는 수유+너머의 추장, 고병권 선생님을 뵙고 이야기를 나눴습니다.

선생님에게는 다른 지식인들의 근엄함이나 엄숙함이 잘 보이지 않습니다. 참 밝은 얼굴이세요. 원래부터 이렇게 명랑하셨나요?

아니요. 저 역시 우울하고 무거웠죠. 제가 대학 다니던 시절은 민주화운동이 한창 진행되고 있던 때라 사람들이 많이 죽어 사회 전반이 우울했어요. 구로에서 노동자 후보 선거운동을 하다가 힘든 경험도 했어요. 저도 잘 모르는 얘기들을 외워서 노동자들 앞에서 떠들었죠. 하루는 술에 취한 분이 오시더니, 너희가 노동자를 아냐면서 뺨을 때리는 거예요. 너무 큰 충격을 받았고 창피했죠. 해산식을 겸해 뒤풀이를 하는데 같이 운동하던 누나의 한쪽 팔이 심하게 화상을 입었더라고요. 그 누나는 봉제공장에 다녔는데, 추석 때 잠을 쫓기 위해 타이밍약을 먹으며 야근을 한 뒤 머리를 감았대요. 약에 취해 감각이 없으니까 뜨거운 물로 머리를 감았던 거예요. 그때, 옆에 있던 친구가 왜 고무장갑을 끼고 머리를 감느냐고 했대요. 그 말에 엄청난 충격을 받았어요.

다시 공부를 하려고 학교에 돌아왔는데, 아무것도 할 수가 없었어요. 적응이 안 되는 거예요. 우울했죠. 뺨 맞은 사건과 팔이 고무장갑처럼 부풀었는데도 느끼지 못했던 이야기가 계속 맴돌았어요. 그러다 사회주의를 공부하고 싶다는 생각에 사회학 대학원에 갔어요. 한 달 뒤, 독일의 철학자 니체Friedrich Nietzsche, 1844~1900를 만나면서 많은 게 달라졌어요. 저 혼자 우울해하고 힘들어하는 게 주변에 있는 사람들을 얼마나 힘들게 하는 일인지 알았어요. 또 하나는 제가 원하는 세상이 어떤 건지, 싸우고 공부해서 얻으려는 삶이 뭐였는지 몰랐다는 것을 깨달았어요. 그저 잘 살게 해달라고, 못살고 싶지는 않다고 말할 수는 있었는데 어떻게 살아야 하냐고 물으면 딱히 할 말이 없었거든요.

니체에게 참 많은 은혜를 입었죠. 얼굴 표정도 달라지고 많은 게 바뀌었어요. 제가 니체를 처음 접할 때만 해도 너무 무거웠어요. 문제는 갖고 있던 무거운 말들이 실밥 하나만 건드리면 후두둑 다 풀어진다는 거예요. 반면에 니체의 말은 가벼워요. 하지만 단단하지요. 명랑하게 강력하다고나 할까? 그리스인들이 심오했기 때문에 표면적이었다는 니체의 말을 듣고, 정말 무릎을 쳤어요. 깊이가 있었기 때문에 오히려 연기하듯 겉으로는 즐겁게 살 수 있었던 거죠.

지각은 외적인 것이고 사유는 내적인 것이지만 이 둘은 맞물리며 이뤄지죠. 생각은 자기 삶의 표현이에요. 몸이 불편하고 자기 삶이 힘들면, 그걸 표현할 수밖에 없어요. 무겁게 생각하는 사람은 표정에서 무거운 삶이 드러나요. 이건 비유가 아니고 정말로 그래요. 그래서 사람의 말보다는 표정을 많이 보고 있어요. 때론 표정이 말보다 더 많은 걸 말해주니까요.

우리 사회 전반에 냉소주의란 병이 퍼져 있습니다. 이 병에 걸리면 삐죽 나온 입으로 마치 세상에 대해 다 아는 척 뻐기면서, 이놈도 틀렸고, 저놈도 틀렸다며 한숨만 쉬거나 침만 뱉어대죠. 삶의 무게가 무겁고, 명랑하기가 쉽지 않은데, 어떻게 해야 명랑해질 수 있나요?

냉소주의야말로 정말 나빠요. 냉소주의는 허무주의로 현장에 없다는 증거예요. 자기는 그 문제에서 멀찍이 떨어져서 본다는 거거든요. 멀리서 말만 보태는 거죠. 오히려 객관적으로 문제를 보는 것 같지만 절대 그렇지 않아요. 그것은 강력한 의지의 표현이고, 강하게 권력욕을 얘기하는 거예요. 바라본다는 방식으로 현재 시스템을 강화시키는 아주 나쁜 권력이죠. 니체도 말했잖아요. 니힐리즘이란 아무것도 원하지 않는 게 아니라 엄청나게 욕망하고 있는 것이며, 자기 권력을 관철시키고 싶어서 무를 의욕하는 것이라고요. 'nothing'이 아니라 'nothing'에 대해서조차도 인간은 의

욕하려고 해요. 냉소주의는 차가운 말로 상대방의 동의를 구하지만 마치 자기는 그것과는 상관없는 것처럼 현장에서 빠져나오는 비겁한 방식을 쓰는 거예요.

제가 소크라테스의 아이러니를 싫어하는 것도 그런 이유 때문입니다. 소크라테스는 사람을 바보로 만들어요. 물론 소크라테스와 애기를 하다보면 사람들은 웃을 수 있고 깨달음을 얻겠지만 한편으로는 한 사람을 바보 만드는 거예요. 유머라는 건 누구를 놀리는 게 아니라 같이 웃는 겁니다. 한 사람을 왕따시켜서 웃는 것처럼 슬픔을 기반으로 하는 비웃음은 어떤 경우에도 좋지 않아요. 실제로 나쁜 영향을 발휘하고 있고요. 제가 《추방과 탈주》그린비, 2009에서 앎이 삶을 구원하느냐는 질문을 던졌는데, 뒤늦게 잘못 애기했다는 걸 깨달았어요. 아무런 앎이 아니라 어떤 앎이냐는 게 중요하죠. '어떤'을 빼먹었어요. 앎이 삶을 구원한다는 걸 믿는 일은 믿을 수 있는 앎을 갖는 일이지, 앎에 대해서 저걸 믿을까 말까 하는 게 아니란 거예요.

웃는 사회, 명랑한 사회를 만든다는 것은 진심으로 웃는 걸 말하지, 상황을 놓고 그냥 웃으라는 게 아니에요. 어떻게 슬픈 현실을 놓고 웃을 수 있어요. 그건 정신 나간 놈이거나 비웃음이죠. 진짜 명랑한 사회는 사람들을 웃게 만드는 사회예요. 그런 사회가 되려면 웃으면서 시작하고 그렇게 되어가는 과정 내내 웃어야 하는 거고요. 기쁨에서 시작해야 하고 기쁘게 하는 것이 중요해요. 정말 잘 웃는 사람은 남을 웃게 하는 사람이에요.

🎙 사회의 역할도 중요하지만 개인 스스로도 애써야 한다는 말씀이시군요. 그럼 개개인이 어떤 노력을 할 수 있을까요?

우선 좋은 공동체에서 좋은 일상을 사는 게 중요해요. 혼자서는 긍정적으로 살기 진짜 힘들거든요. 호메로스가 쓴《일리아스》에는, 둘 다 좋은 공동체라면 나쁜 게 나올 수가 없다는 부분이 나와요. 사람은 자기가 놓인 공동체에서 엄청난 영향을 받을 수밖에 없다는 거예요. 사회를 좋게 바꿔야 하는 이유가 여기에 있어요. 독재 사회에 살면, 그 독재자의 기운이 개인의 충동으로 생겨나니까요. 그 사회를 보면 그 안에 사는 사람들이 왜 저러는지 알 수 있고, 작게는 그 사람의 일상을 보면 그 사람을 알 수 있어요. '아이'를 직접 바꿀 수는 없지만 '일상'과 먹는 '음식'을 바꾸면 아이가 달라집니다. 자신이 긍정적이 되기 위해서는 자기 일상의 사소한 것을 바꿔보는 경험이 필요해요. 이것이 결국은 우리 사회를 바꾸게 돼요.

🎙 한국 역사를 보면 쓰디쓴 일들이 많았습니다. 그럼에도 전쟁 뒤 모든 것이 부서진 곳에서 다시 일어선 수많은 사람들, 이승만을 쫓아낸 정의로운 학생들, 5·16군사쿠데타를 일으킨 사람들에게 굽히지 않았던 민주화운동가들, 광주학살을 저지른 전두환에게 맞서 싸워 끝내 직선제를 얻어낸

명랑이라는 게 한국 역사와는 잘 어울리진 않죠. 특히 50대 넘은 남자들을 사진 찍어보면 알아요. 얼굴이 거의 돌덩어리죠. 웃으면 더 기괴한 얼굴이 돼요. 그래서 저는 박정희 시대나 독재정권에 정말 화가 나요. 왜냐하면 사람들에게 그런 기괴한 표정을 갖게 했기 때문이죠. 저희 부모님 세대들은 정말 고생을 많이 하셨고 숭고하게 일을 해내셨죠. 한국이 발전할 수 있었던 것은 그분들의 훌륭함 덕분이지만 그분들 표정을 그렇게 만든 사람들은 책임을 져야 해요. 저는 저희 부모님의 거친 손이 훌륭하다는 걸 인정하지만 그것보단 안 거칠었으면 좋겠어요. 그리고 음악과 미술 같은 문화를 접해보실 수 있었다면 더 좋았겠다 싶고요.

워낙 먹고살기 힘들어서라고 하지만 그렇다고 사람들을 어둡게 만든 것을 찬양하거나 지난 일이라고 그냥 넘어가버리는 건 옳지 않은 것 같아요. 부모님들의 어두운 얼굴은 먹고사는 문제를 해결하느라 생겨난 결과가 아니란 거예요. 사람들의 얼굴이 딱딱해진 것은 흘려버릴 수 없는 문제죠. 그저 지나치려는 태도가 정치적으로는 보수주의로 나타나게 돼요.

명랑도 중요하지만 요즘엔 감정노동이라고 해서, 명랑함을 서비스하느라 고통스러워하는 사람들도 많아졌습니다. 명랑 철학자로서 이를 어떻게 보시나요?

요즘은 사람들이 강박처럼 명랑을 말하는데, 그게 의미 있나 싶기도 해요. 자기최면을 걸듯 명랑해져야 한다고 해봤자 명랑할 수는 없거든요. 또 웃음이 너무 상품화되는 측면도 있어요. 대형마트나 사회 여러 곳에서 서비스업에 종사하시는 분들은 정말 짜증나잖아요. 예전 노예시대에는 인격이 예속되었는데, 오늘날 다시 인격이 상품화되고 있다는 느낌이 있어요. 사람들에게 웃으면서 접대하는 건 옛날 노예들이 했던 일인데 이걸 다시 해야 해요. 거기다 정서나 감정까지 다 요구하는 이런 힘든 노동을 사회 약자인 비정규직이나 여성들이 해야 하죠. 그래서 명랑해지자는 말도 쉽게 하기가 겁나요. 전에 이랜드에서 일하셨던 분을 인터뷰했는데 그분은 집에 가서는 안 웃는다고 하시더라고요. 저도 요즘은 덜 명랑해졌어요. 저를 보고 명랑함과 유쾌함이 좀 사라진 것 같아 걱정스럽다고 하는 분들이 있어요. 참 웃기 힘든 세상이란 생각이 들어요. 이걸 피할 생각은 없어요. 제가 겪어야 할 몫이라고 생각하거든요. 이런 가운데도 제가 잘 웃을 수 있다면 명랑함을 공부한 게 잘 이뤄지는 거겠죠.

제가 예전의 우울 상태에서 조금이라도 나아졌다면, 좋은 동료를 만났기 때문이죠. 부처님, 예수님이 아니고는 혼자서는 절대

로 안 돼요. 명랑은 마인드 컨트롤이 아니에요. 예를 들어 수영을 못하는 사람이 있어요. 물이 두렵고 물과는 슬픈 관계죠. 그럴 때는 마음에 최면을 걸어서, 물이 안 두렵다, 괜찮다, 이럴 게 아니라 빨리 수영을 배워야 해요. 이게 물과 좋은 관계를 맺는 것이고 물과 더불어 웃는 것이죠. 이게 진짜 긍정이에요. 어떤 일이 슬프게 느껴지는데 그렇지 않다고 최면을 걸어봤자 해결되지 않아요. 마음으로만 긍정한다고 해서 좋아지지 않아요. 웃는 것은 자기최면으로 해결할 수 없어요. 그 일이 실제로 달리 감각되어야 해요. 억지로 웃는 게 아니라 정말로 즐거워야 하고 정말로 힘을 얻을 수 있어야 해요. 그저 힘내야지, 힘내야지 한다고 되지 않아요. 그래서 웃는 일은 굉장히 힘들고, 힘든 만큼 보람이 있어요.

어떻게 살고 싶다는 꿈이 생기면, 예를 들어서 명랑하게 살고 싶으면 명랑하게 시작해야 해요. 그것을 지금 이 순간 살아내지 않고는 그것에 도달할 길은 없어요. 세상이 이렇게 바뀌었으면 좋겠다고 생각하는 것과 내가 이렇게 바뀌었으면 하는 게 있다면, 지금부터 시작하는 게 좋아요. 저는 공부를 해서 얻고 싶은 게 명랑이었기 때문에 시작할 때 명랑에서 시작해야 했지요. 항상 어떤 과정에 나타난 결과는 그 과정 속에서 갖춰지지 과정이 끝난 다음에 찾아오는 게 아니거든요.

네덜란드의 철학자 스피노자가 이런 말을 했어요. 아무리 슬픔이 커도 그 슬픔에서 힘을 찾으려 하지 말고 작아질 대로 작아진 기쁨을 찾아 거기에서 힘을 키워야 한다고요. 슬픔이 크단 말은 기쁨이 작다는 걸 뜻하지만 기쁨이 없단 말은 아니거든요. 어떤 사건이나 사물이 아무리 슬프더라도 기쁨을 볼 수 있는 능력이 필요한 것 같아요. 정말로 명랑해지고 싶으면 명랑한 일을 발명해내고 행해야 해요. 사자에게서 사자의 침 흘리는 걸 보지 말고 날카로운 이빨과 발톱을 보고, 노인에게서 쇠약함을 볼 게 아니라 지혜로움과 원숙함을 보고, 아이에게서 유치함을 볼 게 아니라 천진난만함을 봐야죠. 이렇게 사물에서 힘과 강점을 발견할 수 있는 사람은 슬퍼할 이유가 없어요. 이런 힘으로 자신을 바꿔 나가면 자유로워지는 거죠. 명랑은 그걸 찾았다는 신호니까요.

긍정이란 단어는 굉장히 신체적이에요. 긍정을 마음의 문제로 여길까봐 걱정이에요. 긍정은 몸에서 생겨나는 단어예요. 따라서 우울한 생각이 많이 들 때, 머리로만 웃자고 할 게 아니라 산책을 하거나 마라톤을 해보세요. 방의 분위기를 바꿔보는 것도 좋고요. 실제로 니체는 좋은 날씨를 찾아 일부러 떠났었다고 해요. 혼자 방에만 있지 말고 문 밖으로 나가라고 말하고 싶어요. 좋은 책한 권을 더 읽는 것보다 좋은 사람을 만나는 게 더 중요할 수 있어요. 내가 맺고 있는 관계를 바꿔보는 것도 좋아요. 내가 만나는 사람, 내가 읽는 책, 내가 먹는 음식, 이걸 쉽게 지나쳐서는 안 돼요. 학자들은 이걸 너무 무시해요. 마음으로는 할 수 있다고 얘기를 하지만 몸이 안 따라주죠. 말로는 온갖 고상한 말을 다하지만 실제론 안 돼요. 이건 자기 몸의 문제니까요.

스피노자는 《에티카》에서 이런 말을 하죠. "우리는 우리가 무엇을 할 수 있는지를 너무 모른다고"요. 맞아요. 우리는 우리의 잠재성을 너무 몰라요. 그런데 이 잠재성은 시험해보지 않고서는 알 수가 없어요. 많은 사람들이 자기가 뭘 할 수 있는지를 모르고 죽는 경우가 많다고 해요. 그러므로 공부를 해야죠. 살아 있다는 것이 공부고, 해보는 것이 공부예요. 하면 할수록 정말로 잘하게 되거든요. 긍정도 고도의 훈련으로 얻어진 산물 같아요. 한 번 긍정을 잘하면 다음 긍정이 더 쉬워지는 것 같고, 그 다음 긍정은 훨씬 더 쉬워져요. 신의 경지에 오르는 단계가 100까지 있다고 하면, 1, 2, 3단계가 제일 어려운 것 같아요. 나머지 50단계는 하루아침에 오를지도 몰라요.

사물의 새로운 모습을 보려면 자유롭게 생각을 해야 하는데, 그건 무척 어려운 일이 아닌가요? 변화는 자연스럽지만 굉장히 많은 노력이 필요하잖아요. 그래서 사람들은 현실에 안주하는지도 모르겠어요. 더구나 자신을 둘러싼 수많은 욕망들에서 자유롭기란 더 어렵습니다.

스스로 자유롭다고 말하며 하고 있는 여러 일들 중에는 구속되어 있는 게 많아요. 우리는 충동의 지배를 받아요. 스스로는 담배를 끊고 싶다고 말은 하지만 안 피울 수가 없어요. 중독된 몸이 막 시키니까요. 심지어 기관지를 잘라낸 사람도 담배를 보면 손을 떨어요. 내가 욕망하는 게 아니라 고집 센 욕망 앞에 별수가 없는 거예요. 그렇기 때문에 내가 원했던 거라고 말을 바꿔치기할 뿐인 거고요.

그런데 이 고집 센 충동들을 바꿀 수 있어요. 이 충동들의 먹이는 자신이 주고 있는 거거든요. 니체는, 이러한 충동들이 자신을 지배하는 정서, 충동, 권력의지라고 표현하면서 동물들에 비유하는데, 저는 식물에 많이 비유하는 편이에요. 자기를 지배하는 이런 것들에게 자신이 물을 줘서 키워요. 먹이는 바로 자신의 일상이에요. 담배 중독자가 담배를 일상적으로 피우면 담배 충동은 한없이 더 강해지는 거죠. 중독은 자신의 일상이 키운 녀석이란 거예요. 날마다 여러 충동들이 몸에서 싸움을 치열하게 하는 가운데, 한 충동이 강해져요. 그 지배를 바꾸려면 일상의 먹이를 바꿔줘야 해요. 알코올 중독에 빠진 사람은 일상에서 즐거운 삶을 꾸려야겠죠. 자신의 속내를 사람들과 터놓고 이야기 나눈다든지 억눌린 감정들을 생활에서 시원하게 풀어낸다든지, 자신을 위해서 취미나 공부를 해야 해요. 자유롭다고 말하지만 어떤 행동을 하게 되는 것은 자신의 삶이 거기에 지배를 받는다는 뜻이죠.

그렇다보니까 말뿐만 아니라 그 속내까지 봐야 해요. 그가 하는 말뿐이 아니라 그가 살아온 길을 봐야죠. 그래서 니체는 말보다 그 사람의 일상을 보면 그 사람이 어떠한 사람인지 안다고 해요. 저 사람이 사는 걸 보면 어떤 충동들이 주로 자라나겠구나, 금방 알 수 있죠. 마찬가지로 한 문화를 봐도 거기에 어떤 충동이 있는지 알 수 있죠.

선생님 말씀대로라면 우리 몸을 바꾸고 사회를 변화시켜야 '긍정'을 할 수 있을 텐데, 어떤 물꼬가 있을까요?

불가능성이란 단어가 요즘 제 가장 큰 화두예요. 삶은 불가능성 너머에 있다고 느껴져요. 가능한 것만 하면 하는 게 아니에요. 환대할 사람만 환대하면 환대가 아니죠. 환대할 수 없는 사람을 환대해야 환대죠. 가능한 것만 사유해서 행동하는 사람은 사유하는 것도 행동하는 것도 아니고 그냥 반응하는 것이에요. 자기에게 가능한 것만 하는 것은 자기에게 부여된 걸 실행하는 것에 불과하니까요. 따라서 가능하지 않은 것을 사유하고 가능하지 않은 것을 행동하고 꿈꿀 때 뭔가 더 나아지고 자유로워져요. 지금의 가능성을 깰 때 우리가 좀 더 자유로워질 수 있을 거예요. 정말 강한 사람은 이걸 웃으면서 하는 사람이에요. 니체가 말하는 초인의 웃음이죠. 문제를 회피하면서 웃을 수는 없어요.

그런 면에서 한국 사회에는 불가능한 영역이 너무 많아요. 불가능성을 실행할 수 있는 영역과 그걸 하려는 행동들이 정말 모자라요. 이주노동자, 중증장애인, 성매매여성들을 보세요. 방치되어 있고 그들이 외쳐도 사람들에게 안 들리고 연행해가도 아무도 몰라요. 정말로 저는 그 사람들과 더불어 그 자리에서 웃게 되길 꿈꿔요.

🎤 요즘엔 어떤 공부를 하고 계신가요?

다시 마르크스의 저서들을 보고 있어요. 마르크스의 소외를 공부하면서 새로운 것을 발견하게 됐어요. 마르크스는 감성이라는 단어를 쓰면서 소외에 대해 얘기를 하더라고요. 노동자들에게 빵을 주면 허기 때문에 허겁지겁 먹느라 빵의 맛과 향, 모양을 제대로 못 느낀다는 거죠. 마치 혀를 안 거치고 위로 바로 들어가는 것과 같은데, 마르크스는 그게 서글프대요. 한 존재가 다른 존재를 만나거나 어떤 사물을 대할 때, 오감이 다 동원되지 못하고 그저 한 가지 욕구를 채우느라 바쁘니까요. 사물과 다면 관계를 맺지 못하고 한 면으로만 관계 맺는 것을 마르크스는 소외라고 불렀어요. 노동자가 음악을 못 듣는 것, 노동하는 과정에서 자신을 노동에 일면화시키는 것이 소외죠. 자본주의는 이래서 서글프며, 공산주의란 이 감성을 깨우는 것이라고 말해요. 우리의 잠재된 감성을 다 깨우는 것이죠. 공산주의는 감성의 해방이란 거예요. 음악을 들을 수 있는 귀, 빵을 맛볼 수 있는 혀, 그림을 감상할 수 있는 눈을 갖는 것, 이게 공산주의에서는 가능하다고 하는데 이 말들이 굉장히 와 닿았어요.

낭만적인 얘기가 아니라 감성은 정말 신체적인 것이에요. 감성이란 수동적이지 않고 능동적이고 실천적인 것이죠. 똑같은 것을 봐도 그것이 달리 보여야 해요. 한 노동자를 단지 노동력으로만 보게 되면, 그 노동자의 삶은 보지도 않고 노동력으로 쓰고 난 뒤에 갖다 버리게 되죠. 비정규직, 이주노동자 문제가 다 여기서 나오게 되는 거예요. 독재란 단 하나의 감각만 강조하는 거예요. 수많은 감각을 가린 채 독재자의 시각으로만 보게 만드는 거죠.

고대 그리스인들은 물질과 내가 함께 참여를 하고 함께 책임을 져서 어떠한 물건이 나온다고 생각했어요. 내가 너를 동원한 게 아니라 공동으로 참여해 뜻을 같이 이룬다는 거죠. 감성이란 매우 신체적이고 유물론적이에요. 마르크스가 그랬잖아요. 세계사는 감각들을 형성해온 역사이자 인간의 감각을 만들어온 역사라고. 사물을 달리 보는 훈련을 해야 한다는 걸 느껴요. 그러려면 잠재성이 깨어나야 해요. 어떤 일을 접할 때, 주어지는 대로가 아니라 달리 보고 달리 판단할 수 있어야 다른 세계를 열 수 있을 거예요. 이건 다시 말해 감각을 민주화하는 것이죠. 감각을 다 깨우고 새로 발명하는 것. 그것은 한 존재가 갱신되는 것이고요. 마인드 컨트롤을 넘어서 한 사물과 진짜 마주하는 방법이죠. 그런 관계가 많아졌으면 좋겠네요.

고병권 선생님의 인터넷 강의를 들었던 적이 있는데, 가뿐함 속에 스며있는 깊이에 시간 가는 줄 모르고 공부를 했었죠. 그 후에 《추방과 탈주》를 펼치는데 고병권 선생님의 쩡쩡한 기운이 쏟아지는 걸 경험했습니다. 한국 사회가 어디로 흘러가고 있는지 고 선생님은 심각하게 경고하고 계셨습니다. 그 흐름에 이어서 《니체의 위험한 책, 차라투스트라는 이렇게 말했다》그린비, 2003를 읽는데, 조금 과장하면 손이 후들거렸습니다. 글들이 제게 나비처럼 날아와 폭풍우를 일으켰으니까요.

선생님은 인터넷으로 뵀을 때보다 조금 진지해보이셨습니다. 그럼에도 고병권 선생님의 말씀 한마디, 한마디에는 명랑한 기운이 배어있더군요. 선생님이 해주시는 말씀은 단순하게 귀로 들어와서 다른 쪽 귀로 빠지는 것이 아니라 심장으로 흘렀고 온 몸에 작은 떨림을 낳았습니다.

삶이 달라지려면 몸이 바뀌어야 하죠. 몸이 바뀐다는 건 생각이 달라지고 손발놀림이 달라지고 바라보는 눈이 탈바꿈한다는 뜻이니까요. 애벌레처럼 허물을 벗겨내면 좋으련만 그럴 수 없으니 마음의 허물을 벗겨내도록 애써야 하겠죠. 〈일 포스티노〉마이클 래드포드, 1996의 우

체부, 〈파니핑크〉도리스 도리, 1994의 주인공, 〈이보다 더 좋을 수 없다〉
제임스 L 브룩스, 1997의 잭 니콜슨이 생각납니다.

　이들은 사랑하는 사람을 만난 후 변하게 됩니다. 때론 과거의 자신과 티격태격하면서 새로운 '나'로 조금씩 바뀌는 모습이 무척 인상 깊습니다. 처음엔 어수룩하고 스스로를 못났다 여겼던 주인공들이 환히 웃으며 남에게 친절하게 대하는 모습을 보며 뭉클했습니다. 바다가 갈라지거나 죽은 사람이 다시 살아나는 게 기적이 아니라 사람이 변하는 것이 진짜 기적이니까요. 저와 당신의 기적, 사회의 기적을 언제나 그렇듯 바라면서 하루하루를 보냅니다.

방학

앞날이 불안한가요?
여행을 떠나세요!

한 학기 동안 여러 선생님들을 만나뵙고 새로운 이야기를 가슴에 담느라 수고 많으셨습니다. 이제, 방학放學입니다. 말 그대로 배움에서 놓아지는 겁니다. 비우지 않으면 채울 수도 없는 법, 더 큰 배움을 얻고자 잠깐 자기가 가졌던 생각들을 돌아봐야 하는 시간이죠. 잘 놀고 쉬어야 새로움이란 열매를 얻을 수 있으니까요.

그러나 영어공부, 인턴, 공모전 준비, 자격증, 학원 등등 할 게 너무 많아 젊은이들에게는 잠깐의 짬도 없는 게 현실입니다. 너무 빠르게 달려가는 사회에 맞춰 줄달음치다보니 정신이 하나도 없죠. 시대 흐름을 짚어가면서 자신을 돌아보는 건 엄두도 못 냅니다. 뒤처지는 게 두려운 나머지 어떻게든 꽁무니라도 따라가고자 합니다. 열외당하면 사람 취급도 받지 못한다는 얘기가 나옵니다. 그러니 뒤숭숭한 한국에서 낙오만 하지 말자는 마음으로 살아가죠. 남들 하는 대로 따라하는 재연배우처럼 청춘은 흘러갑니다. 그런 모방 끝에 결단을 내리고 용기를 내어 자기만의 길을 열어간다면 다행이겠지만 대부분 그렇지 못하죠. 흉내 내는 버릇에서 벗어나는 건 어려운 일입니다. 주변의 색깔에 따라 자기 몸은 빠르게 변화시킬 수 있게 되었지만 결국 자신 색깔은 잊어버린 카멜레온이 될 뿐이죠. 눈을 이리저리 돌리며 눈치만 봅니다.

요즘 뭐해? 나 바빠, 하고 아무렇지 않게 말하는 사람들, 이 말에는 뭔가 잘 나가는 듯한 분위기가 배어 있지만 따져보면 불행하다는 자기 고백이란 생각이 드는 건 왜일까요? 바쁘다는 그럴싸한 핑계를 내세우며 남과 깊이 있는 소통을 하지 못하는 건 아닌가 돌아보게 됩니다.

똑똑한 젊은이들이 넘칩니다. 그들이 펼쳐놓는 스펙을 엿보면, 입이 쩍 벌어집니다. 젊은이라면 세상에 의문을 품고 공부에 집중하는 게 마땅한 일이기에 대견하지만 가슴 한 구석엔 개운치 못한 감정이 몽실몽실 피어오릅니다. 겉보기엔 똑 부러지고 주관이 뚜렷한 신세대들이지만 한 꺼풀 속내를 들춰보면 앞날에 대한 두려움과 자신에 대한 미덥지 못함이 가득하니까요.

젊은이들이 똑같은 상품처럼 제조된다는 생각을 지울 수 없습니다. 뜨겁게 세상을 변화시키겠다는 사람들이 아니라 바싹 말라서 세상으로 배달되는 사람들로요. 토익 900점을 넘지 못하면 취직하기 힘들다며 영어책만 파고 있고, 아직 20대인데도 "이미 나이가 많아서"라고 말하고 있습니다. 공장에서 대량생산된 제품에 감탄하는 것은 초기 산업화 단계에서나 있었던 일이죠. 배를 누르면 'I Love You'만을 내뱉는 인형처럼 건드리기만 해도 "뽑아주세요. 영혼이라도 팔겠습니다", 이렇게 넙죽거리는 젊은이들에게 세상은 싸늘하기만 합니다. 진리가 너희를 자유롭게 하리라는 말과 반대로 점점 부자유해지는 젊은이들. 진리가 아닌 걸 붙들고 있나 봅니다. 아는 건 많지만 삶이 풍요롭지 않고, 잡동사니 지식 틈바구니에서 어떻게 살아야 할지 몰라 헉헉댑니다.

저도 방학이면 자격증 공부를 하고, 영어학원에 등록을 하곤 했습니다. 시간은 많은데 할 게 없다는 생각이 저를 더 불안하게 했습니다. 뭐라도 계획을 채워 넣어서 알차게 보내야 제 경쟁력이 높아질 거란 생각에 이리저리 뛰어다니곤 했죠. 스펙 쌓기는 방학 때 더 빡세게 해야 하니까요. 그런데 아무리 해도 행복하질 않더군요. 실수를 되풀이하고 삶은 바뀌질 않았습니다. 인생, 뭐 있냐, 대충 살자는 생각으로 방학을 보내기도 했죠.

그러다 이런 생각에 이르렀습니다. 청춘은 오직 뜨겁게 고민할 때를 말하는 게 아닐까? 비바람이 거세게 몰아친 뒤, 무지개가 뜨고 아름다운 하늘이 보이듯 고민에 고민을 하다보면 나중엔 자신감을 얻어 당당해질 수 있고 세상을 사랑할 수 있게 되는 건 아닐까?

그래서 방학을 바쁘지 않게 보내봤습니다. 늘 바빠왔고, 앞으로도 바쁠 테니까 한번쯤은 혼자 천천히 걸어도 보고, 엉뚱한 곳에 놀러도 가보고, 안 보던 책도 보면서 자기 시간을 스스로 꾸려나간 거죠. '별일 없지만' '남다른 방학'을 일궜습니다. 그러기 위해서는 쉴 새 없이 몰아붙이고 파인 홈을 따라 흘러가라는 세상 흐름에서 한 발짝 떨어져 나와야 했습니다.

답답하고 팍팍하기에 선뜻 얘기를 꺼내기 어려운 면이 있지만 그래도 이렇게 좋은 날, 토익 책만 들여다보고 있을 순 없지 않나요? 일자리가 중요하지만 직장을 구하고자 태어난 건 아니니까요. 조심스럽게 말을 걸어봅니다. 조금 더 자신을 잘 알기 위해, 세상을 배우기 위해 여행을 떠나는 건 어떨까요?

아주 낯선 곳으로 여행을 떠나 그 낯섦이 사라질 때까지 머무르다 보면 놀라운 경험을 하게 됩니다. 처음 있던 곳이 오히려 낯설어집니다. 이런 경험을 안고 돌아왔을 때, 자신의 삶과 터전을 새롭게 바라볼 수 있는 눈이 생기죠. 모든 여행이 지닌 참다운 가치는 사진 몇 장이 아니라 생각의 변화입니다. 여행을 떠나보세요. 여행은 몸을 다른 데로 옮기는 게 아니라 생각을 옮기는 걸 말합니다. 새로운 '지역'에 자신의 몸을 갖다놓는 게 아니라 새로운 '생각'과 자신을 마주치게 하는 거죠. 그래서 모든 여행은 불안합니다. 이 불안을 행복한 떨림으로 받아들이고, 인생의 주인공으로서 스스로 삶을 일궈냈으면 하네요. 즐거운 방학 ^_^

2학기

김미화 · 홍세화 · 구본형 · 우석훈 · 한완상 · 고은광순 · 임지현 · 한홍구 · 서동은

1

겁내지 마요,
몇 번 실패해도 괜찮아요

김미화 선생님에게 '아자 정신'을 배우다

▥ 김미화
▥ '순악질 여사'로 사람들에게 뜨거운 사랑을 받았던 방송
인. 최근에는 대중예술가, 시사 프로그램 진행자, 나눔과
사회 참여를 몸소 실천하는 행동가로 활동 폭을 넓혀 사람
들에게 여전히 많은 사랑을 받고 있다.

오후 6시, MBC 라디오에 귀를 기울이면 〈김미화의 세계는 그리고 우리는〉이 나옵니다. 이 방송은 보통 사람들의 눈높이에서 시사 이야기를 풀어가기에 인기가 높습니다. 동시간대 청취율 1위를 기록하며 '아침은 손석희, 저녁엔 김미화'라는 말을 낳기도 했지요 실제로 손석희 교수는 따뜻하게 진행하는 김미화씨가 부럽다고 했습니다.

김미화 선생님은 〈개그콘서트〉의 산파로서 당시 많은 우려를 무릅쓰고 낯선 방식과 새로운 개그 형식을 시도하시기도 했지요. 이러한 신선한 도전은 〈개그콘서트〉를 방송 간판 프로그램으로 만들었고요. 후배들에게 존경받는 선배 예능인이자 5년 넘게 시사 방송을 진행하며 한국 사회와 호흡하는 김미화 선생님. 더 멋진 자신을 위해 끝없이 공부하고 어려움을 기회 삼아 도전하는 김미화 선생님은 어떤 분일지 궁금했습니다. 한국의 오프라 윈프리, 김미화 선생님을 만났습니다.

시사 방송을 오랫동안 하셨습니다. 선생님의 눈에 비친 요즘 사회는 어떤가요?

어렵다, 어렵다 하니까 다들 마음의 준비를 하면서 사시는 것 같아요. 마음의 준비 없이 당하는 것보다 마음의 준비라도 하는 게 나중에 더 감사하고 나을 수 있지요. 준비를 하게 되면 아무래도 가계 규모를 그에 맞게 꾸릴 수 있잖아요. 그래도 마음의 준비만으로는 해결할 수 없는 일들이 생기죠. 대량 해고 사태같이 사회 파장이 큰 일을 겪기도 하잖아요. 우리는 인심이 많은 나라였는데, 유럽, 일본이나 미국 같은 모델들 중에서 나쁜 모델을 따라가는 것 같아요. 별로 깊은 고민 없이 수용해버리는 사회 분위기가 있잖아요.

또 비정규직 일자리가 임시방편으로 늘어나지 않을까 걱정이 돼요. 한 해, 한 해 때우기보다는 안정이 되어야 하지요. 방송도 마찬가지지만 마음이 불안하면 일이 안 돼요. 사람들이 심리적으로 안정이 안 되니까 사회가 불안한 거죠.

🎙 시사 방송을 하시다보면 시민들의 반응을 즉각 느낄 수 있을 것 같은데요, 어떤가요? 방송에 나가지 못할 내용도 많을 것 같습니다.

다들 어려워하시죠. 힘들어하시고요. 그래서인지 사람들이 정치권에 바라는 게 많아요. 좋은 소리 하는 친구가 많이 있으면 좋겠지만 실제로 그게 약이 될 수는 없거든요. 쓴 소리가 약이 되는 건데, 그걸 받아들이지 않는 메마른 사회가 돼가는 느낌이 있어요. 저희 프로그램이 청취율이 높아서인지 문자가 많이 와요. 라디오가 좋은 게 쌍방향으로 반응이 즉시 온다는 거예요. 인터넷에 반응들이 뜨고 시민들이 보내준 문자 중에서 골라서 읽어드려요. 특별히 방송에 못 나갈 내용은 없어요. 시간 관계상 전부 소개를 못하는 것뿐이죠. 굵직굵직한 사회 현안 같은 게 있을 때 사람들 반응이 많이 오고, 많은 분들에게서 쓴소리가 와요. 시사 방송이라는 게, 정부의 목소리도 사람들에게 전해주고, 사람들을 인터뷰하는 것이기 때문에 예리한 반응들이 많이 오죠. 그만큼 사람들이 정부에 기대하는 것이 많아요.

🎙 시사 방송 진행자로서 사회 전반에 대해 많은 준비를 하실 것 같은데요. 언제 어떻게 공부하시는지요?

주로 방송 전에 인터넷 뒤지고, 신문 보고 오늘 방송에 나갈 사안에 대해서 공부를 하죠. 반대 의견도 살펴보고 찬성 의견도 보지요. 방송할 때도 마찬가지예요. 찬반 의견이 있는 사건을 소개할 때 찬성이 훨씬 많고 반대가 적을 수도 있고, 그 반대일 수도 있어요. 방송 시간이 한정되어 있으니 그것들을 균형 있게 읽어드리려고 노력을 하죠. 찬성 두 가지 의견을 말씀드리면 반론 두 가지 의견도 말씀드려요. 판단은 청취자의 몫이니까요. 방송하기 전에 충분히 인지하고 들어가되 제가 정치평론가가 아니기에 저 스스로 결론을 내릴 수는 없다고 생각해요. 이런 일이 있었답니다, 하는 선까지 알려드리면 청취자 분들이 여당이나 야당 얘기를 듣고 스스로 평가를 하시겠죠.

그런데 라디오가 참 희한한 게, 목소리를 들으면 참과 거짓을 알 수 있어요. 텔레비전 같은 경우, 거짓이더라도 웃는 얼굴로 얘기하면 얼굴 표정을 보고 속기도 해요. 이미지에 속는다고 할까요, 그럴 수 있거든요. 연기자들이 연기하는 걸 보고 저 사람은 나쁜 사람일 거야, 하고 생각하고 좋은 역할을 하면 좋은 사람이라고 생각하듯이 말이에요. 근데 라디오는 목소리만으로 전달하는 거잖아요. 눈을 감고 소리를 들을 때 진실이 더 와 닿을 수 있어요. 라디오가 매체 특징상 텔레비전보다 파급 효과가 적을 수 있다고 여겨지지만 저는 오히려 더 큰 효과를 낼 수도 있다고 생각해요.

🎤 인터넷을 하시면서 여론 동향을 살피실 텐데, 인터넷 토론방이나 여러 게시판을 돌아다니면서 느끼시는 게 있다면?

사실 인터넷을 잘 안 하는 편이에요. 뉴스를 읽고 제 메일을 확인하는 정도지요. 어떤 블로그가 재미있다더라, 무슨 기사 났다더라, 하면 찾아가서 보는 정도예요. 인터넷에서 빠르게 사람들의 찬반 의견이 올라오고 경쟁해서 토론하는데, 거기까지는 제가 속도가 느려서 참여를 못하고 있지요. 그래도 사람들 반응은 꼭 살피죠. 댓글이 이런 식으로 붙었네, 이런 댓글은 재미있네, 하면서 확인해요.

사람들 스스로 질서를 지키려는 노력도 많이 보여요. 건전한 토론이 많아져야 발전한 사회라고 생각하거든요. 인터넷에서 자정하면서 토론하는 문화가 몇 년 사이에 이뤄졌잖아요. 사실, 예전부터 이런 토론문화가 있었던 게 아니에요. 학교에서 그런 걸 가르치지 않았기에 토론에 익숙하지 않아요. 그래서 저는 요즘 아이들이 인터넷을 통해 배운다고 생각해요. 토론을 하면서 자기 의견을 충분히 얘기하고 타당한 얘기 나오면 수용할 줄 알게 되는 거죠. 처음엔 아무래도 과도기가 있겠지요. 그 과도기를 넘어서면 긍정적인 결과가 있을 거라고 생각해요.

🎤 요즘 젊은 세대에 대해 사회에서 여러 걱정을 하시고 또 비판도 아끼지 않고 있습니다. 선생님이 보시기에 젊은이들에 대한 인상은 어떠세요?

솔직히 젊은 세대에게 '아자!' 하는 게 부족한 것 같아요. 뭔가 자기 스스로 개척하고 찾아내야 하는데 말이에요. 다들 직업이 없어서 힘들잖아요. 그러면 정말 자기가 이루고 싶은 꿈이 있어야 하는데, 그 꿈이 취업일까? 대기업에 입사하는 것일까? 그건 아닌 것 같아요. 제 주위에도 대기업에 들어간 후배나 친구들이 있는데, 다 죽어나요. 경쟁사회에서 살아남기 위해서 엄청난 스트레스를 안고 살아요. 어떻게 보면 불쌍해요. 자기 시간도 갖지 못하고요. 물론 대다수 젊은이들이 대기업이나 좋은 회사에서 일해보고 싶다는 꿈이 있을 테지만 그러기 위해서 너무나 많은 희생을 치러야 한다는 거죠.

우병률씨의 《딜리셔스 샌드위치》웅진윙스, 2008를 보면 자기가 하고 싶은 것을 자기 집, 아파트 한 공간에서도 이룰 수 있다는 게 나와요. 젊은 친구들이 너무 겁내지 말고 새로운 창의력으로 신선한 사업을 구상해보면 좋겠어요. 부모님이나 친구나 친척 눈치 보지 않고요. 사실, 볼 필요도 없어요. 내 인생인데, 내가 주인공인데, 그런 걸 보지 않고 내 꿈을 위해서 내가 간다는 생각을 해야 해요. 뭔가 하나 실마리를 잘 잡아서 그걸 승부수로 걸어보면 되거든요. 몇 번을 실패해도 젊으니까 괜찮아요. 그런 아자 정신이 있으면 대기업에서 진짜 좋은 조건을 제시하면서 같이 일하자고 할 수도 있어요. 단순히 자격 조건을 쌓는 것보다 도전정신을 키우는 게 훨씬 중요하다고 생각해요.

🎤 대학원에도 다니시고 학생들이 있는 자리에 강연을 나가면서 젊은이

저는 대학교에 특강을 하러 가면 학생들과 대화를 하려고 노력해요. 많은 학생들이 주위 사람들 눈치를 보면서 취업하려고 하거나, 취업이 안 되니까 졸업을 미루거나 아니면 대학원에 진학을 해요. 제가 대학원에 들어갈 때도 말도 못하게 사람이 몰려와서 경쟁률이 무척 셌어요. 그런데 큰 목표가 있거나 확고한 신념이 있어서 가는 게 아니라면 허송세월이 될 수 있거든요.

항상 저는 이런 얘기를 해요. '벽에 부딪힐 때, 여행을 떠나라'고요. 해외봉사를 갈 수도 있고요. 아르바이트해서 비행기 삯은 벌 수 있잖아요. 아니면 유레일패스를 끊어서 더 넓은 세계를 보는 것도 좋지요. 자전거로 세계를 여행하는 젊은 친구도 있어요. 이런 건 나이 들면 못하는 거잖아요. 해볼 만한 일이거든요. 이런 게 필요하다고 생각해요.

저도 가끔은 방송이 힘들어요. 먹고사는 게 쉬운 일이 아니에요. 스트레스가 늘고 나를 돌아볼 필요가 있겠다 느끼면, 훌쩍 떠나서 나를 돌아볼 수 있는 기회, 생각하는 시간을 갖거든요. 젊은 사람들이 자기 자신에 대해 더 깊은 성찰을 해야 해요. 사회가 지금 밑받침이 못 되어 주잖아요. 노인들의 최저임금도 깎으려고 하는 사회잖아요. 젊은 사람들에게 월급을 팍팍 주면서 어서옵쇼, 모셔가는 사회가 아니라는 거죠. 뭔가 자기한테 '파이팅'하고

'아자'하고 용기를 줄 수 있는 배짱을 키워야 할 것 같아요. 그럼 무서울 게 없을 거예요.

제 자신에게 용기를 많이 줘요. 넌 할 수 있다, 이렇게 마인드컨트롤을 많이 하는 편이에요. 뭔가 주어졌을 때, 자신감을 갖고, '이 일을 내가 해낼 수 있어' 하고 마음먹죠. 그리고 그렇게 되기 위해서는 스스로 준비된 사람이 되어야죠. 누군가 나를 불러주고 무언가를 맡겼을 때 그걸 할 수 있어야 해요. 또 누군가 와주길 기다리거나 수동적으로 할 것이 아니라 능동적으로 어떤 일을 만들어내야 해요.

예를 들어 이런 거예요. 제가 2008년에 남편하고 재즈밴드를 하나 만들었어요. 남편이 색소폰을 잘 불어요. 음악을 좋아하니 주말에라도 음악 하는 친구들을 집으로 불러서 작은 음악회를 열고 재미있게 지내자 했죠. 그렇게 어울리다가 이 친구들과 공연하면 재미있겠네, 해서 라틴 재즈밴드를 만들었어요. 공연 섭외나 행사 요청이 들어오면 저 더하기 라틴 재즈밴드가 가는 거예요. 저는 사회도 보고 노래도 해요. 삶의 활력소가 되더라고요. 불우이웃돕기를 할 때도 거리에서 라틴 재즈음악을 연주해요. 쿵짝쿵짝 리듬이 울려 나오면 지나가는 사람들이 '어, 뭐야' 하고 관심을 갖지요. 그

3 5
NORTH

러면 '정성 좀 모아주세요' 하고 말해요.

시사프로그램 진행하면서 무슨 밴드까지 하냐, 노래도 잘 못하고 외모도 별로고 나이도 중반을 넘어섰는데, 저런 일을 왜 할까 의아해하는 사람도 있겠지요. 하지만 그것이 제 인생에 시너지 효과를 낼 수 있다면 저는 도전해요. 그런 제 모습으로 사람들에게 용기를 주고 싶어요. 이것저것 따지고 체면 생각하면 용기가 안 나잖아요. 저 사람 정말 웃기네, 재미있게 사네, 하면서 나도 용기 내볼까, 나도 하모니카 불러보고 싶었는데 불러볼까, 이렇게 생각할 수 있으면 좋겠어요. 저는 생각을 멈추지 않으려고 노력해요. 늘 뭔가를 만들어내고 창조해내려는 도전, 그런 게 필요하죠.

🎤 앞으로의 세상은 젊은이들이 만들어가겠지요. 젊은이들이 어떤 사회를 만들어야 한다고 보시나요? 어떤 사회를 바라시나요?

요즘은 아기 구경하기도 힘든 세상이잖아요. 어쩌면 젊은 사람들이 지레 겁을 먹고 있는지도 몰라요. 10년, 20년 뒤에서 나를 볼 필요가 있거든요. 10년 뒤, 20년 뒤, 사회가 어떻게 될지 아무도 몰라요. 지금 돈 벌기 힘들다고 겁내고 있는 건 아닌지 생각해보세요. 아기를 낳아 키우기 힘드니까 아이를 5년 뒤에나 날까, 10년 뒤에나 낳자, 이렇게 계획을 세우는데 아기는 계획을 세워서 낳는 게 아니라고 생각해요. 정말 신체 건강하고 낳을 수 있을 때, 적은 돈으로 서로 아끼면서 살 수 있을 때, 아이를 낳아야 해요.

물론 아기를 낳아 기를 수 있도록 사회 제도가 밑받침이 되어야
하지요. 하지만 그런 게 안 되고 있잖아요. 그렇다고 나중에 상황
이 좋아지면 낳아야지, 하고 생각하면 너무 늦어요. 낳고 나서 만
들어가는 거예요. 더 큰소리 내며 하나하나 만들어가는 게 중요한
것 같아요. 아이를 많이 낳아 국력도 튼튼하게 만드시길 바라
요.(웃음)

저는 진짜로 계획이 없어요. 무계획이 계획이에요. 그냥 하루하
루 열심히 살고 있어요. 주어진 시간에 최선을 다해서 열심히 하
는 게 나중에 큰 계획의 밑그림이 되더라고요. 늘 그래요. 그리고
저는 꿈을 다 이뤘어요. 정말로.(웃음)

나이 들수록 욕심을 덜어내면서 살고 싶다는 마음은 있어요. 나
이 들수록 같이 일하는 사람들이나 후배들에게 섭섭한 게 많아지
는데 그게 이상하더라고요. 나이가 들어서 그런 건지 마음이 더
여리고 약해서인지 몰라도 섭섭한 거예요. 물론 사회가 저에게 섭
섭하게 해주는 게 있겠지요. 그럼 나는 사회가 섭섭하지 않을 만
큼 했느냐, 그걸 질문하게 돼요. 섭섭해하기보다는 내가 주위 사
람들에게 기쁨을 주고 칭찬을 해주는 존재였는가 되돌아보는 게
훨씬 더 필요하다고 생각해요. 그런 수양을 하기 어려워서 매일매
일 욕심을 비우자, 거울처럼 닦아내는 삶을 살자고 다짐해요.

김미화 선생님과 이야기를 나누면서 아주 편안했습니다. 수많은 사람들을 만나 어울려 본 선생님에게는 겸손함과 상대를 먼저 위하는 배려가 가득했어요. 대화를 하면 할수록 아늑해지고 귀가 쫑긋 세워지면서 이야기 속으로 빨려 들어가는 기분이었습니다. 아주 부드러우면서도 천천히 말이죠.

한때 난 누구도 만나봤다, 누구와 이야기해봤다는 경험으로 우쭐했던 적이 있어요. 아무도 묻지 않았는데, 누구, 누구를 만나봤다면서 마치 그 사람의 능력이 저의 능력인양 으스댔었죠. 근데 어떤 유명인을 만나는 건 처음에만 신기할 뿐 그리 대단한 일이 아니라는 걸 깨달았죠. 그 사람을 만났다고 제가 어제와 다른 삶을 사는 것도 아니고, 잠깐 싱숭생숭할 수 있으나 금세 바람 빠진 풍선처럼 마음이 쪼그라들기 쉬우니까요. 누군가를 만나 같이 사진을 찍는 게 중요한 게 아니라 만남을 통해 자기 안에 성숙함을 피어내는 게 중요하지 않을까요? 유명 방송인 김미화를 만났다는 사실 보다, 선생님의 삶을 일구게 한 마음가짐을 배우는 게 중요한 것이라는 생각도 들었고요. 누군가를 부러워하고 우러르기보다 스스로 그런 됨됨이를 갖추고 좋은 사람이 되어야 할 테니까요. 이건 말만큼 쉽지 않기에 부지런히 애쓰고 노력해야겠죠.

　한국 사회엔 수많은 편견이 있고, 그중에서 젊은이들에게 강요하는 역할 역시 뚜렷하게 자리하고 있습니다. 이런 걸 깡그리 무시할 순 없 겠지만 졸졸 따라 하기만 해서도 안되겠죠. 영화 〈슈팅 라이크 베컴〉거 린다 차다, 2002과 〈그레이시 스토리〉데이비스 구겐하임, 2007의 당찬 주인공 들처럼 자신이 차고 싶은 공을 뻥! 차고 싶다는 생각이 듭니다. 매일 도전하는 사람의 삶을 들여다보면 참 재미있고 부럽잖아요. 저 역시 그런 재미를 나눠줄 수 있는 사람이고 싶습니다.

2

내 생각은 과연 내 것일까?
생각하는 주체가 되자

홍세화 선생님에게 '함께 살자'를 배우다

IIII 홍세화

IIII '남민전' 사건으로 오랫동안 프랑스에서 망명생활을 했
다. 《나는 빠리의 택시 운전사》로 한국에 알려졌으며,
2002년 귀국해 현재 한겨레신문 기획위원으로 일하고 있
다. 저서로 《생각의 좌표》《악역을 맡은 자의 슬픔》《쎄느
강은 좌우를 나누고 한강은 남북을 가른다》 등이 있고, 옮
긴 책으로 《세계는 상품이 아니다》《인종차별, 야만의 색
깔들》 등이 있다.

홍세화 선생님은 남민전 사건으로 프랑스에 망명을 갔다가 돌아온 민주화운동가입니다. 그가 한국에 들여온 똘레랑스tolerance는 한국 사회에 커다란 충격을 주었지요. 얼추 관용 내지 관인이라고 풀어 쓸 수 있는 이 말을 통해 수많은 사람들이 한국을 돌아보게 되었습니다. 한 가지 잣대로 사람을 재고 따지려 하는 한국 사회에서 자신과 다른 남을 받아들이고 존중하겠다는 똘레랑스는 무척 이질적으로 들렸습니다. 그러나 똘레랑스는 나직하게 속삭였습니다. 다른 것은 다른 것일 뿐 틀린 게 아니라고 말이죠. '남산'은 강북에서 바라보면 남산이겠지만 강남 사람에겐 북산이 아니겠냐고, 자신만의 생각이 늘 옳은 건 아니라고 자신이 어디에서 바라보느냐에 따라 세상은 달리 보인다고 말입니다.

선생님은 "장교는 나이를 먹으면서 진급한다. 병사는 나이를 먹어봤자 병사로 남는다. 실제 전투는 주로 병사가 하는 것이다. 그런데 거의 모든 사람이 병사로 남으려 하지 않는다. 그래, 그럼 나는 끝까지 병사로 남겠어. 오래 전부터 가졌던 생각"《아웃사이더를 위하여》, 아웃사이더, 1999 이라고 말하며 지금도 다양한 현장에서 병사로 뛰고 계십니다. 홍세화 선생님을 찾아뵙고 이야기를 들어보았습니다.

🎤 한국 사회가 정치, 경제 모든 면에서 어려움을 겪고 있습니다. 이런 현실을 어떻게 보고 계신가요?

한국은 경제 의존도가 높은 나라고 내수가 취약하지요. 더구나 사회안전망과 복지가 워낙 없는 나라이기에 노동자층, 서민층의 삶이 갈수록 더 열악해지고 양극화가 심화되고 있습니다. 이런 상황에서 MB정부는 자기 고집만 부리는 형국이죠. 참으로 어려운 시간을 겪고 있다고 생각합니다.

제 판단으로는 그게 어떤 양상으로 폭발할지는 알 수 없으나 어떤 계기에 의해서건 MB정권과 정면으로 대결하는 상황이 빚어지지 않겠는가 싶네요. 그동안 맺어온 민주화의 열매가 있었는데, 잃어버린 10년이라고 하면서 10년 전으로 돌아가는 게 아니라 20년 전, 30년 전으로 돌아간 것 같아요. 그래서 민주주의 전선이 이뤄질 수밖에 없을 거라고 보고 있습니다. 또한 거꾸로 가는 정책, 양극화 심화, 사회안전망이나 복지가 열악한 현실에서 경제대통령을 걸고 나온 MB정권과 전선을 형성할 가능성도 있겠다 싶어요. 결국, 중요한 대결 국면에서 이 두 개의 전선이 과연 결합될 것인가, 저는 여기에 관심을 갖고 있습니다.

🎤 민주주의란 한 축과 서민경제란 한 축을 거칠게 얘기하면 지식인과 민중으로 봐도 될까요?

굳이 나눠서 얘기하자면 민주주의의 문제와 함께 경제적인 측면에서도 전선이 이뤄질 수밖에 없다는 얘기죠. 절차적 민주주의와 실질적 민주주의로 볼 수도 있어요. 구분할 수 있는 것은 아니지만, 명료하게 생각하기 위해서 계층과 계급을 나눠서 얘기하는 사람이 있고, 시민을 얘기하는 사람과 서민, 노동자를 얘기하는 사람이 있습니다. 이명박 정부가 보여주는 현실에서 이들은 합쳐지거나 뭉칠 수밖에 없다고 보는 겁니다. 정규직, 비정규직의 문제이면서 시민이라는 개념과 민중이라는 개념이 만나는 지점이기도 합니다.

🎤 두 축이 쉽게 맞물리진 않을 것 같습니다. 어떤 연결고리가 있다고 보시는지요?

정당은 시민들의 열망을 어느 정도 받아 안아야 하지요. 시민들의 요구를 정치적으로 끌어안고 정치력을 발동해야 하는데 현재는 이게 비대칭인 상황입니다. 한나라당, 민주당 세력이 국회에 있는데, 민주주의 측면에서 보면 민주당이 일정 역할을 합니다. 그런데 교육법과 한미 FTA 같은 내용을 보면 민주당과 한나라당이 큰 차이가 없어요. 그런 면에서 새로운 정치적인 구심점이나 정치 의제들을 받아 안을 수 있는 진보정치 세력과 정당들이 좀 더 약진할 수 있는 기회가 되지 않을까 관심을 갖고 있습니다.

이명박 정권을 겪으면서 대중들이 스스로 깨달을 수 있다면 좋겠어요. 마치 촛불정국을 거치면서 적지 않은 사람들이 조중동의 실체를 알 수 있었듯이 시민들이 같이 학습하고 토론하는 기회를 가졌으면 해요. 위기이자 기회일 수 있는 거죠.

선생님이 민주화운동을 하던 30년 전과 오늘날은 많이 다릅니다. 이렇게 바뀐 시대에 태어나 자란 요즘 젊은이들을 보면 어떤 생각이 드시는지요?

우리 때만 해도 억압적인 상황이었습니다. 정치적 억압과 탄압이 일상적이어서 '내가 어떻게 살아야 하나?' 라는 물음을 늘 가졌지요. 지금 대학생들이나 젊은 사람들은 구체적인 억압을 받지는 않았지만 IMF에 대한 트라우마가 있지 않나 생각해요. 10대 때 IMF를 겪으면서 정치보다는 경제에 친화력이 더 강해진 것 같아요. 이것이 꼭 바람직하지 않다기보다는 균형 잡힌 게 아니라는 거죠. 경제가 정치사회에서 뚝 떨어진 게 아니잖아요. 그런 점에서 균형 잡히지 못했다는 인식을 해야 하지 않을까 싶어요. 대학 등록금이 너무나 많은 학생들에게 압박을 가하고 있는데, 대학생들은 너무 개별화되어 있어서 맞서 싸울 수 있는 동력이 형성되지 않아요. 젊은이들이 스스로 파편화, 원자화되어 있다는 인식과 죄수의 딜레마에 빠져 있다는 인식을 가져야 합니다.

이건 대학생 자신만의 문제가 아니에요. 사회는 젊은이들에게 대학에 갈 것을 강요하고 거의 강제로 대학에 가게 하면서 책임을 지지 않고 있어요. 그 비싼 등록금을 개인이 알아서 충당하도록 하고 있죠. 젊은이들은 부모에게 기생할 수밖에 없고 그걸 강요하는데 왜 대학생들은 문제제기를 하지 않을까요? 파편화된 경제 동물의 불균형성에서 나오는 현상인 것이죠. 지금 상황을 보면, 극히 소수만 좋은 직장을 얻고 절대다수가 비정규직, 88만원 세대로 떨어질 수밖에 없습니다. 또 적지 않은 수가 실업으로 내몰리고 있죠. 그런데 1년에 대학 등록금을 1,000만원씩 내야 하는 상황이니 당연히 문제제기가 있어야 합니다.

젊은이들이 나서지 못하는 것은 객관화된 암기공부만 반복해서 하면서 생각하는 주체로서 정립되지 못했기 때문이지요. 나만 경쟁에서 어떻게 이기면, 나만 정규직이 되면, 나만 대기업에 다니면 된다는 딜레마에 빠져 있는 거죠. 1980~90년대와 달리 동아리가 거의 없어진 현실에서 대학은 그야말로 산업화되고 장사하는 기업이 되었고요.

그러나 이런 것들을 인식할 만큼 충분히 성숙해졌어요. 갈수록

LIFE COURSE
COMPANY
UNIVERSITY

실업률이 증가하고 경기가 더 어려워지는 현실 속에서 1,000만원 등록금이 가당키나 한 것인가? 이런 당연한 질문을 왜 던지지 못하겠어요. 때가 왔다고 판단돼요. 등록금 투쟁 전선이 어떻게 이뤄지는지에 따라 젊은이들의 의식과 비판력, 사회와 세상 보는 눈을 알 수 있겠죠. 대학 등록금을 고작 동결하는 수준에서 만족한다면 대학생들에게 더 이상 무언가를 기대하는 건 힘들지 않나 싶어요.

기성세대와 사회 분위기가 연대를 가르치기보다는 혼자 잘살라고 가르쳤고, 그래서인지 젊은이들은 함께 뭉쳐서 맞서는 데 익숙지 않습니다. 더구나 젊은이들이 학습된 무기력감 때문인지 변화에 대한 거부감이 있습니다. 이렇게 훈육된 상황에서 젊은이들이 저항하지 못하는 건 당연한 게 아닐까요?

그런 지배 전략은 언제나 있어왔죠. 분할지배는 옛날 로마시대 때부터 있어온 핵심 지배 전략이에요. 소수가 다수를 지배하려면 다수를 분할하고 다수에서 적지 않은 사람을 배반하게 하여 분할지배가 이뤄지는 것이죠. 대학에선 지배 전략의 일부로 장학금을 주고 정부는 서민층에게 학자금대출을 해주지요. 이것이 분할지배라는 점에서 그나마 효과를 봤다 할지라도 앞으로는 더욱 한계를 드러낼 수밖에 없어요. 전체 대학생들을 위하지 않아 지나치게 취약한 상태예요. 대출받는 많은 학생들이 '이건 혜택이 아니다'라고 인식하고 있어요.. 그만큼 시늉에 지나지 않는 제도지요. 다른 나라와 비교해봐도 너무 차이가 나요. 이자놀이는 다 하면서 생색내는 현실이지요. 이런 상황을 볼 때, 지금이야말로 1,000만원 등록금 세대가 비판적 인식을 충분히 할 수 있는 시기라고 봐요.

전 세계에 밀어닥친 청년실업은 불안합니다. 그 가운데 한국은 더 위험한데요. 청년실업률이 전체 실업률과 엇비슷한 다른 나라들과 달리 한국의 청년실업률은 전체 실업률의 두 배가 넘을 정도로 심각합니다. 실업자와 구직 단념자, 장기 취업 준비자, 유휴 인력을 포함한 취업애로층이 100만 명에 이르는 실정이에요. 이런 상황에서도 여전히 나 혼자 잘 먹고 잘살겠다는 젊은이들도 있을 텐데, 해주고 싶은 말씀이 있으시다면?

저는 무엇보다도 연대와 단결, '함께 살자'는 정신이 중요하게 제기되어야 한다고 생각해요. '함께 살자'는 것이 하나의 구호로 자리 잡아야죠. 결국 연대인데, 같은 사회구성원으로서, 같은 세대로서 느끼는 세대 감각이 필요하다고 봅니다. 기성세대에게 착취를 당해 부모에게 기생할 수밖에 없는 세대로서, 같은 운명에 처했다는 인식이 필요해요. 같은 세대로서 느끼고 구조 변화를 요구하는 목소리가 20대에서 나와야 하는 거죠. 그런 점에서 기성세대에 편입하기 위한 것이 아니라, 나만 계층 상승하겠다는 게 아니라 젊은 세대가 함께 사는 구조로 변화해야 해요. 그런 단초가

등록금 문제에 있다고 봐요. 이것에 힘과 동력이 모아지지 않는다면 과연 어떤 문제로 모아지겠습니까?

🎤 젊은이들을 보면서 새로운 희망을 느낄 수 있다면 어떤 점 때문인가요?

우리 세대와는 달리 발랄함, 다양성에 대한 친화력이 돋보입니다. 하지만 기저에는 경제, 물질 중심으로 모든 것을 생각하고 있는 것 같습니다. 조금은 더 정치와 사회문제와 균형을 이룰 수 있으면 좋겠다는 게 바람이죠.

너무 원론적인 얘기일 수 있지만 젊은이들한테 자기 삶의 주인공이 되어달라고 말하고 싶어요. 의식의 주체성을 가져야 해요. 내 생각이 과연 내 것인지 끊임없이 질문해야 해요. 자유의지로 생각하고 행동하고 살아가는 것 같지만 그것 자체가 매트릭스 속에 있는 것은 아닌가, 경제지상주의, 물질 중심에 훈육된 건 아닌가, 이런 질문을 던져봤으면 해요.

🎤 꿈이 있으시다면?

꿈이라면……. 우리 사회가 조금 더 상식적인 사회, 조금 더 정의롭고 억울한 사람이 없는 사회, 불행하고 인간의 존엄성을 지킬 수 없는 조건에 내던져진 사람들이 없는 사회가 되었으면 해요. 억울한 사람이 너무 많아요. 이런 점에서, MB정권의 수구적이고 반민주적인 권력과 한판 승부가 요구되는 게 아닐까요. 그때를 대비하면서 준비를 단단히 해야 하지 않을까 싶습니다.

고3 수능이 끝난 뒤, 홍세화 선생님이 쓰신《나는 빠리의 택시 운전사》개정판. 창비, 2006를 읽게 되었습니다. 파리에서 택시운전을 했다니 독특하네, 이러면서 책을 넘기는데 읽는 내내 심장이 벌렁거렸습니다. 그가 왜 프랑스로 갈 수밖에 없었는지, 파리에서 외국인 택시 운전사로 일하는 동안 얼마나 떳떳하게 지냈는지를 읽으면서 충격을 받았죠. 그가 전해주는 한국과 프랑스의 차이를 더듬으면서 이 사회와 제 모습을 되돌아보게 되더군요.

그가 펼치는 문장들은 묵직했고 마음속에 파고들어 파도를 일으켰습니다. 그 파도를 타면서《쎄느강은 좌우를 나누고 한강은 남북을 가른다》한겨레출판사, 1999,《빨간 신호등》한겨레출판사, 2003,《악역을 맡은 자의 슬픔》한겨레출판사, 2002 등을 찾아 읽었던 기억이 떠오르네요. 사회 곳곳에 패인 골을 메우고 사랑의 징검다리를 놓고자 애쓰는 그의 활동에 고개가 절로 숙여졌습니다.

선생님은 저를 잔잔한 웃음으로 따뜻하게 맞아주셨어요. 느릿느릿하지만 절도있게 한 마디 한 마디 말씀해주실 때마다 조금은 따갑게 제 안에 박혔습니다. 아니, 예전부터 해주셨던 말씀이니까, 애써 덮어두려 했던 마음속 씨앗들이 움트고 올라오는 느낌이었죠. 자신이 바라는 만큼 사회가 잘 바뀌지 않고 억울한 일들이 자꾸 생기는 터라 실망도 많이 했다고 하셨지만, 이탈리아의 정치사상가였던 그람시의 말처럼 "이성으론 비관하지만 의지로 낙관"하는 홍세화 선생님의 뚝심 있는 모습에 가슴이 찰랑이더군요.

자신이 자유롭게 생각하며 살아간다는 걸 어떻게 증명할 수 있을까요? 공부만 해라, 대학만 가면 된다, 취업하고 돈 벌어야 결혼하지, 이런 말대로 열심히 살았는데, 어느 날 문득 남이 정해주는 대로 흘러가고 있는 건 아닐까 하는 생각이 들었습니다. 이렇게 살다가 결혼을 해서 아이를 낳으면 또 '아이 인생은 부모에게 달려 있다'는 문장들이 맴돌겠지? 그 다음에는 노후대책에 안달복달하겠지? 그렇게 살면 행복할까? 인생이란 그저 이렇게 살다 죽는 것일까? 이런 질문들을 던지자 볼멘소리가 가슴 속에서 윙윙거리더군요.

인생은 진창이고 그 안에서 허우적대거나 벅벅 기어가는 것밖에 없다는 생각에 사로잡혀 있을 때가 있었습니다. 대충 살자는 꼬임에 흔들릴 때도 많았죠. 그럼에도 자유와 평화로운 삶을 바라는 사람들은 언제나 있어왔고, 역사는 그들이 이끌어왔다는 사실에 숙연해집니다. 앞으로 역사는 어디로 물꼬를 터 나갈까요? 그리고 그 속에서 우리는 어떤 모습으로 살게 될까요?

3

일에서 은퇴란 없다, 죽음이 곧 은퇴다

구본형 선생님에게 '직업 선택 방법'을 배우다

구본형

인문학과 경영학을 엮어 경영비전을 보여주는 변화경영 사상가. '구본형변화경영연구소' 소장으로 어제보다 아름다워지려는 사람들을 돕고 있으며, 강연과 글쓰기 활동을 활발하게 하고 있다. 지은 책으로 《구본형의 필살기》《구본형의 더 보스: 쿨한 동행》《떠남과 만남》《익숙한 것과의 결별》 등이 있다.

바닥에서 박박 기어라

그리하여 자신의 이야기를 가진, 빛나는 별이 되어라

구본형 선생님이 첫 출근하는 딸을 바라보며 쓴 책 《세월이 젊음에게》 청림출판, 2008 에 나오는 말이에요. 구본형변화경영연구소 대표이사 구본형 선생님 뒤엔 언제나 한국 최고의 변화관리 전문가이자 한국을 대표하는 경영컨설턴트, 직장인이 가장 좋아하는 작가와 같은 수식어가 붙습니다.

자기계발이 가장 뜨거운 감자가 된 한국 사회에서 젊은이들도 자기계발을 하고자 스스로 채찍질을 합니다. 영어 성적을 따놓고, 학점을 올려놓은 뒤, 인턴을 하고 어학연수를 다녀와 이력서를 빼곡히 채우려고 하죠. 날로 높아만 가는 스펙들, 만리장성보다 긴 스펙산성을 쌓고자 젊은이들은 허리를 구부리고 있습니다.

그런데 정작 설문조사를 보면, 스펙이 일을 할 때 또 진짜 자신의 삶에 별 도움이 안 된다고 합니다. 너나 할 것 없이 스펙을 쌓다보니 스펙이 오히려 평범함을 보여주는 지표가 됐나 봅니다. 그렇다면 진정 우리에게 필요한 자기계발은 무엇일까요? 구본형 선생님을 만나 이야기를 들어봤습니다.

🎙 경제는 어렵고 젊은이들 역시 그 때문에 힘들어하고 있습니다. 선생님께서도 젊은이들의 모습을 보면 여러 생각이 드실 텐데, 먼저 꾸짖어주실 게 있나요?

생각하는 수준과 범위가 안타까워요. 고등학교 때는 어떻게 하면 좋은 대학에 들어갈까? 대학에 들어가면 졸업하고 어떻게 취업을 할까? 고민 수준이 여기서 벗어나지 못하고 있어요. 대학생활은 인생에서 대단히 중요한 시기지요. 그런데 취업만 준비하느라 자신의 인생에 대한 고민을 하지 못하고 있어요. 많은 젊은이들이 보수적으로 고용이 안정된 기업이나 공무원 시험만을 생각해요. 먹고사는 것만을 기준으로 여기는 것 같아서 안타까워요. 이들에게 바람직한 미래가 있을까 걱정이 됩니다. 현실적으로 생각하면서 당장의 문제를 해결하는 것처럼 보이지만 길게 볼 때 매우 위험한 선택들을 하는 거예요. 내가 정말로 하고 싶은 건 어떤 것일까 고민하지 않잖아요. 내가 어떤 일을 하면 잘살겠구나, 하고 끊임없이 질문을 하고 답을 찾는 과정에서 직업을 고민해야 합니다. 그런데 어디가 됐든 일자리가 있으면 들어가고 불만스러워도 일을 하고 그러면서도 제발 안 잘렸으면 좋겠다는 태도가 보여서 걱정이 돼요.

앞으로 그런 태도로는 안 될 거예요. 사기업에 들어가도 40세가 넘으면 진퇴를 결정해야 돼요. 공무원들의 정년퇴직인 60세도 위태하죠.

60세에 퇴직을 한다고 해도 옛날처럼 70~80세까지만 살다 죽는다면 번 돈을 절약해서 10~20년 더 살다 가면 돼요. 자식들이 벌어 용돈을 주면 그럭저럭 살 수 있다고 생각할 수 있죠. 그런데 지금은 전혀 아니거든요. 현재 평균 수명이 80세예요. 어처구니없이 빨리 죽는 사람도 많으니까 웬만한 사람은 90세 이상 살게 되겠죠. 아마 지금 젊은이들은 100세까지 살 거예요. 60세에 퇴직해서 그때까지 벌어놓은 돈으로 40년을 산다? 불가능한 일이지요. 자식들이 용돈을 준다? 이것도 믿을 수 없는 일입니다. 60세까지 일을 한 직장인들에게는 경제 수치로 따져보면 보통 집 한 채가 남아요. 자식들 결혼시키면 그 집도 온전하게 남지 않습니다. 저당 잡히고 대출받는 상태가 되지요. 거기에 수입도 없으니 불안정할 테고요. 그런데 젊은이들이 이런 모델로 설계를 하고 있어요. 말이 안 되는 거죠.

새로운 모델이 만들어져야 해요. 새로운 모델을 구상하는 조건은 첫째, 이제 은퇴는 없다, 죽음이 은퇴다, 죽을 때까지 현업이다, 라는 생각이 필요해요. 둘째, 스스로 독립해야 해요. 조직에서 자꾸 나가라고 하잖아요. 나가라고 하면 나가고, 있으라고 하면 있으면서 자기 몫을 할 능력이 되어야 하지요. 셋째, 자신이 제공하는 서비스 값을 주는 대로 받지 않고, 스스로 서비스의 가격을 요구해야 해요. 이러한 세 가지 조건이 가능해야 100세까지 혼자 살 수 있어요. 차별성 있는 전문서비스를 제공할 수 있어야 해요. 이러한 서비스를 제공하려면, 자기를 계발하는 방법밖에 없어요. 자기가 어떤 사람인지, 어떤 걸 좋아하는지 알고 스스로 계발해나가야 해요. 어렵고 지루한 과정이지만 해내야 하는 거죠. 한국 사람들에게는 이 부분이 부족해요. 직장에 들어가면 매일 고민을 붙잡고 살지만 그렇다고 전문가가 되느냐? 아니거든요. 시키는 일만 하다가 시간이 흘러 나가라고 하면, 그제야 혼자서는 아무것도 할 게 없다는 걸 깨닫게 되지요. 조직 안에 있을 때는 이것도 하고 저것도 하는 것처럼 보이지만 막상 나와보면 내 능력 때문에 성과

를 냈던 게 아니구나, 후광 효과였구나, 하고 느끼게 돼요. 따라서 지금 많은 젊은이들이 생각하고 있는 모델로 미래 전체를 설계하는 건 적절하지 않아요.

더 멀리, 더 깊게 고민할 필요가 있어요. 나라는 존재가 어떤지 알아서 죽을 때까지 자기만의 영역을 계발하는 쪽으로 초점을 맞춰야죠. 일을 하면서도 이것이 나와 맞는지 계속해서 물어야 해요. 마흔이 되면 나가야 하는 당위적 조건에 맞서 내가 무엇을 잘할 수 있는지 계발해야 돼요. 대학 졸업하고 10~15년밖에 시간이 없어요. 대학에 있을 때부터 고민을 해야 해요.

좀 가벼워졌다는 비판을 많이 하잖아요. 대체 생각이 있는 건지 모르겠다고 부정적으로 보는 분도 있고요. 근데 저는 젊은이들을 굉장히 긍정적으로 봐요. 머리가 나쁘다거나 문제가 있다고 생각하지도 않아요. 매우 현실적이긴 하죠. 이게 나쁜 말은 아니지만, 여기에는 너무 단기적이라는 부정적인 의미가 들어 있어요. 사람은 누구나 시간이 흐를수록 점점 현실을 챙기게 되고, 나이를 먹으면서 점점 보수화되는 경향이 있죠. 젊을 때 장기적 안목을 갖지 못하면 발전할 동력이 떨어지죠. 꿈을 꿨으면 좋겠어요. 커다란 일에 참여하고 싶은 욕망과 그것이 가능하다는 희망이 있어야 하는데 너무 일찍 안정된 직장에 모든 걸 걸었어요. 우려가 되죠. 이것만 조금 나아진다면 젊음은 늘 인생 최고의 에너지를 갖고 있는 때이기 때문에 결국 사회를 이끌고 가는 힘이 될 거예요. 대부분의 젊은이들에게 그런 힘이 있다고 믿고 낙관적으로 보고 있어요. 사회에서 이것을 더 많이 받쳐줘야 하지요. 내가 이런 꿈을 꿨는데 막상 해보니까 말짱 꽝이었다, 이러면 안 되잖아요. 자기 길을 열심히 가려는 친구들이 좋은 기회를 얻을 수 있게 도와줘야죠.

기업에서도 잠재력을 가진 친구들을 뽑는 경우가 많이 늘었어요. 예전에는 학벌, 학점, 영어성적 등을 중요하게 봤거든요. 이제는 이 친구가 들어와서 어떤 일을 해낼 수 있고 맡길 수 있나를 생각해요. 옛날보다 장기적 안목으로 보는 게 많아진 거죠. 기업이 깨달은 게 뭐냐면, 젊은이들의 지식이나 직업 경험은 쉽게 바꿔줄 수 있다, 그러나 일단 채용한 다음 바꾸기 어려운 건 태도나 자세라는 거예요. 그 사람이 타고난 자질이나 가치관은 절대 바꾸기 어렵다는 거지요.

지금까지 직원을 채용할 때는 학점, 학벌, 지식들을 중요하게 봤어요. 성적이 좋고 경험이 다양하다 싶으면 채용했어요. 그러다 보니까 자세가 안 되어 있거나 가치관이 안 맞는 경우가 많은 거예요. 이건 아무리 말해도 쉽게 안 바뀌잖아요. 이제야 잘못 뽑았다는 걸 느낀 거죠. 자세가 되어 있고 가치관이 된 사람, 훌륭한 적성을 가진 사람을 뽑으면 비록 아무것도 몰라도 뽑고 가르치면 된다고 생각합니다. 이렇게 기업들이 사람 뽑는 기준을 바꾸고 있어요. 이런 초점으로 기업의 인사 정책이 옮겨가고 있기 때문에 꿈을 크게 갖고 마음가짐에 투자한 사람들에게 기회가 있을 거라고 봐요.

과거의 기준을 쓰는 기업도 있고 새로운 기준을 쓰는 기업도 있습니다. 결국엔 그 중에 새로운 기준을 쓰는 기업이 이길 거예요. 새로운 기준을 적용하는 기업들에 더 능력 있는 젊은이들이 모이게 될 테고 그러면 누구를 뽑아야 하고 어떤 사람들을 뽑아야 할지 다들 고민하게 되겠죠.

그러니 젊은 사람들은 아주 결사적으로 자기가 뭘 잘할 수 있는지 찾아야 해요. 정말 결사적으로요. 처음엔 잘 모를 수 있어요. 자신이 어떤 것에 특별한 재주가 있다면 그걸 잘할 수 있어, 하고 할 텐데 다들 평범하거든요. 근데 자기를 평범하다고 평가하는 이유가 있어요. 젊은 사람들의 많은 경험은 학업 과정에서 오는데 지금의 학업 과정이 자기 강점을 계발하는 모델로 구성되어 있지 않아요. 영어 90점, 수학 60점, 국어 90점을 받아오면 부모가 수학학원부터 보내요. 열심히 공부해서 60점밖에 안 나왔다면 수학 머리가 없는 거지요. 그런데 잘 못하는 분야에다 엄청나게 투자를 해서 평균 사람으로 만들려고 해요. 영어나 국어에 투자를 해서 수학은 보통이지만 영어나 국어는 그 학교에서 뛰어나다는 식으로 키워야 하죠. 그러면 뭘 잘하냐고 물었을 때, 나 잘하는 거 없어, 하고 대답하지 않을 거예요. 난 어학은 잘해요, 하고 대답한다고요. 자기 미래도 여기에 기반하여 꿈꿀 수 있는 게 많아지죠. 어학이 좋다면 글을 쓰고, 영어 번역도 하고 그와 관련된 다른 것들을 찾아볼 수도 있죠. 또 작은 기업 홍보부에 찾아가서 일도 해보고 여러 경험을 쌓을 수도 있고요. 그렇게 자기가 하고 싶은 일을 찾는 거예요.

이게 안 되다보니, 다들 대기업만 가고 싶어하죠. 자신의 강점을 이어서 발전시키지 못하면 10여 년 후에, 강점을 살린 사람과 굉장한 차이가 생겨요. 한 사람은 대기업에 다니면서도 고용의 불안정성을 느낄 때, 다른 한 사람은 자기 자리를 굳건하게 만들고 있을 거예요. 누누이 했던 얘기예요. 정말 하고 싶은 게 있다면 자신 안에 있는 역량들을 찾아서 해보세요. 잘되면 어디까지 갈 수 있는지

시도해보고요. 가다가 안 맞을 수 있지요. 그러면 또 다른 도전을 하는 거지요. 그런 방황과 헤맴은 당연한 거예요.

젊은이들이 당장 취직해야 한다는 압박감 때문에 꿈을 얘기하는 건 사치라고 생각하고 있습니다. 불안해하는 젊은이들에게 한 말씀 해주신다면?

인생을 너무 짧게만 생각하지 마세요. 긴 세월이에요. 죽을 때까지 먹고살아야 하는데, 밥을 채우려고만 해서는 절대로 영혼이 채워지지 않아요. 밥과 자기 존재, 이 두 가지를 화해시키려고 애를 써야 해요. 두 가지가 불화한 경우에는 회복할 수 없는 일이 벌어져요. 젊을 때, 현실적인 문제에만 치중하게 되면 밥은 건질지 모르지만 끊임없이 공허하다는 걸 느낄 거예요.

취업을 준비할 때는 못 들어가서 안달이지만 들어가서는 못 나와서 안달하는 일이 반복된다면 곤란하죠. 결국 자기가 좋아하는 일을 정말 열심히 열정적으로 하다보면 시간은 좀 걸리더라도 그것이 밥도 되고 명예도 되고 자기 존재에 대한 확인도 될 거예요. 그 길을 선택하세요. 그래야만 끝까지 갈 수 있고 끝까지 현업일 수 있어요. 자기가 하기 싫은 일을 죽을 때까지 해야 된다, 그건 지옥이잖아요. 빨리 그 과정을 거쳐야 해요. 어떤 일을 맡아도 그게 얼마나 자기에게 맞는지 어떤 지점에서 맞는지 늘 자신에게 물어보세요. 결사적이란 말을 썼는데, 진짜 그렇게 해야 해요. 직업과 관련해서는 다양한 사고가 필요해요. 기업에 취직해야 밥 먹고

살 수 있다, 그렇게만 생각하지 말라고요. 다양하게 살아가는 삶과 사는 방법에 대한 그림을 그려보세요.

사실, 여행을 하면 좋은 게 저렇게도 사는구나, 저렇게 살아도 행복할 수 있구나, 하면서 여러 문화 차이를 경험할 수 있다는 거예요. 그 속에서 나도 저렇게 살면 참 좋을 텐데, 하는 게 있다면 그걸 배워가지고 오세요. 스스로 계획하고 구체화시키면서 자신과 잘 맞는 삶을 찾아야 하지요. 졸업만 하면 하나같이 회사 들어가서 출근해야 한다고 생각해요. 왜 농촌을 갈 수 없다고 생각하죠? 농촌이야말로 빅 벤처사업이에요. 그곳에 정말 많은 것들이 숨겨져 있기에 해볼 만한 게 많을 텐데, 다 피하잖아요. 직업에 대한 다양한 정보를 얻어 시야를 넓혀놓고 그 중에서 무엇을 하고 살면 좋을까 고민하고 꿈을 키워야 해요.

🎤 앞으로 계획과 꿈이 있으시다면?

쉰 살이 된 다음에 50년을 아주 잘살았어, 하고 말할 수 있도록 아름다운 풍경 열 개를 그려놨어요. 그 중 하나는 책을 내는 거예요. 저는 직장인에서 작가로 전환한 사람이기 때문에 해마다 책을 한 권씩 내고 있어요. 새 주제를 연구하고 그것에 대해 책을 내는 거예요. 10년이 지나면 제 관심사를 정리한 열 권의 책이 나오겠지요.

40대가 나를 위해서 썼던 시기였다면 50대에는 더불어 살았으면 좋겠다는 생각을 해요. 그래서 개인대학을 하나 만들었어요. 대학이라고 해서 거창한 게 아니라 매년 열 명 정도 연구원을 뽑아서 1년 동안 같이 공부하고 1년 동안은 졸업논문처럼 책을 한 권씩 쓸 수 있도록 도와주는 공간이에요. 연구원에게 자기가 당면한 중요한 문제를 주제로 삼아 쓰게 하죠. 예를 들어서 자신이 카페를 만들고 싶다, 그러면 1년간 카페를 연구해라, 그리고 결과를 책으로 만들어보라고 하는 거죠. 이게 자신의 문제를 푸는 과정일 수 있거든요. 그렇게 나온 결과물은 자신과 비슷한 생각과 욕망을 가지고 있는 사람들이 읽고 배울 수 있지요. 또 정말 절실하게 자기를 바꾸고 싶은 사람들을 위해 프로그램을 만들고 커뮤니티를 만들어서 며칠이라도 같이 있어주면서 도와주고 싶어요. 한마디로 자기 꿈을 꿀 수 있게 돕는 일이지요.

그리고 1년에 두 번 정도는 긴 여행을 하고 싶어요. 다른 사람들이 어떻게 살고 있는지, 정말 생각하지 못했던 새로운 풍경 속에 저를 데려다놓고 어떻게 생각하고 행동할 건지 고민하고 싶어요. 지금과 다른 풍경 속에 있으면 새로운 정신이 깨어나지요. 매년 나에게 많은 시간을 주고 싶어요. 시간을 마음대로 쓰고 훨씬 자유롭게 살고 싶습니다. 이런 제 꿈은 지금도 이루어지고 있다고 생각해요.

요즘, 젊은이들에게 가장 큰 관심은 일자리입니다. 졸업을 앞둔 4학년은 말할 것도 없고 갓 입학한 신입생들도 취업만 생각하면 목에 가시가 걸린 것처럼 컥컥대는 게 요즘 현실이죠. 그 압박감을 떨쳐내기가 쉽지 않습니다. 심지어 밥을 먹는 순간에도 밥벌이 공포가 끈덕지게 따라다닌다고 하니까요. 그렇게 해서 밥 먹고 살 수 있겠어? 이런 질문과 함께 말이죠.

저는 가난하게 자라서 그런지 밥벌이에 대한 두려움이 그리 크지 않았습니다. 없이 살다보니 불편하고 부끄러운 적은 많았지만 가난에 벌벌 떨어야 한다고 생각해본 적이 없었던 거지요. 근데 가난을 조금 다른 시각에서 바라보게 해준 소설이 있어요. 바로 젊은 소설가 박민규의 《삼미슈퍼스타즈의 마지막 팬클럽》한겨레 출판사, 2003이에요. 이 책을 읽으면서 느긋하게 제 꿈을 찾아가며 살아야겠다는 생각을 많이 하게 됐어요. 1등을 하는 게 중요한 게 아니라 무엇을 하든 행복해야 한다는 걸 온 몸으로 깨달았죠. 그 뒤로 제 삶의 흐름도 조금씩 달라졌습니다. 저도 늘 행복을 느끼는 사람이고 싶었거든요.

그래서 저는 제가 하고 싶은 것들을 찾아다녔습니다. 행복하려면 제가 좋아하는 것들을 해야 할 텐데 저는 제가 뭘 좋아하고 ,하고 싶어 하는지조차 알지 못했어요. 막연하게 뭘 하면 멋있겠다, 또는 돈을 잘 벌겠다는 생각은 했었지만 그것이 저와 잘 맞을지는 몰랐기에 많은 경험을 해보고 싶었죠. 그래서 이리저리 다니고 이런저런 사람들을 만나 같이 부딪히며 일도 해보다보니 슬슬 제 테두리와 언저리가 보이더군요.

구본형 선생님의 말씀을 들으니 일자리도 문제지만, 젊은이들에게 꿈이 없다는 게 더 큰 문제라는 생각이 드네요. 취직도 어렵지만 어렵게 직장에 들어가서 일에 맞지 않아 끙끙거리는 사람도 많으니까요. 젊은 직장인들은 가슴 속에 사표를 넣고 다니고, 이리저리 눈치를 보면서 새로운 직장을 알아본다고 합니다. 구본형 선생님의 말씀처럼 스펙을 쌓기보다 더 넓은 세상을 겪은 뒤 단단한 마음으로 자신에게 어울리는 일을 찾아봐야 하지 않을까 싶네요. 즐길 줄 아는 사람이 이 시대의 진정한 챔피언이니까요.

4

대기업? 공무원 시험?
청춘이여, 그보다는
진짜 세상 공부를 하자

우석훈 선생님에게 '예민한 감수성'을 배우다

우석훈

《88만원 세대》로 세대 간 착취 문제를 공공담론에 끄집어
낸 경제학자. 여러 책과 여러 매체에서 명랑한 말로 한국
사회의 전근대성과 구질구질함을 꼬집고 있다. 지은 책으
로《혁명은 이렇게 조용히》《괴물의 탄생》《촌놈들의 제국
주의》《직선들의 대한민국》《도마에 오른 밥상》《명랑이
너희를 자유케 하리라》등이 있다.

우석훈 선생님은 엄청난 생산성을 보여주는 지식인입니다. 박권일 선생님과 같이 쓴 《88만 원 세대》레디앙, 2007로 사회를 뒤흔든 이후, 여러 매체에서 날카로운 논조와 자신만의 시각으로 세상을 뒤흔들고 있습니다. 쏟아진다는 표현이 어울릴 정도로 봇물 터지듯 그동안 연구한 것들을 세상에 내놓고 있습니다. 덕분에 선생님의 책을 읽으면서 '즐거운 골머리'를 앓는 사람도 많아졌겠지요. 또 선생님은 10대와 젊은이들에게 각별한 애정을 쏟으며 여러 활동을 하고 있습니다. 많은 어른들이 나이가 들수록 슬그머니 허리춤을 풀고 불룩해진 배를 감싸 쥐며 주저앉게 마련인데, 우석훈 선생님은 처음 마음을 잃지 않고 어디론가 달려가고 있는것 같습니다. 나이 마흔을 넘기면 입을 다물고 지갑을 열어야 하는데 한국 어른들은 반대로 한다며, 기성세대가 젊은이들을 지지하고 뒷받침해줘야 한다고 목소리를 높이고 있죠.

그가 통통 튀는 명랑좌파로 살아가는 이유는 그의 가슴 속에 이한열이 있기 때문이 아닌가 싶습니다. 1987년 6월, 몇 발자국 앞에서 동기 이한열이 쓰러진 사건 이후 그는 슬픔, 부끄러움과 함께 젊음을 간직하게 된 것인지도 모르겠습니다. 경제학자 우선훈 선생님을 만나 이야기를 들어봤습니다.

경제학자로서 오늘날의 세계 경제에 대해 많은 생각을 하고 계실 것 같아요. 어떻게 바라보고 계신가요?

객관적으로 보면 어려운 상황인데, 흐름이 바뀌어 전환 같은 게 있지 않을까 싶어요. 세상이란 게 안 좋아지다보면 반전이 오고 그러잖아요. 올해에 올지, 내년에 올지는 모르겠지만 한 번은 반전 같은 게 올 것 같아요. 한국 사람들이 겉으로 보면 잘 버티고 있는 거거든요. 하지만 잘 버티는 게 아니에요. 어느 정도 사는 사람들이야 괜찮겠지만 그렇지 못한 사람들은 뒤로 끌려가서 죽고 있는 거예요. 더 이상 버티지 못하면 뭐가 터지고 그러겠지요. 1987년 이후 가장 큰 전환점에 서 있는 게 아닌가 싶어요. 우리나라뿐 아니라 전 세계의 패러다임이 변하고 있어요. 세계 각 나라마다 흐름이 조금씩 다르지만 한국의 속도가 그들과 똑같지는 않아요. 한국이 더 이상 버티기 어려운 시점이 올 텐데, 그게 언제일지 모르겠어요. 흐름에 따라 때가 맞을 때 나타나겠죠.

논객으로서 사회와 정치에 대해 많은 얘기를 하고 계십니다. 이제 민주주의만 얘기하는 시대는 저문 것 같은데, 어떻게 보시는지요.

민주주의 하나만 갖고 살아온 사람들의 시대는 끝난 거죠. 민주주의 자체는 전두환이 사라지고 나서는 함의가 없어졌어요. 이제는 민주주의 절차가 중요한데, 절차는 아무리 잘 만들어도 문제가 있습니다. 한국에서는 정치적 구심점, 본진이 깨진 것 같아요. 본진이 엉망이다보니, 뭐라고 제시할 게 없는 거지요. 아무리 배불리 먹어도 이게 좋은 거냐? 이게 옳은 거냐? 배불리 먹으면 무조건 좋은 거냐? 이런 질문을 던지면서 좋은 정치, 좋은 경제라는 철학문제를 고민해야 할 때인 것 같아요.

다른 사람 생각하며 산다는 게 사실 자신을 위한 거거든요. 다른 사람이 편해야 자기도 편한 거죠. 자기만 살겠다는 생존이 목표가 된 사회는 불행한 거예요. 자기를 위해서만 살면 재미가 없어요. 스위스 사람들은 자기를 위해, 생존을 위해서 살지 않아요. 그 사람들은 다른 사람들과 시스템을 많이 생각해요. 한국은 어떻게 보면 구복신앙이 끝까지 간 사회지요. 박정희 때는 선진국이라는 구복신앙이, 김대중, 노무현 시절에는 민주주의에 대한 구복신앙이 우리를 좌우했어요. 그때는 민주주의가 목표가 아닌데도 민주화가 절대화되었잖아요. 지금은 돈에 대한 구복신앙이 퍼져 있고요.

🎤 믿을 만한 정치인, 애정을 쏟을 만한 지식인을 찾기가 어려운 현실입니다. 지식인들이 태중과 어떻게 이야기를 해나가야 할까요?

어느 시대나 민중은 늘 있습니다. 한국 민중이 누구냐고 하면 민노당, 진보신당 당원들이 아니고, 집에서 쇼 프로그램을 보는 사람들이에요. 정의상 그들이 민중인데, 그들이 믿는 사람은 아무도 없어요. 정치인이나 지식인 중에서 민중 스타는 거의 없다고요. 좌파에 민중 영웅이 있느냐? 없어요. 좌파에 있는 사람 다 모아도 이외수 선생님이 한마디 하시는 것보다 안 되는 것 같아요. 우파에서는 박근혜 정도가 아닌가 싶어요. 민중들이 좋아하거든요. 불신시대라고 할 수 있죠. 민중들이 사랑하며 믿고 의지할 데가 없어 텔레비전을 보는 거죠. 민중에너지, 사랑에너지에 쏠리게 하면 좋을 텐데……

결국 문화 매체나 매개체가 필요할 거예요. 잡지가 되었든 영화가 되었든 매체가 있어야 하는데 지식인, 글 쓰는 사람은 그만큼 믿음을 잃었고 매체는 재미가 없죠. 요즘 잡지에 뭐가 실렸고, 어느 잡지가 나오고 있나 이야기하나요? 얘기 안 한 지 10년 정도 되지 않았나 싶어요. 문화층 자체가 얇아진 거죠. 잡지나 매체가 역할을 찾아야 하는데 잡지 수익이 안 나오잖아요. 어떻게 파고들어갈 것이냐 전략이 필요해요. 잡지를 읽게 하려면 잡지 만드는 사람이 독자보다 내용에 대해서 훨씬 잘 알아야 하는데, 이런 잡지가 별로 없는 것 같아요. 고만고만한 얘기를 돈 주고 볼 필요 있냐고 사람들이 생각하게 된 거죠. 차라리 한 사람에게 100만원 내라고 하면 쉬워요. 근데 잡지는 한 명, 한 명에게 5,000원, 1만원 내라고 하는 거잖아요. 그러기 위해선 되게 매력적이어야 하는데 지금 매체들은 그렇지 않다는 거죠.

녹색당을 만들어 정치하려고 했지요. 지금은 다른 진보정당을 도와주기는 하는데 제 정체성이 거기에 있지는 않아요. 녹색당 같은 게 있으면 더 헌신할 생각도 있어요. 그러나 녹색당을 만들 만한 동력이 없어요. 마음만으로 될 수 없는 게 있는데, 당 만드는 일이 그래요. 몇 사람만으로는 안 되잖아요. 수많은 사람이 필요한데 그런 동력이 없어요.

아무리 생태 얘기를 해봤자 문화나 지식이 발전해야 사람들이 생태를 생각해요. 자전거만 타면 세상 좋아지는 거야? 그렇지 않잖아요. 그러기 위해서는 만화, 영화, 음악으로 먹고사는 사람이 10만 명은 있어야 해요. 토목산업이 아니어도 먹고살고, 부자가 아니어도 먹고사는 사람이 1,000만 명은 돼야 해요. 남는 사람들이 교육, 농업, 축산업 등을 해야죠. 그렇게 절반 정도 해결되면, 나머지 사람들을 대상으로 경제 정책을 구상하기가 훨씬 쉽잖아요. 이렇게 의미 있는 역할들을 만들어내야죠. 문화사업으로 1,000만 명이 먹고살아서 '우리, 신경 쓰지 마세요' 하면 운신의 폭이 넓어져요. 지금은 '일자리 만들어주세요' 하면 공사해줄 수밖에 없어요. 그러니 잡지를 봐야죠. 대학생들이 신문을 두 개씩 보면 대학생 기사가 많이 나올 거예요. 자본주의 간단해요. 돈 가진 놈들이 움직여요. 한 명, 두 명은 아무것도 아니어도 100만 명이다, 그러면 무섭거든요. 예쁜 도서관을 마구 짓잖아요. 그런데 껍데기만 어떻게 하지 말고 책을 많이 사야죠. 사람들이 껍데기가 예쁜 도서관에 가는 게 아니잖아요. 책을 보러 가는 거죠. 도서관은 조금만 짓고 책을 많이 사라고 얘기하고 싶어요.

🎤 **MB정부뿐 아니라 시민운동에게도 쓴소리를 하시는데, 그 이유를 들어볼 수 있을까요?**

　지금은 제가 하지만 또 할 사람이 나타나겠죠. 역할이 돌고 도는 게 사회인데, 우리 할아버지들은 은퇴를 너무 안 하세요. 어떻게 보면 민중운동, 시민운동을 잇는 그 다음 운동 모델을 못 찾은 거지요. 민중운동은 명망가 중심으로 언더서클에서 했어요. 시민운동은 언더서클에서 하던 운동을 사회로 *끄집어냈*지만 여전히 명망가 중심으로 운영되었고요. 마초 분위기였죠. 남자들이 진두지휘하고 권위를 가졌어요. 그런 것도 필요하지만 작은 주제를 얘기하면 중요하지 않다고 넘겨버리는 게 문제였죠.

여성에 대한 질문이나 지방에 사는 사람들에 대한 고민이 없어요. 한국에서 여성으로 태어나서 살아봐라, 전 못살 것 같거든요. 한국 사회에서 여성에게 주어지는 핸디캡을 줄여줘야 하는데 그쪽으로는 생각이 없어요. 가부장적, 마초적 운동만 하는 거예요. 그러니 운동이 사회에 안 먹히는 거죠. 안 먹히면 바꿔야 하는데, 이게 옳다 생각해요. 무능하다기보다는 틀에 박혀 있는 거예요.

🎤 여성 문제에도 관심을 갖고 계신가봐요? 근데 아직 여성에 관한 이야기는 선생님 글에 별로 나오지 않던데요.

관심은 있는데 양식을 어떻게 할까 고민 중이에요. 일간지에 연재를 하면 어떨까 생각 중이에요. 분석 대상으로 재밌잖아요. 이를테면 이런 거예요. 여성이 여성을 대변하는 건 10년 했거든요. 기본으로 애기할 건 다 나왔어요. 여기서 더 발전하려면 이질성이 필요해요. 예를 들면 남성이 보는 여성 애기를 해보는 거죠. 젠더 측면에서 이질적 존재가 서로 살펴보고 짚어볼 수 있잖아요. 근데 남성들 가운데 여성 문제를 생각하는 사람이 별로 없는 것 같아요. 노무현 대통령 시절에 여성은 애 낳는 기계, 일하는 노동력으로 보고 정책을 폈는데, 그런 극우파가 또 없었어요. 여성의 기본에 사회가 맞춰야지, 사회가 잘되려고 여성을 끌어들이는 건 기본이 아니지요.

선생님의 경제학 이야기는 이해하기가 아주 쉽습니다. 경제학을 얘기하려면 숫자도 나오고 도표도 많이 나와야 하는데 그렇지 않거든요. 쉽게 쓰는 까닭이 있나요?

우선, 어렵게 쓰면 전달이 안 돼요. 사실 어렵게 쓰더라도 사람들이 읽고 따라오는 것이 맞는데, 지금은 지식인 집단과 대중이 완전히 떨어져 있으니까 어쩌겠어요. 몸을 낮추는 수밖에요. 가능하면 쉽게 쓰려고 하는데 수학 얘기를 안 하면서 말을 풀어서 써야 하는 건 여전히 답답하죠.

그리고 저는 디테일한 책을 많이 쓰는 편이에요. 텍스트뿐 아니라 맥락을 강조하는 해석학 전통에서 쓰려고 노력해요. 그 책만 보는 게 아니고 밖을 보려고 하고, 입장 바꿔 생각해보는 흐름도 중시해요. 내가 여성이 되면 어떨까, 저는 이런 질문이 재미있어요. 주류남성이고 40대, 거기다 사는 게 편하기까지 하면 세상 안 보이거든요. 공부할 자세가 안 되어 있는 거죠. 자기가 편하더라도 자꾸 입장을 바꿔서 생각해야 해요. 여기서 사회과학이 출발하죠. 제 감성 자체가 마이너 감성이에요. 엄청 안 되는 데서는 조금만 해도 티가 나니(웃음), 보람 있어요.

한 얘기 또 하는 걸 싫어해요. 재미없어요. 뭘 또 하라는 거야, 책에 다 썼잖아, 이러지요. 같은 얘기를 계속해서 발전시키기보다는 해놓고 다른 길로 가는 스타일이에요. 저는 나중에 아프리카 경제학같이 재미있는 거 할 거예요. 지역학, 경제학으로 아프리카, 동남아를 분석하는 것도 재미있어요.

🎤 선생님은 10대와 고등학생들, 뒤에서 10등하는 학생들에게 관심을 쏟으십니다. 기성세대와는 많이 다른 모습인데, 청소년들에게 관심을 갖고 계신 이유가 있나요?

저는 대학에 안 가도 되는 사회를 만들고 싶어요. 대학을 안 가도 잘살아야 뭔가 풀릴 것 같아요. 그래서 고등학생들과 애기를 많이 했는데, 그들의 독서 능력이 떨어져 있다는 걸 느꼈어요. 영어교육을 너무 시켜서 그런가, 단답식 사교육을 너무 시킨 부작용인가, 싶은데 저는 걔네들 살리고 갈 거예요. 버리는 구성원은 없어야 하잖아요. 공부 안 하는 아이들이 지능지수나 성격에 문제가 있는 것도 아니에요. 10대 때 몇 년 공부에 재미 못 붙인 것뿐이에요. 그렇다고 버리고 가면 사람 사는 사회가 아니죠. 그러나 길 만들기가 쉽지 않아요. 상대적으로 대학생들 길 만들기는 쉽지요. 탈학교한 10대들은 사연이 있어서 학교를 나온 거거든요. 10대 보호하기 위해 동거 나이 높이자고 하는 게 이해는 되는데, 동거가 가능하게 경제를 발전시키는 게 낫지, 경제가 어렵다고 동거 나이를 높이는 것은 아닌 것 같아요. 그래도 현실은 현실이니까 저도 제가 꿈꾸는 것과 현실 속에서 딜레마를 갖고 있는 거죠. 정신세계는 제가 손을 댈 게 아니니까요.

바보들끼리 모이면 바보가 되는 게 당연한 거예요. 우울한 상황에서 우울하다고 쭈그려 있어봤자 아무것도 안 돼요. 구원군도 없고, 관심도 없고, 보급품도 없고, 성벽도 거의 없어요. 포위된 상태라고 할 수 있지만 쪽수는 우리가 더 많아요. 여기서 어떻게 진을 치고 포위를 뚫을 것이냐, 앞으론 이 질문을 해야 한다고 봐요. 어떻게 하면 부드럽게 무리하지 않으면서도 출발점을 만들 것이냐, 물론 어려운 일이지만요.

큰 꿈이란 게 자동적으로 생겨나지 않아요. 예전에는 큰 꿈을 이룬 사람을 접할 기회가 많았잖아요. 지금은 그게 참 힘들어요. 젊은 세대에게 문제가 있거나 정치 성향이 크게 다르지는 않은 것 같아요. 다만, 경험 자체를 사회에서 만들어주지 못하고 있는 거죠. 정치의식에 대해 교육받을 기회가 거의 없잖아요. 사실 10대든 20대든 사람의 정치 성향은 고정되어 있는 게 아니에요. 개인차가 있겠지만 시대정신 같은 것도 있고요. 20대가 보수화가 되었다고 하는데 사회 전체가 보수화가 되었다면 그렇게 얘기할 수 없는 거예요.

부시가 대통령이 되고 나서 미국에서도 반성이 많았어요. 정치적 올바름political correctness이 뭔지 찾았거든요. 한국도 필요해요. 젊은이들에게 기회를 줬으면 좋겠어요. 우파로 살아가도 좋고 좌파로 살아가도 좋아요. 젊은이들이 모두 정치하라는 건 아닌데, 자기 특성을 알 기회조차 없어요. 논의 자체를 못 하는 것이 문제예요. 인간적으로 책 좀 봐라, 일주일에 책 두 권은 봐라, 널 위해서다, 다른 나라 20대들도 하는데, 너희만 안 하고 있으니 내가 보기엔 심히 걱정된다, 이런 식으로 말을 걸죠. 꼭 20대에게만 그러는 건 아니에요.

🎤 젊은이들은 영어 점수, 학점, 어학연수, 거기다 다양한 인턴 경력까지 갖추느라 바쁘고, 도서관에서 살다시피 해서 소통하기가 쉽지 않은데요. 어떤 식으로 젊은이들에게 접근을 하고 그들의 생각을 열어줘야 한다고 생각하시는지요?

젊은이들이 지금은 그래야 할 것 같다고 생각해서 기계적으로 스펙을 쌓는데, 사실 그런다고 취업이 되지는 않아요. 그쪽 담당자도 알거든요. 젊은이들이 세상 보는 눈을 더 길러야 해요. 개인주의적 성향이 10년 유행한 것 같아요. 물론 개인을 중심으로 보는 태도가 나쁘다는 게 아니에요. 그게 잘될 때는 괜찮아요. 자기 중심으로 이해해도 되죠. 그러나 지금은 구조 자체가 벽이 된 상태예요. 구조 전환이 없으면 개인이 어떻게 해도 안 돼요. 그렇다고 사람 인식이 하루아침에 변하지는 않잖아요. 생각이 바뀌어야

하는데, 생각도 일종의 물질이거든요. 지금까지 이해했던 틀, 행동 방식과 시대가 요구하는 해답을 찾는 방식 사이에 괴리가 생긴 것 같아요.

그러면 다들 고만고만한데, 누가 먼저 시작할 거냐? 여기서 점이 나와야 해요. 점바둑하는 식이죠. 결국 매체가 먼저 움직일 수밖에 없지 않나 싶어요. 모든 사람이 말을 만들 수는 없지만 언론, 문화, 예술하는 사람들은 말 만드는 게 일이니까 들을만한 좋은 말들이 많아야 해요. 그래서 저는 예술가들이 놀아서 이 상황 된 거라고 늘 생각해요. 예술가들이 재미있게 얘기했으면 더 많이 바뀌었겠지요.

수많은 젊은이들이 절망의 수렁에 빠져들고 있어요. 사랑하는 사람과 결혼을 하고 싶은데도 할 수가 있나, 독립해서 제대로 된 집을 구할 수 있나, 어디 마음먹은 대로 할 수 있는 게 없습니다. 그냥 말 잘 듣고, 꾹 참으면 나중에 다 잘될 거라고 해서 여기까지 왔는데 청년실업이 찾아왔죠. 젊은이들이 이런 구조를 뚫기 위해서 할 수 있는 것으로 어떤 게 있을까요?

젊은이들에게 두 가지, 한 점과 스케일이 필요해요. 먼저 한 점이 있어야 하죠. 한 점이라도 있으면 규모가 생겨요. 또한 사회가 변화하려면 스케일이 필요해요. 첫 점은 지난 몇 년 동안 어느 정도 나온 것 같아요. 이걸 어떻게 키울 것이냐, 전략적으로 고민해야 해요.

말만 하고 못했는데 '20대 권리장전' 초고라도 발표하려고요. 20대의 3대 권리를 노동권, 주거권, 보건권이라고 생각하는데 이건 인간으로서 꼭 지켜줘야 해요. 노동권은 비정규직 애기로 많이 되었어요. 반면 주거권과 보건권은 거의 애기가 없죠. 《88만원 세대》 후속 작업으로 주거권, 보건권 애기를 담은 책을 쓰려고요. '20대 권리장전'을 만들 20대 팀도 만들었어요. 성공회대 학생들하고 투쟁 매뉴얼이나 짚어볼 어젠다를 살펴보고 있어요. 또한 한중일 20대들의 교류에서 오는 문제도 심각해요. 그런데 세 나라가 각자 자국 내에서 애기하면 답답해서 못살아요. 한중일 20대들의 통합 매체가 있으면 좋겠어요. 좁게 보고, 넓게 보는 걸 같이했으면 해요. 지금 20대가 좁게 보는 것만 하잖아요. 동시에 넓게 보는 것도 중요해요. 넓게 보는 것은 시대가 만드는 거니까 이걸 어떻게 만들 것이냐를 찾아야 해요.

20대, 무지하게 불쌍한 애들이에요. 주위 사람들과 같이 나올 돌파구를 찾아야 하는데 자기만 쏙 빠져나오려고 해요. 자기들이 생산자, 소비자, 납세자로 같이 묶이는데도 말이죠. 한국은 이상하게 가족 단위로 사유해요. 자기와 자기 자식만 챙기죠. 미국도 가족 단위로 사유해서 극우로 갈 거라고 생각했는데 가족과 함께 공동체를 생각하거든요. 똑같이 가족을 애기하는데, 미국은 공동체를 생각하고, 한국은 자기만 알고. 뭔 차이인지 모르겠어요. 한국은 가족을 통해서 진짜 이기적인 개인이 재생산되죠. 애기를 많이 하는 방법밖에 없어요. 떠들고 있어야 하죠. 그러다보면 누군가 20대 운동을 해보겠다고 결심하는 사람이 나오겠지요.

🎤 보건권은 미처 생각하지 못했습니다. 일자리는 없고 집도 없고 아파도 병원을 못 가잖아요.

거주권, 보건권, 심각한 문제예요. 많은 20대가 병원에 못 가요. 가족의료보험에 끼여 있다가 조금 지나면 안 되거든요. 더구나 돈도 없고요. 힘 있는 놈은 그런 게 아무 문제가 없는데, 힘없는 사람이 큰 문제예요. 그런데 고통받고 있는 게 드러나지가 않아요. 누려본 적이 없기 때문에 뺏겨도 모르는 거죠. 원래 이런 거 아니냐고 생각하죠. 뺏긴 거라고 얘기해도 누려본 적이 없으니까 몰라요. 요즘 같은 무한경쟁은 사실 자본주의의 모습도 아니거든요. 이런 사회는 있었던 적이 없어요. 우리는 어떻게 중세 때보다 더 못살고 있어요, 농노라는 사람들 있잖아요. 가난하고 못살았을 거라 생각하지만 그들은 결혼해서 가정도 있었어요. 인류학 관점에서 몇 살 때 결혼했냐, 몇 칼로리를 먹었냐를 따져보면, 지금보다 못할 게 없거든요. 20대들이 알바를 하면서 20년을 더 산 뒤에 보건 문제가 어떻게 될지 생각해보면, 수명도 많이 줄고 아픈 사람들도 지금보다 더 많아질 거예요. 그런데 이런 문제들은 시간이 지나야 드러나게 돼요. 예상될 때 조치가 들어가야 하는데 그러지 못하고 있죠.

한국 20대 엘리트들은 대기업에 들어가는 걸 당연하게 생각해요. 20대 전부가 대기업에 들어갈 수는 없잖아요. 엘리트가 어떻게 판단하고 선택하느냐에 따라 같은 세대의 경계가 설정돼요. 보건권? 자기는 상관없다고 하면 그 사람은 엘리트가 아니고 그냥 부자일 뿐인 거예요.

그래도 대기업에 안 가려는 학생들이 조금씩 늘어나는 것 같아요. 갈 수 있는데도 안 가겠다는 사람들, 공무원 시험을 안 보고 대기업 안 가겠다는 사람들. 이런 20대 엘리트가 10~15퍼센트쯤 되면 역전의 흐름이 나올 것 같아요. 엘리트가 어떻게 움직이느냐에 따라 시스템 운영에 영향을 줘요. 지금은 서울대, 연고대 애들이 앞에서 열나게 스펙 경쟁하고 있는 거잖아요. 이런 아이들이 역사의 배신자죠. 자기들은 많이 가졌잖아요. 원래 모든 종교와 도덕의 출발점은 많이 가진 사람이 내놓아라, 그런 거거든요. 기독교도 그렇고 불교도 그래요. 과부와 고아를 잘 보살펴라고 한 것은 이들이 사회에서 가장 불쌍한 사람이기 때문이에요. 그런데 자기들끼리 모여서 잘 먹고 잘살겠다고만 한다면 그건 사회에 위배되는 거죠. 그런데 그렇게 먹고도 배고프대요. 그럼 너가 히딩

크냐? 너가 한국 국민으로서 한국 국적을 갖고 살려면 히딩크 접근법은 안 된다고 얘기하죠. 히딩크도 자기 고향에 가면 막 내놓고 그러잖아요. 반장이 반장 역할 하잖아요. 그런 게 20대 엘리트들에게 필요해요.

제가 《88만원 세대》에서 말한 짱돌은 정책 수요를 표상화한 거예요. 얘기를 해야 뭐가 들어가죠. 20대도 뭔가 필요한 사람들인데, 어떻게 보면 동일한 자원을 갖고 할아버지들한테 지고 있는 거예요. 누가 이기고 지고의 문제가 아니더라도 젊은이들은 처음 시작이 너무 불리해요. 이걸 만회하는 큰 흐름이 있어야 하죠.

복지국가에 살아본 사람만이 복지가 없을 때 불편한 걸 알잖아요. 불편하지 않냐고 물어봐도, 누려본 적이 없기 때문에 아픈 것을 당연하게 생각해요. 너가 아픈데 국가가 못해주는 나라는 OECD 국가 중에 미국과 한국밖에 없어, 근데 미국은 전 세계에서 유일하게 황당한 나라잖아, 미국을 표준으로 하고 있으니까 이가 아픈데 치과를 못 가는 거야, 영국도 안 그래, 영국은 의사가 공무원이야, 이렇게 얘기해야 하고 이런 얘기들이 더 많아져야 하죠.

🎙 지금까지는 한국에 대해서 두루 짚어주셨는데요, 앞으로 선생님이 할 작업들을 귀띔해주실 수 있을까요?

제 관심 분야가 지방local, 여성gender, 나이age예요. 특히 수도권 문제에 관심이 많아요. 우리 같은 나라는 어디를 찾아봐도 없거든요. 이런 텍스트가 없어요. 전 국민의 절반이 수도권에 사는 나라가 세상에 어디 있어요. 있어도 이 정도는 아니어서 한국처럼 심각한 문제로 안 보거든요. 이런 한국의 고유 문제를 풀어야 하는데 어렵지요. 참고할 만한 자료도 잘 없고요. 또 저는 일과 놀이의 구분을 없애고 싶어요. 사람들이 일하는 시간을 즐겁게 생각하지 않고, 그 시간을 '죽었다'고 여기잖아요. 일과 놀이의 경계를 어떻게 없앨 거냐 고민하고 있어요. 미래의 노동은 그렇게 되어야 하지 않을까 싶어요.

🎙 마지막으로 선생님의 꿈을 들어볼 수 있을까요? 꿈이 있다면?

제 인생에서 꿈이 있다면 소농이 되는 거예요. 300평 정도 되는 땅에 농사를 짓고 살고 싶어요. 지금처럼 사는 건 제가 원하는 삶이 아니에요. 긴장도가 너무 높거든요. 어떻게 이렇게 평생 살아요.

우석훈 선생님의 《88만원 세대》를 넘기는 제 손은 부들부들 떨렸습니다. 오늘날 젊은이들이 어떤 현실에 처해 있는지 경제지표로 확인했을 때 겉으론 아무렇지 않은 척 무뚝뚝하게 책장을 넘겼지만 몸은 뜨겁게 반응을 하고 있었죠. 저도 모르게 일어난 그 자연스러운 움직임은 어떤 것이었을까요? 분노? 두려움?

아마 두 감정이 마치 짬짜면처럼 반반씩 섞이지 않았나 싶습니다. 처음엔 이런 젠장, 이렇게도 나를 착취하고 있었구나, 하는 마음에 울컥했지만, 그렇다고 짱돌을 들고 뭔가를 얘기하며 사회에 맞서기엔 두려움이 컸으니까요. 아무도 모르게 슬그머니 제 자리에 앉아 고개를 떨어뜨리고 한숨을 짙게 내쉬며 웅얼거렸습니다. 어쩌지, 어쩌지……

우석훈 선생님은 절망 속에서 희망을 피워내라고 책을 쓰셨겠지만 저는 책을 읽으면서 있던 희망마저 어둠 속으로 빨려 들어가는 기분이었습니다. 그래서 조금은 퉁명스러운 마음으로 우석훈 선생님을 찾아뵀죠. 그러나 스스로 '명랑좌파'라고 하는 분답게 무척 예민한 감성을 갖고 계셨고, 그런 마음으로 제게 용기를 일으켜 세워주시더군요. 자신의 감성을 쉼 없이 벼리는 모습에 저까지도 푸르른 감정이 파릇파릇

일어나기도 했고요. 없던 희망이 불끈 솟는 기분이라고나 할까요?

밝은 앞날을 기대하는 젊은이가 얼마나 있는지요. 저 또한 제가 꿈꾸는 미래를 그다지 믿지 않았습니다. 하도 캄캄하기에 알록달록 색칠을 하고 싶을 뿐, 그것이 이뤄지리라고 믿지는 않았습니다. 제게 세상은 아수라장과 동물의 왕국, 그 둘 사이에서 태어난 끔찍한 무언가였죠. 쉽게 설명할 수는 없지만 싫은 무엇. 그래서 하염없이 영화를 봤는지도 모릅니다. 허튼 상상을 하며 스스로를 달랬던 거죠. 하루아침에 돈벼락 맞기를 바라기도 했었답니다. 로또라도 긁어봐? 이러면서 말이죠.

사회문제가 어떻고 젊은이들이 나서야 한다는 얘기도 더 이상 자극이 되지 않았습니다. PC방 죽돌이가 되고 텔레비전 앞 죽순이가 되는 까닭은 자신의 현실이 워낙 빡빡하고 벅차서 어떻게든 잊고자 함인데, 그것을 이해해주기 보다 핀잔부터 들으니 기분이 나빴죠. 그래도 제 스스로 뭔가가 켕기는 건 감출 수 없네요. 이 사회가 이렇게 된 것이 젊은이들 잘못은 아니지만 그렇다고 팔짱만 끼고 있어서는 안 된다는 생각이 듭니다. 우석훈 선생님을 뵙고 나오면서 희망은 주어지는 것이 아니라 함께 일궈내어야 한다는 걸 새삼 깨달았습니다.

5

나를 사랑하자,
그래야 큰 자유를
얻는 법이다

한완상 선생님에게 '우아한 패배'를 배우다

한완상 선생님은 민주화운동을 하셨고, 통일부총리
1993, 교육부총리2001, 적십자사 총재2004~2007를 지
내셨죠. 그는 '햇볕정책'이란 말을 처음 쓴 사람답게 남
북갈등을 줄이고자 애쓰며 세계정세와 종교, 정치에 두
루 관심을 갖고 활동하는 분입니다. 이제는 나이 지긋한
할아버지가 되셨지만 여전히 서슬 퍼런 사회비판을 하
면서 사회의 문제를 꼬집고 있죠. 그는 사회의 아픈 데를
고치는 'social doctor'니까요. 사회의사로서 갖춰야 할
기본 덕목은 "아프냐? 나도 아프다"는 정신이 아닐까
합니다. 전염병이 돌면 어느 누구도 건강하기 어렵듯 사
회에 문제가 있으면 자신도 멀쩡할 수 없다는 걸 알고
사회에 뛰어드는 사람, 사회에 문제가 생기면 '우리의
일'이라며 심각성을 알리고 치료법을 일러주는 사람이
사회의사일 테니까요. 그런 점에서 한완상 선생님은 우
리 사회에 꼭 필요한 분이시죠.

사회과학자, 행동하는 양심, 자원봉사의 본보기로서 교
육계, 정치계, 학계, 종교계를 넘나들며 참지식인이란 어
때야 하는지 여전히 몸소 보여주는 한완상 선생님을 뵙
고 이야기를 들어보았습니다.

🎤 2008년 세계 경제 위기 이후로 지금까지 전 세계가 경제 불황으로 허덕이고 있습니다. 한국도 헉헉대고 있고, 그 속에서 젊은이들은 어느 때보다 추운 시기를 겪고 있습니다. 공부를 오래하시며 세계를 두루 짚으셨던 사회학자로서 오늘날 세계가 겪고 있는 경제 위기를 어떻게 바라보고 계신가요?

2008년 뉴욕에서 금융 위기가 세차게 불어와서 세계적으로 경제공황 상태를 불러일으켰습니다. 각 나라마다 이 문제로 골치를 썩고 있는데, 치유가 간단치 않아요. 세계사의 맥락에서 보면, 역사가 종언했다는 말은 더 이상 나오지 않아요. 역사 종언은 정치적으로는 자유민주주의, 경제적으로는 자본주의 시장, 이 둘이 결합되면 인간이 생각할 수 있는 최고의 정점에 왔다, 더 이상 새로운 역사는 없다는 얘기거든요. 시장에 보내던 무한한 신뢰가 깨진 거죠.

지난 역사를 돌이켜보면, 미국에서는 신자유주의를 국가이념으로 채택한 레이건 정부 이후 국가에 대한 불신, 시장에 대한 맹신이 강화되었죠. 레이건이 1981년 취임식에서 '정부의 문제를 해결할 필요 없이 정부 자체가 문제다'라고 했을 정도로 정부에 대한 불신이 높았거든요. 그래서 지출을 많이 하는 큰 정부 대신 시장을 신뢰한다는 이른바 작은 정부 이론이 호응을 얻었고, 1981년부터 2008년까지 이 이념이 미국을 지배해왔습니다. 정부는 시장 자체를 자연처럼 생각해서 내버려두려 했어요. 그러자 시장에는 강하고 머리 좋은 놈들이 이기는 정글의 법칙과 시장의 법칙만 남게 되었죠. 신자유주의 정책을 펴서 필요한 규제를 못했어요. 얼마나 심각하냐면, 그린스펀Alan Greenspan, 1926~이 연방준비제도 이사회 의장을 맡는 동안에 '금융시장에 자정 능력이 있는 줄 알았는데, 잘못 판단했다'고 고백할 정도였지요.

이런 상황은 곧 철학의 위기를 뜻해요. 정부를 신뢰할 수 있느냐, 시장을 신뢰할 수 있느냐는 근본문제를 고민해야 해요. 시장에 대한 기본 신뢰가 있어야 하는데 그게 깨졌단 말이에요. 경제 전반에 대한 기존 철학 자체가 흔들리고 있어요. 본질적 위기 같아요. 각 나라는 재정지출을 늘리고 정부 기능을 확대해서 문제를 해결하려고 하는데 저는 이게 낙관적 처방이라고는 생각하지 않아요. 국가도 기본적으로 권력과 탐욕을 기초로 움직이기에 자본논리와 근본적으로 다르지 않거든요. 자본주의에 대한 근본적 재성찰, 국가에 대한 근본적 재성찰을 해야 할 때예요. 따라서 젊은 학자들이 할 일이 많지요. 마르크스가 자본주의를 보면서 가졌던

회의, 막스 베버Max Weber, 1864~1920의 합리적인 자본주의도 가능하지 않을까 하는 시각, 케인스John Maynard Keynes, 1883~1946와 프리드먼Milton Friedman, 1912~2006 같은 시각을 모두 근본적으로 재고해볼 때라는 생각이 드네요.

MB정부는 철학이 없는 것 같아요. 금산분리 완화 정책을 펴던데 이건 금융시장에 더 힘을 주겠다는 거예요. 쉽게 말하면 시장을 신뢰하기 어려운 시점에서 시장에 더 많은 힘을 준 거죠. 금융시장이 법으로 보장받는 힘으로 또 어떤 역기능과 문제를 일으킬지 겁이 납니다. 저는 이럴 때일수록 민생고를 덜어주려는 적극 정부가 필요하다고 봐요. 작은 정부도 아니고 큰 정부도 아니에요. 큰 정부는 나쁜 의미로 국민들 세금을 거둬서 헤프게 쓰는 정부를 말해요. 또 작은 정부는 이런 상황에서 위기를 넘을 수 없어요. 국내 문제와 역사에 대한 책임이 엄청나기 때문에 작은 정부로는 해결할 수 없다는 얘기죠.

이런 위기에선 사람을 잘 쓰는 게 중요해요. 그런데 현 정부는 경륜과 능력보다 보수적인 코드를 많이 보는 것 같아요. 자기에게 잘 맞느냐, 이걸 중요하게 보던데, 이러다간 부시가 실패했던 그 길을 가지 않을까 걱정이 들어요. 금융 위기에 대한 고통에다가 철학의 위기까지 겹쳐 있는 거죠. 맥락을 넓게 살피고 문제의 뿌리를 볼 수 있는 전략과 정책이 필요한데, 식견이 없는 사람들이 정부를 이끌어가는 것 같아서 염려가 됩니다. 그러다보니 가지 말아야 할 길을 가고 있습니다. 금융시장이나 시장의 권한을 규제하는 쪽으로 가지 않고 힘을 실어주는 쪽으로 가고 있어 걱정이에요.

또 하나의 걱정거리는 잘못된 역사 인식과 철학입니다. 말로는 선진화를 추구하는데 실제로는 산업화 수준에 머물고 있어요. 진짜 선진화는 산업화, 민주화, 선진화가 정반합 변증법이 되는 걸 말해요. 그런데 MB정부는 합으로서 선진화가 아니라 산업화로 후퇴하는 의미에서 선진화를 추진하고 있어요. 4대강 살리기도 결국 토목 국가로 되돌아가자는 거예요. 토목 공사는 일자리 창출에 큰 효과가 없어요. 건설과 달리 토목은 기술이 하는 거란 말이에요.

토목은 영어로 'civil engineering'이라고 해요. 시민의 엔지니어링이죠. 엔지니어링이 19세기에 정식 학문으로 채택되기 전에는 토목 공사를 정부군이 담당해서 '밀리터리 엔지니어링'이라고 했어요. 이게 민간으로 넘어가면서 '시빌 엔지니어링'이 되었고요. 토목을 그대로 말하면 자유로운 민간, 시민 세력이 하는 공사예요.

그러나 한국은 토목 하면 불도저라고 생각해서 마구 밀어붙이기만 해요. 이건 밀리터리 생각이지요. MB정부는 토목 국가 같은 인상을 주는 개발 사업을 해요. 산업화 초기단계에서나 하는 밀어붙이기 사고방식이 깔려 있어요. 시빌 엔지니어링을 이해하는지 걱정됩니다. 과연, 4대강 토목 공사를 통해서 고용 창출을 얼마나 할 수 있을지 모르겠어요.

🎤 선생님의 말씀을 들으니 MB정부가 내세운 정책들이 얼마나 허술한 것인지 절감하게 됩니다. 언젠가 이명박 대통령이 오바마와 자신이 닮았다고 얘기를 해서 많은 논란을 낳기도 했는데요. 그렇다면 오바마 행정부는 어떻게 보시나요?

오바마는 강력한 적극 정부 입장을 취하면서도 국가의 집행은 엄격하게 하고 있어요. 제가 보고 싶은 게 오바마가 추진하는 경제공황탈출계획 프로그램과 MB정부 프로그램의 비교입니다. 한국은 대놓고 산업화 초기에나 먹혀들어가던 토목 공사, 시대정신과 어긋나는 금산완화를 하고 있어요. 물론 미국도 합니다. 1951년 아이젠하워 대통령 때 'interstate highway'라고 해서 동서남북으로 고속도로가 뚫렸어요. 독일의 아우토반이 독일 국가권력의 상징이었듯 미국에서는 고속도로가 강력한 경제적 힘의 상징이었지요. 지금 오바마는 그 상징에 버금가는 공사를 하는데, 그걸 소프트웨어로 추진하고 있어요. 'internet super highway'지요. 미국은 인터넷 접속하는 정도가 15위밖에 안 돼요. 오바마는 미국이 민주 강국이 되려면 소프트파워를 키워야겠다고 생각해서 큰 계획의 틀을 짜는 것 같아요. 그에 비해 MB정부는 1951년 아이젠하워 이미지를 갖고 있는 게 아닌가 싶어요. 아직도 정책 입안자와 추진하는 사람의 인식이 20세기 중반에 머물러 있는데 반해 오바마는 21세기 각도에서 탈출하려고 하니 차이가 나죠.

이뿐만이 아니에요. 외교에서도 차이가 나요. 오바마는 부시처럼 군사력을 앞세워서 세계를 지배하려고 하지 않아요. 민주, 정의 같은 가치를 내세워 존경받는 강력한 미국을 만들겠다고 하잖아요. 우리도 김구 선생의 비전이 필요해요. 김구 선생이 '경제부국, 군사대국보다는 문화대국이 되길 바란다'고 그러셨잖아요. MB정부는 김구 선생, 임시정부 쪽을 낮춰보고 있어요. 국정교과서를 낡은 냉전적 시각에서 다시 쓰겠다고 하는 걸 보면 아주 염려스러워요. 김구 선생을 일종의 테러리스트로 보는 시각도 있고요. 김구 선생이 주장하는 소프트강국, 문화강국을 폄하해서 보고 있지요. 그런 낡은 인식을 갖고 외교 정책을 펼 수 있겠어요? 특히 대북 정책, 남북공생, 경제적 공영을 추진해 한반도 평화를 이룰 수 있을지 염려가 됩니다.

오바마는 대화와 외교를 통해서 누군가를 만나 설득하고 문제 해결점을 찾아가는데, 한국은 '대화를 안 하고 기다리는 것도 정책이다'라고 하고 있어요. 대화를 해서 문제를 풀어야지 뭘 기다

려요. 북한과의 관계에서만 봐도 그래요. 남한이 북쪽보다도 경제적으로 30배나 잘사는데, 더 자신감을 가지고 북한이 대화 마당으로 나오도록 해야죠. 그런 소극적 자세로 남북관계를 개선하고 한반도 평화를 할 수 있을지 염려스러워요. 사실, 남북관계 개선은 이데올로기 차원을 넘어 경제공동체 구성으로 접근해야 합니다. 개성공단이 잘되면 우리 중소기업에 활력을 불어넣어주는 거예요. 북쪽 노동자도 소득을 얻어서 좋고요. 냉전적 시각으로 적 아니면 친구, 모 아니면 도, 이런 이분법 시각으로 보면 안 돼요. 이건 결국 아무것도 해결해주지 못할 겁니다.

말씀을 들어보니 앞날이 어둡기만 하네요. 더 좋은 사회를 위해 앞으로 우리가 해야 할 일도 많은 것 같고요. 그래도 해 뜨기 전이 가장 어둡다고 하잖아요. 우리 사회의 희망을 짚어주신다면?

전망을 밝게 얘기해야 하는데, 밝지 못해 저 또한 안타깝네요. 그래도 희망을 찾아본다면 한국이 참여민주주의 입장에서 최선진국이 되었다는 사실에 주목해볼 수 있겠네요. 시민사회의 중심 세력이 옛날처럼 아주 휘둘리거나 정치권력이 누르면 가만히 고개를 숙이고 있지는 않아요. 이제는 쌍방향 통신매체를 통해서 시간과 공간의 제약 없이 언제든 서로 의견을 공론화할 수 있고 토론할 수 있고요. 일단 합의가 되면 줄 안과 밖에서 행동할 수 있게 되었잖아요. 국가권력, 기업권력, 종교권력에 주눅이 들어서 표현을 못하는 시대가 아니고 자유롭게 줄 안에서 이야기하게 되었어요.

저는 누리꾼을 '줄씨알'이라고 하는데, 한국은 줄씨알들이 강한 나라라고 생각합니다. 미국의 부통령을 지낸 앨 고어Al Gore, 1948~도 한국에 와서 블로거와 시민기자의 힘을 보고 놀랐잖아요. 미국도 우리의 인터넷 문화를 보면서 굉장한 힘이라며 경탄하거든요. 이제 한국은 참여민주주의를 하는 선진국이에요. 선진국 중의 선진국입니다. 오바마도 미국에서 이 힘을 얻어서 대통령이 된 거예요. 쌍방향 시대에는 줄씨알들을 통제할 수 없으니까요.

그런데 지금 정부가 이런 언로를 차단하려고 하고 있어요. 정부가 모르고 있는데 한국엔 수십만 명의 미네르바들이 있어요. 이 점을 정부는 깨달아야 해요. 지금 MB정부는 줄씨알을 두려워하고 있고, 그래서 권력을 이용해 그들을 없애려고 하고 있어요. 줄씨알과 소통을 해서 정부의 친구로 만들어야죠. 줄씨알들도 정부와 소통하려고 하고요. 줄씨알들이 줄기차게 줄 안과 밖에서 소통하도록 노력해야 하고요. 그러자면 줄씨알들 역시 품위 있고 평화로운 방식으로 해야 합니다. 민주적인 방식으로 소통할 수 있도록 만드는 힘을 한국 줄씨알들이 충분히 갖고 있다고 생각합니다.

제가 1970~80년대 민주화운동 할 때만 해도 이런 가능성이 전

@
POLICE

혀 없었어요. 제가 강연 초청을 받아서 나갈 때, 경찰이 문 앞에서 딱 차단하면 못 나갔거든요. 지금은 그 시대가 아니에요. 이제는 줄씨알들이 건강하게 숨 쉬고 살아 있기 때문에 그 힘을 발휘해서 정부로 하여금 줄씨알과 소통할 수 있는 계기를 마련하고 위기를 극복했으면 좋겠어요.

🎤 선생님께서 보시기에 이런 시대를 살고 있는 젊은 친구들의 모습은 어떤가요?

요즘 젊은 세대들은 자기중심적이에요. 큰 꿈 없이 그저 자신이 감당할 수 있는 범위 안에서 미래를 찾으려고 노력하고 있지요. 대학에서 취직에 필요한 공부만 열심히 하려고 해요. 그러니 아버지, 할아버지 세대가 경험한 민주화, 통일, 인권 문제에 대해서 '내 문제가 아닌데'라고 생각할 수 있죠. 군사독재 시절 아버지 세대가 피땀 흘려 얻은 자유를 당연하게 생각하고, 자연스럽게 즐기고 있잖아요. 나쁘게 말하면 소시민적인 자족감에 빠져 있는 게 사실이에요.

그래도 예전보다 정직하고 성실한 면이 있어요. 또 이해하는 능력이 뛰어나 인권, 평화, 통일의 가치가 왜 중요한가를 설명하고 자기와 어떤 관계가 있는지 연결해주면 곧 깨닫습니다. 한류가 꽃필 수 있었던 것도 표현의 자유가 허락된 뒤에 나타난 현상이에요. 군사독재 시대, 말할 자유조차 없었을 때는 한류가 나타나지 않았어요. 언론의 자유가 깊어지고 넓어졌기 때문에 창발적인 아이디어가 나오고, 영화가 나오고 기가 막힌 이야기들이 나오게 된 거지요. 또다시 언론탄압이 생기고 민주주의가 후퇴하면, 젊은 사람들이 당연하게 여기는 표현의 자유가 제약됩니다. 그걸 깨우쳐야죠. 조그마한 자유, 자유롭게 연애할 수 있는 자유, 보고 싶은 영화를 보는 자유, 이런 작은 자유에 매몰되지 않았으면 좋겠어요.

새로운 역사의 위기가 시작되는 이때야말로 젊은이들이 근본적인 문제를 고민해야 해요. 민주주의는 경제의 성숙과 항상 같이 가는 거예요. 지금은 단순한 경제적 뉴딜이 아니라 인류 전체 역사에 딜을 해야 하는 때예요. 패러다임의 근본적 변화가 오는 시점에 서 있는 거지요. 깊은 의미를 깨달아야 해요.

제가 《예수 없는 예수 교회》를 쓴 이유는 정부와 시장이 아닌, 제3의 길은 뭔가 하는 고민 때문이었어요. 나눔의 새로운 문화, 비움의 새로운 문화는 무엇일까? 그러다가 근본과 원점으로 다시 돌아가서 하느님 나라를 일으켰던 갈릴리 예수를 생각했어요. 예수는 로마의 무력에 의한 지배, 법률에 의한 지배체제 밑에서 식민지로 전락한 팔레스타인의 낙후된 지역에 살았던 청년이었지요. 예수는 로마의 폭력 제도와 싸우기 위해서는, 사랑과 정의라는 새로운 질서를 만들기 위해서는 로마와 같은 폭력을 써서는 안 된다고 생각해서 사랑이라는 방식을 썼지요.

그리고 멋지고 우아하게 졌습니다. 그럼으로 해서 자기를 죽인 사람들로 하여금 영원히 지울 수 없게 '우리가 잘못했구나'를 느끼게 한 거죠. 이건 지는 게 아니에요. 고통스럽고 억울하게 죽음으로써 근본적으로 사람들이 악과 독선을 볼 수 있게 한 거예요. 사랑과 정의라는 새질서 운동을 한 거죠. 저는 이게 생각났어요. 1960년대에 일어난 히피운동 있잖아요. 그건 자본주의 탐욕, 소유욕과 축적욕을 근본적으로 뒤집어서 실천하려는 문화운동이었어요. 잘 모르는 사람은 이걸 퇴폐운동으로 보는데, 히피운동의 기본은 나눔의 공동체입니다. 오바마 어머니가 히피 여성이었어요. 굉장히 앞서가는 사람이었지요. 이제는 전 지구적으로, 근본으로 돌아가서 국가 탐욕, 자본의 탐욕을 이겨내고 새로운 질서를 이뤄야 합니다.

🎤 마지막으로 젊은이들에게 꼭 해주고 싶은 말씀이 있다면?

인류의 비극은 사랑의 속도가 증오의 속도보다 늦기 때문에 생긴다고 생각해요. 젊은이들이 이걸 깨닫고 마음속에 사랑을 품었으면 좋겠습니다. 또 좀더 멀리 바라보면서 훌륭한 자존심을 가졌으면 좋겠어요. 훌륭한 자존심은 남을 채워줄 때 자기에게 생기는 거예요. 자기를 사랑해야 이웃도 사랑할 수 있어요. 자신을 사랑하고 이웃도 사랑하길 바랍니다.

　　민주화운동을 직접 겪지도 않았고 한국의 20세기를 잘 모른 채 자랐기에 나이 든 분을 만나면 거리감이 느껴졌습니다. 물론, 그런 어른을 만날 기회도 별로 없었죠. 젊은이들은 젊은이들끼리 몰려다니느라 바쁜데, 언제 나이 지긋한 사람 만날 겨를이나 있겠어요. 가끔씩 나이 든 사람들과 부딪히면 저 사람들은 왜 저렇게 답답한 걸까, 자신들이 얼마나 꽁한지 아는 걸까, 우리도 나이가 들면 저렇게 변하는 걸까, 이런 생각을 하기도 했죠.

　　그래도 친구처럼 살갑게 다독여주면서 청춘의 어리석음을 꾸짖는 어른들께는 늘 감사했어요. 정신이 번쩍 나는 말씀을 해주는 어른들이 그리울 때가 있었거든요. 그런 생각을 품었던 것이 영화 〈굿 윌 헌팅〉구스 반 산트, 1998을 볼 때였습니다. 영화 속 로빈 윌리암스 같이 학생의 아픔에 애정을 갖고 지혜를 주는 어른들이 많았다면 젊음이 덜 아프지 않았을까 생각하곤 했거든요. 그래서 저도 어른들에게로 눈을 돌렸습니다. 어떤 분을 만나야 할까 고민하다가 한완상 선생님이 생각났습니다. 한완상 선생님은 따끔한 말씀과 따뜻한 말씀을 함께 던지시는 한국 사회의 큰 어른으로 젊은이들이 미처 몰랐던 구석들을 짚으면서 세월에서 오는 지혜를 나눠주실 거란 생각이 들었죠.

선생님의 뜨거운 목소리가 담긴 《우아한 패배》김영사, 2009는 문민정
부 때부터 MB정부 때까지 수많은 언론사와 인터뷰한 기사들을 모은
책입니다. 이 책의 마지막 장에는 선생님과 저의 인터뷰도 실려 있죠.
읽다보니 한완상 선생님이 얼마나 뜨겁게 민주화운동을 하셨고, 사회
변화의 한복판에서 아파하시고 고민하셨는지 절절하게 느껴지더군요.
책을 읽으며 많은 걸 배웠고 이 시대가 어떻게 흘러가고 있는지 가늠
해볼 수 있었습니다.

한완상 선생님을 만나면서 '오, 역시!'라는 감탄이 절로 나왔습니
다. 그는 아주 날카롭게 한국 사회와 세계 변화를 꿰뚫어보면서도 마
음 속엔 늘 사랑을 가득 담고 있었죠. 샘물처럼 정갈한 이야기들을 듣
고 있으니 마음속까지 시원해지는 느낌이더군요. 모진 풍파를 겪은 뒤
에야 얻을 수 있는 '우아한 패배'를 사회에 심으려고 애쓰시는 모습을
보면서 많은 걸 배웠습니다.

6

절대 길들여지지 말자,
나와 우리를 위해서
길을 만들자

고은광순 선생님에게 '내공의 중요성'을 배우다

고은광순

고은광순

학생운동을 비롯하여 여성운동, 시민운동을 하면서 한국
사회를 바꿔온 사회운동가. 부모성 함께 쓰기 운동, 호주
제 폐지 운동에 앞장섰다. 그 뒤로도 '종교법인법제정추
진시민연대', '한부모가정 자녀를 걱정하는 진실모임',
'미쇠고기군납반대' 등 여러 활동을 하고 있다. 지은 책으
로《한국에는 남자들만 산다》《어느 안티미스코리아의 반
란》이 있다.

고은광순 선생님은 늘 사회 변화의 한가운데에 있었던 시민운동가입니다. 아픈 사람의 몸을 치유하는 한의사이기도 하고요. 불평등하고 문제가 많았던 호주제를 없애는 데 큰 역할을 하기도 했습니다. 지금은 종교법인법 제정추진시민연대 대표로 활동하며 종교계의 좋지 못한 모습을 줄이려고 노력하고 있지요.

세상은 저절로 나아지지 않는다고 믿기에 시민으로서 최선을 다하는 고은광순 선생님이 보기 좋았습니다. 가만히 있으면 가마니로 보는 세상이니까요. 조용히 입 다물고 있으면 그 침묵이 부메랑처럼 날아와 가슴팍에 꽂히게 마련입니다. 그렇기에 시민들이 팔 걷어붙이고 나서야 하죠. 수많은 사람들의 피눈물 덕분에 그나마 이 정도의 자유민주주의를 세울 수 있었으니까요. 이 마음을 잊는 순간, 피눈물이 쏟아집니다.

한평생 시민운동을 하면서 '함께 살자'는 정신을 온누리에 뿌렸으며, 더불어 행복하게 사는 세상을 가슴에 품고 계신 고은광순 선생님을 만나 이야기 들어보았습니다.

🎤 요즘 돌아가는 세상사를 보면 몹시 불안합니다. 선생님께서는 어떤 전망을 갖고 살고 계신가요?

아휴, 전망이야 깜깜하죠.(웃음) 이명박 정권 이후에는 전망이고 뭐고 생각을 안 하고 살고 있네요. 사실, 걱정이죠. 지난 10년 동안 국민들은 굉장히 똘똘해졌거든요. 집단지성이란 말이 낯설지 않게 되었잖아요. 그런데 완전히 천박한 라이트가 나타났어요. 역사를 보면 천박한 라이트는 언제 어느 사회건 말썽꾸러기거든요. 머리 나쁘고 부지런하면, 그게 제일 문제라고 하잖아요. 뉴라이트에는 역사의식도 없고, 철학도 없고 비전도 없어요. 기나긴 악몽을 꾸는 것 같아요. 지금은 촛불들이 잠잠해져 있지만 헌법 제1조를 외치면서 등장했던 그 세력 중 몇 명을 감옥에 가둔다고 사그라지지 않거든요. 이게 누른다고 해서 눌러지는 게 아니에요. 박정희, 전두환이 총칼을 썼을 때도 민주주의가 승리했는데, 참을 수 없이 경박한 라이트가 일시적으로 누른다고 먹힐 리 없죠. 그들은 옳지 않고, 부정의하고 부도덕하고 불합리하니까요. 그러니까 계속 긴장하고 있어야 해요. 계속 종주먹을 쥐면서 깨어 있게 하는 정부예요.

🎤 경박한 라이트에 사람들이 지쳐 사회가 어지러워질 수도 있겠다는 생각이 듭니다. 사람들이 싸우다보면 자기도 모르게 처음 마음을 잊어버리고 가치의 혼란이 오기 쉬운데요. 오랫동안 시민운동을 하면서도 처음 마음을 지키는 비결이 있으신가요?

히말라야 동굴에서 12년간 지낸 텐진 빠모라는 스님이 있어요. 그분이 말씀하시길, 시스템의 잘못에 저항을 하되 자기의 자유를 위해서 싸워라, 상대를 증오하고 분노를 표출하란 얘기가 아니고 자기 자유를 위해서 싸우라고 하셨어요. 이런 마음가짐을 갖는 게 훨씬 비폭력적인 것 같아요. 자기 자유를 위해서 싸운다면 덜 아프고, 상처를 덜 받아요. 지금 정부는 전경이고 의경이고 모두 국가, 집행부의 도구로 여기잖아요.

정부가 좀 더 지혜로워지면 좋겠는데, 태생적 한계가 있잖아요. 정부에게 뭐 해달라, 변화해라 말하고 싶지는 않네요. 그래서 공동체 공부를 하고 있어요. 제가 최근에 스승님을 또 만났는데, 그 스승님이 아주 소박하고 품위 있게 사는 공동체를 만들어보라고 하셨어요. 정말 그 말이 맞는 것 같아요.

🎤 요즘 공동체에 눈을 뜬 사람들이 부쩍 많아졌습니다. 선생님께서 생각

물질문명이 극에 달했어요. 석유의 고갈은 우리가 살았던 의식 주를 그대로 답습하면 안 된다는 경고거든요. 이미 앞서가는 나라들은 교통 시스템, 주거 시스템 등을 다 바꾸더라고요. 자기들도 늦었다는 거예요. 석유가 떠나기 전에 자기들이 먼저 석유를 떠나야 된다는 거죠. 한국은 지금도 고층 아파트를 짓잖아요. 그게 해바라기씨로 난방이 되겠냐고요. 수도권 밀집 정책을 버리지 못하고, 일부 가진 자의 탐욕 때문에 전 국민이 고생하고 있어요. 얼른 정부 차원에서 자연친화적인 삶, 소박한 삶, 지속가능한 생활을 모델로 만들어야 해요. 석유 가격이 팍 솟았다가 떨어졌어요. 석유의 종말이 조금 늦춰진 거죠. 다행스러운 이 시기에 빨리 새로운 삶을 모색해야 해요. 세계적으로 대안공동체가 수백, 수천 개가 만들어져 있더라고요. 국가에서 해줘야 하는 게 무엇이고 공동체가 해야 하는 게 무엇인지 빨리 시험해봐야 해요.

물질문명이 극에 달했을 때는 경쟁이 아닌 협동, 독점이 아닌 나눔이 해답이에요. 그런데 여전히 강부자, 고소영 정책으로 거꾸로 가니 얼마나 우스워요. 우스운 당신들에게 두 손 벌리지 않겠다, 이런 생각이 들어요. 우리가 우리한테 맞는 생활, 우리가 살고 싶은 생활, 우리가 이상적으로 생각하는 생활을 만들어보겠다, 이런 생각이 드네요.

종교가 투명해져야 사회가 건강해진다는 생각으로 종교법인법 추진시민연대를 시작했어요. 종교단체에서 땅투기를 엄청나게 하고 있거든요. 파주, 오산 이런 데는 그들이 땅을 다 사서 움켜쥐고 있어요. 수십만 평씩 가지고 있다고요. 종교가 굉장히 도그마에 빠져 있는 거죠. 예전에 이슬람 선교활동을 한다고 가서는 엉뚱한 일들이 벌어졌듯 이들도 스스로 정화할 능력이 없어요. 이미 돈을 가진 사람들이 상층부를 물그릇에 굳기름처럼 완전히 막아버려서 밑에 있는 물고기가 질식하는 상태가 되었어요. 그 밑에서 발버둥을 쳐봐야 숨도 쉴 수가 없어요. 대형 교회 사람들이 신학대학과 한국기독교총연합회를 장악하고 있어서 정말 예수처럼 살려고 하는 목회자나 신앙인들이 갑갑해하는 구조예요.

그들이 조금 더 투명해져야 합니다. 법인법이 만들어져서 외국처럼 종교문화가 건강해지길 바라죠. 주류가 목소리를 듣고 정책으로 물화시켜서 시스템으로 바꿔낼 수 있는 능력이 있으면 계속 해야겠지요. 하지만 현 정권과 현재의 국회엔 별로 기대할 게 없어요. 한국은 사회를 맑게 하는 1급수 법이 생길 수 없는 구조예요. 계속 저항하는 사람도 있겠지만 저는 빨리 떠나서 대안을 만들고 싶네요. 보여주고 싶어요. 저는 얼른 1급수를 찾아 떠나서 1급수에 맞는 생활 시스템을 만들어야겠다는 생각이 들어요. 제가

《데일리 서프라이즈》에 쓴 마지막 칼럼이 '이제 우린 떠나겠다'
는 거였어요.

🎤 이렇게 답답한 상황이라서 그런지 젊은이들과 사회의 소통 역시 쉽지
않습니다. 청년실업 100만, 우울한 88만원 세대라며 딱하게 쳐다보기만
할 뿐 제대로 도와주는 것은 없습니다. 청년문제가 나아지지 않고 있는데
어떻게 보시나요?

저는 해법을 다른 데서 찾아요. 경쟁해서 1인자가 되고 최고가
되는 게 해법이 절대 아니라는 거예요. 젊은이나 늙은이나, 물질이
최고가 아니구나, 밟고 일어선 1등이 좋은 게 아니구나를 같이 깨
달아야 해요. '역사는 2등을 기억해주지 않는다' 이런 카피가 있는
데, 정말 사악한 카피예요. 그동안 사람들은 쭉 미국 성향의 자본
주의를 받아들이면서 1등 경쟁을 했어요. 이제는 너나할 것 없이
멈춰 서서 뒤를 돌아보고 앞을 내다봐야 해요. 거듭 말하지만 경쟁
으로는 행복한 삶을 살 수 없어요. 다 깨달아야 해요. 이명박 교육
정책, 경제 정책이 완전히 거꾸로 가는데 좋다, 우린 우리 길을 가
겠다, 당신이 가자고 하는 길은 정말 우스운 길이거든, 더 가면 절
벽이고 낭떠러지거든, 우린 그리로 안 가, 그렇게 말할 수 있는 사
람들이 많아졌으면 좋겠어요.

🎤 요즘 언론에서는 젊은이들이 무기력하다, 패기가 없다고 보는데요. 선

FINISH
FINISH
FINISH

생님은 젊은이들을 어떻게 보고 계신가요?

지금까지 젊은 사람들은 자기의 갈 길을 자기가 판단해서 가지 않았어요. 부모님, 선생님 말을 듣고 따랐지요. 제가 보면 부모님의 말이나 선생님들 말이 다 옳지 않아요. 이제는 젊은이들이 달리 생각해야 해요. 모범생 틀이라고 하는 게 가엾은 틀이거든요. 일부러 말썽을 피울 필요는 없지만 자기가 너무 길들여진 사람은 아닌가, 쉽게 조종되는 사람은 아닌가, 나는 누군가, 나의 정체성은 무엇인가, 나의 정체성은 어때야 하는가, 성찰해보는 시간이 필요하다고 생각해요.

사실 인간은 기적의 덩어리입니다. 엄마 뱃속에서 수정된 순간부터 기적이에요. 부모의 부모의 부모, 수억 년 전부터 나의 생명이 이어져 있는 거잖아요. 딱 20년 전에 비롯된 게 아니라고요. 생명은 우주의 시작하고도 맞물려 있어요. 그러니 나는 굉장히 소중한 기적 덩어리란 걸 알았으면 해요. 그런데 기적의 덩어리라는 걸 쉽게 잊어버리고 사랑과 이별과 경쟁과 배신, 그런 것 속에서 너무 쉽게 자학, 포기하면서 스스로를 귀하게 여기지 않잖아요. 자기가 귀한 존재라는 걸 스스로 깨달아야 해요.

🎤 그럼 선생님은 어떻게 자신이 귀한 존재란 걸 느끼고 깨달았는지 듣고 싶네요.

수많은 독서와 수많은 투쟁과 수많은 논쟁이 다 밑거름이 되었지요. 요즘엔 이 한마디를 해줄 수 있겠네요. '내공을 키워라!' 온실 속에 있으면 내공이 키워지지 않아요. 때론 비바람, 폭풍, 천둥번개도 맞아야 하지요. 그 속에서 자기가 굉장히 소중한 존재라고 느껴야 해요. 제 스승님이 말씀해주시길, 사람은 원래 빛의 존재라는 거예요. 내공이 강해진다면, 상대가 아무리 하찮은 거라도 귀하게 여기게 돼요. 자기도 귀한 존재지만, 생물이나 무생물이나 모두 귀한 존재라는 걸 알게 되면 빛의 사람이 되는 거죠.

세상이 만들어놓은 발자국이 없어도 행복의 나라로 갈 수 있어요. 자기가 발자국을 만들면 돼요. 내가 굉장히 귀중한 사람이란 걸 알아야 해요. 길들여진 채로 살지 말고, 내가 생각하는 가장 행복한 세상이 어떤지 묻고 만들어가는 게 중요해요. 그렇게 만들어가야죠. 제대로 못 만든 세상, 그런 데서 굳이 살 필요가 없는 거예요. 스스로 자기 인생의 주인이 되세요. 행복한 나라를 꿈꾸며 자기 길을 펼치면 좋겠네요. 절대, 돈 많은 사람이라고 해서 행복하지 않아요. 한국의 정치인과 고위 관료들을 보세요. 그 지위에 올라가려고 얼마나 더러운 짓을 했으며 그걸 유지하려고 얼마나 더럽게 서 있는지 알아보세요. 대통령부터 시작해 국회의원들 중에 우리에게 감동을 주는 삶을 사는 사람이 있나요?

물질이 인간을 행복하게 해주지 않는다는 걸 깨달았으면 좋겠어요. 세계 곳곳의 공동체를 들여다보면 당연히 명품과 거리가 멀죠. 명품을 걸칠 이유가 없는 거예요. 자꾸 명품을 찾는 것도 영혼이 가난하다는 뜻이거든요. 명품을 걸쳤다고 기뻐하는 사람의 가슴은 텅 비어 있어요. 그럼, 지혜롭게 사는 건 어떤 것이냐? 소박하게 입고, 소박하게 먹으면서, 늘 기쁨에 젖고 감동을 느끼는 삶이에요. 새소리 듣고 즐거워하고, 꽃을 보고 반가워하고, 졸졸졸 시냇물 소리에 기뻐하고, 서로 나누고 서로 사랑하고, 손잡아주고 밀어주고 당겨주고 서로 귀하게 여기는 그런 삶을 살아야 하는 것 아닐까요? 그러한 감정을 우리가 일상 속에 경험하기 쉽나요? 그런데 그렇게 살 수가 있더라고요. 경쟁하지 않으니까 돼요.

부모가 자식 사랑하는 걸 천륜이라고 하지요. 하지만 동물의 세계를 잘 보세요. 동물도 자식을 위해 희생하는 부분이 있지만 그것도 자기 스스로 먹이를 구할 때까지만 그래요. 엄청난 부성과 모성을 갖고 있지만 스스로 먹이를 구할 수 있으면, 헤어져서 일생 동안 두 번 다시 안 만나요. 사실, 그게 자연스러운 거예요. 한국은 땅덩어리가 좁고 유교 이데올로기가 지배하다보니까 부모자식 관계가 죽을 때까지 이어지지만, 길게 보더라도 직장을 구할 때까지고, 그 다음에는 자식들이 독립하는 걸 당연히 여겨야 해요. 저는 아이들을 자기들 하고 싶은 대로 키웠고, 어떠한 간섭도 하지 않았어요.

부모자식 관계뿐 아니라 이성관계에서도 가장 중요한 건 자립이에요. 젊은 여성들에게 늘 하는 얘기가 있어요. 당당한 여성이 되어라, 자기 스스로 완전한 인간이 되어라, 반쪽을 채워야 완전한 인간이 되는 것이 아니다, 자기 스스로 어디를 가도 편안한 존재, 평화로운 존재가 되어라, 정치적으로도 경제적으로도 자립할 수 있는 여성이 되라고요. 배우자를 만나는 과정을 두고 보통 반쪽을 찾는다고 하잖아요. 부족한 반쪽을 찾는다고 생각하거나 자기가 가진 걸 다 퍼붓는 사랑을 구하면, 시간이 지날수록 욕심이 생겨요. 왜 나만 바라보지 않지? 왜 나만 위하지 않지? 왜 나를 위해서 헌신하고 희생하지 않지? 왜 내 부모에게 효도하지 않지? 이러면서 원망, 긴장, 갈등, 불만이 생긴다고요. 그러니 자기가 완전한 원일 때, 성숙한 사람이 되었을 때, 성숙한 사랑도 가능해요. 그래야 직장, 선후배 등 모든 관계에서도 성숙할 수 있어요. 제가 가만히 보니 최근에 우울증을 앓는 사람이 많더군요. 그런 사람들은 대개 자기 정체성과 자기 존중감이 적은 사람이에요. 자기 존중감이 적으면, 다른 말로 내공이 적으면, 쉽게 비난하고 쉽게 섭섭하고 쉽게 상처주고 그래요.

남이 가는 길, 편한 길만 골라 가지 말아라, 그리고 자신이 내공을 키우면 언제 어디를 가나 두려울 게 없다고 이야기해주고 싶어요. 하고 싶은 일이 무엇인지를 알게 되면, 그 일을 위해서 씩씩하게 밀어붙여보세요. 부모님이 원하는 대로 살지 말고, 정신적으로 빨리 독립하길 바랍니다. 육체적으로 정신적으로 독립을 해야 하지요. 부모와 자식 관계는 경제적으로 독립을 할 때쯤 되면, 조금 거리를 두고 믿음과 사랑을 보내면 된다고 봐요. 부모도 자식이 결혼을 하면 내 집안에 며느리가 들어왔다거나 내가 사위를 보았다고 생각하기보다는 완전히 독립된 새로운 가정으로 존중하면서 조금 멀리서 봐야 해요. 관혼상제도 유교문화에서 온 거 잖아요. 유교는 수직구조에 바탕을 두고 있어요. 중심을 위해 변방이 희생되는 위계서열의 문화예요. 젊은이들이 이런 것들을 답습하지 말기를 바랍니다. 지금 우리 사회는 오래전에 죽은 자가 살아 있는 여자와 배 속의 아기들보다 더 많은 힘을 가지고 있었어요. 죽은 조상을 위해 며느리도 갈아치우고 딸도 낙태시켰어요. 죽은 자에 대한 집착, 이런 어리석은 문화는 바뀌어야 하죠. 살아 있는 사람들이 시민운동을 통해서 세상을 바꾸는 게 쉽지, 죽은 조상들이 뭘 해줄 수 있단 말인가요? 나는 나를 위해서, 우리를 위해서 열심히 살면 돼요.

🎤 허례허식으로 치러지는 결혼 풍속에 대해 반감을 갖는 젊은이들이 많으나 쉽게 바뀌지는 못하고 있습니다. 집안, 부모의 눈치를 보느라 통상 하던 대로 할 수밖에 없는 거죠. 답답해하는 젊은이들에게 해주고 싶은 말이

　결혼 풍속은 더 간소하고 소박하게 변해야 해요. 잘 알지도 못하는 사람들 다 불러서 뭐 하겠다는 거예요. 가족 위주로 소박하게, 허례허식에 휘둘리지 않았으면 좋겠어요. 결혼을 한다는 건 부모에게서 독립하겠다는 걸 뜻해요. 근데 결혼은 여전히 부모의 잔치입니다. 부모 손님들을 받고, 부모가 인사하고, 부모가 식장의 앞에 나와 있어요. 부모는 손님으로 와 있다가 축하해주고 조용히 가면 돼요. 새로운 삶을 시작하는 날이니 자기가 주인공이 되어서 처음부터 끝까지 다 책임져야 하죠.

　이런 식의 수직구조가 빨리 수평구조로 바뀌어야 해요. 선후배 간에 깍듯이 하고, 학연, 지연, 혈연을 따지는 건 조선시대나 있을 법한 얘기거든요. 특히 혈연이나 지방색을 따지는 건 굉장히 천박한 자본주의와 비민주주의 속에서 독버섯처럼 자란 것이에요. 프랑스 68혁명 때, 30세 이상인 사람과는 말도 하지 말라는 얘기도 있었어요. 우리도 이런 고리들을 끊을 수 있는 문화혁명을 젊은 사람들이 일으켰으면 좋겠어요. 천박한 자본주의와 미성숙한 정치 속에서 만들어진 혈연, 지연, 학연을 확실히 깨는 문화혁명 같은 게 필요해요. 저희 세대가 젊을 때는 민주화에 공을 들였기에 새로운 세대가 자라날 수 있었다고 봐요. 저절로 없어지거나 변화하는 건 아무것도 없어요.

　젊은이들이 독버섯처럼 자라난 물질만능주의, 혈연, 학연, 지연, 깍듯한 수직구조, 이런 걸 깨고 확실한 수평구조를 만들면 좋겠어요. 수평구조란 기성세대와 야자타임을 갖고 만만하게 보자는 게 아니에요. 가장 고등한 관계로 상호 존중하면서 서로 예의를 갖추자는 거죠. 상호 존중의 수평구조를 젊은 세대가 상식처럼 여겼으면 해요. 편히 숨 쉴 수 있는 1급수 물을 그들이 만들었으면 좋겠어요. 절대 길들여지지 마세요. 너희 세상을 너희가 기획하고 너희 힘으로 살아라, 1급수 물을 당신들이 만들라고 말해주고 싶어요.

말처럼 쉽지는 않지만 해야겠지요. 안 한다면 절대로 행복해지지 않을 테니까요. 우선 저는 자기 스스로 내공을 키워라, 내공이란 절대 경쟁 속에서 남을 누르면서 키워지는 게 아니라고 말해주고 싶네요. 산에 오르는 방법에 수십 갈래가 있듯 내공을 키우는 방법에도 여러 가지가 있어요. 데이비드 호킨스는 《의식혁명》한문화, 2006이란 책에서 내공을 높이는 방법으로 명상을 강력히 추천했어요. 명상을 하면서 내공을 키우세요.

또 발상의 전환이 필요하죠. 미국과의 종속 관계에서 무기를 사들이고, 국방강화를 발표하는 건 정말 우습죠. 미국은 기업의 성장 때문에, 돈을 벌기 위해서 전쟁을 해야 해요. 미국의 쓰레기 고기, 육골분 먹은 고기도 세상 어디에든 팔아야 하는데, 그걸 이명박 정부가 사주는 거잖아요. 미국 안에서 소비되지 않는 쓰레기 고기를 사주는 게 우방의 도리라고 생각하고, 그들의 무기를 사줘야 우방이 된다고 생각하죠. 하지만 더 멀리 보면 육골분 먹이는 기업식 축산업 자체가 지구 안전을 위협하는 사악한 존재예요. 이런 것에 저항하는 평화운동이 필요한 거죠. 평화운동을 해야지 국방비 얼마를 높여서 우리의 안보를 보장해달라고 한다면 해답이 완전히 달라져요. 21세기에는 군수산업이 필요 없다, 그거 다 버리고 쟁기를 만들자. 이게 앞으로 우리가 해야 할 운동이에요. 그래야 나도 살고 너도 살아요. 그러면 우리가 상호 존중, 비폭력, 평화, 협동의 세계로 가야 한다는 걸 알게 돼요. 서로 적대하고, 우열을 나누고, 팔아먹고 사주는 게 옳지 않은 세상이란 걸 안다면 어떻게 살아야 할지 답이 나와요.

리영희 선생님이 제게 토머스 모어의 《유토피아》를 보라고 말씀하셔서 선생님을 모시고 독서토론회를 한 적이 있어요. 유토피아는 54개의 공동체가 연대한 나라인데 어디에도 존재하지 않는 곳이 아니라 충분히 있을 수 있는 공간이에요. 물론 공동체 한 개의 규모가 너무 커서는 안 되겠죠. 그리고 구성원들이 명상이나 수양을 통해서 마음 수준을 높여야 해요. 일류가 되기 위해 애쓰면서 생긴 질 낮은 이기심, 탐심 등으로는 공동체 생활을 할 수 없거든요. 그리고 보면 3급수에는 3급수에 어울리는 고기가, 1급

수에는 1급수에 어울리는 고기가 나뉘어서 살 필요가 있다는 생
각도 들어요. 3급수 고기가 판을 치는 세상이지만 우린 1급수에
어울리는 품성으로 바꾸고 1급수로 찾아가야 한다는 것이지요.
경쟁으로 내모는 천박한 자본주의는 3급수예요. 그 세상 속에서
살아남으려고 발버둥 칠 이유가 없지요. 1급수로 찾아가야 돼요.
석유보다 태양열을 이용하는 등 여러모로 지속가능한 새로운 세
상을 만들어내야지요.

🎤 예상은 되지만……, 선생님의 꿈은 뭔가요?

　1급수에서 사는 거예요.(웃음) 1급수에서 팔팔한 1급 물고기들
하고 사는 거예요. 꿈꾸는 사람들이 많으면 이뤄지잖아요. 같은
꿈을 꾸면 이뤄진다고 믿어요.

고은광순 선생님은 시민운동을 오래 하셨고, 특히 호주제 폐지 운동으로 언론에 많이 소개가 되면서 익히 알고 있었죠. 그러다가 우연히 《어느 안티미스코리아의 반란》인물과 사상사, 1999를 읽게 됐어요. 그 당시 저는 한창 여성 문제에 관심을 갖고 있었거든요. 풍덩 뛰어들진 못하고 엉거주춤한 꼴로 한 장 한 장 넘기면서 기막히게 재미있게 읽었죠. 무릎을 치면서 웃다가도 여성에 대해 많은 걸 몰랐다는 사실을 뒤늦게 깨닫기도 했지요. 남자/대학생/서울 등의 주류로 살고자 애쓰면서 덕지덕지 생겨난 제 생각의 테두리가 하나씩 터지기도 했습니다. 그럼에도 한쪽으로 치우친 생각이나 남자만의 경험을 절대화하던 버릇은 하루아침에 씻겨 내려가진 않았죠. 여전히 돈을 잔뜩 벌고 권력을 키워 쾌락을 즐겨야 하지 않느냐고 제 옆구리를 찌르는 유령들이 있었으니까요. 그것들을 다 떨쳐냈다고 자신 있게 말하고 싶어 꽤 오랜 시간을 책 속에서 보냈습니다.

고은광순 선생님은 인터뷰를 하는 중간중간 환자들에게 침을 놔주시러 가셨다가 다시 돌아와 두런두런 이야기를 해주시더군요. 느긋하면서도 반짝반짝 빛나는 모습이 무척 정겨웠습니다. 그 뒤로 선생님과 친해져서 같이 명상모임을 하기도 했답니다. 저도 고은광순 선생님이 말씀하신 1급수에 들어가고 싶어 정화의식을 했던 거죠. 자기가 갖고 있는 기운을 사람들에게 나눠주고 계시는 선생님을 보면서 많은 걸 배웠답니다.

'생각한 대로 살지 않으면 사는 대로 생각한다'는 말이 있죠. 근데 우리는 지금 자신이 살고 있는 방식이 내가 원하는 것이고, 옳은 것이라며 믿고 있는 건 아닐까요. 이 말을 꺼내면서 제가 더 뜨끔하네요. 영화 〈박쥐〉박찬욱, 2009에서 뱀파이어역의 송강호를 보면서 사람이란 참으로 여리고 무른 존재가 아닐까, 라는 생각을 했어요. 사람 안에는 사제와 박쥐가 공존하고 있겠죠. 둘 중에 어떤 삶을 선택할 것이냐의 물음은 곧 어떻게 살아야 하느냐는 질문과 맞물릴 것 같아요. 우리는 혹시 박쥐처럼 이쪽저쪽을 오가면서 송곳니를 드러내고 다른 사람의 피를 빨아먹는 삶을 택하는 건 아닐까요? 질문을 던지며 저도 제 삶을 돌아보게 됩니다.

7

나는 괜찮은가요?
우리 안에도 파시즘이
있습니다

임지현 선생님에게 '민족주의 문제'를 배우다

임지현
《당대비평》 편집위원을 역임했고, 민족주의 문제와 진보
안의 수구성을 비판하며 지식인 사회에 커다란 논쟁을 일
으켰다. 지은 책으로 《적대적 공범자들》《마르크스 엥겔
스와 민족문제》《민족주의는 반역이다》《오만과 편견》 등
이 있다.

한국 사회는 민족을 지나치게 강조하고, 민족의 구분 기준마저도 너무도 야만스럽습니다. 민족을 "씨족이나 종족, 부족 등의 단어와 마찬가지로 공통의 조상을 가진 한 핏줄로 이루어진 집단"이라고 정의한 뒤, "하나의 큰 가족"에 이른다고 교과서에서 가르칠 정도죠. 이렇게 핏줄로 민족이 이루어지는 나라에선 민족 구성원들에게 무조건 충성을 강요하고, 조금이라도 핏줄이 다른 사람들은 사회에서 내팽개칩니다. 일곱에서 여덟 쌍 가운데 한 쌍이 국제결혼을 하는 나라에서 이렇게 닫힌 민족주의가 판을 친다면, 사회 갈등과 서로 다름에서 오는 증오는 부글부글 끓어오르게 되겠죠. 그렇게 좋아하며 떠드는 세계화 시대를 오히려 역주행하는 행위가 아닐 수 없습니다.

임지현 선생님이 떠올랐습니다. 임지현 선생님은 체제나 제도 또는 이념 같은 거창한 것들 외에 사람들의 의식과 몸 깊은 곳에 들어와 있는 규율 권력을 겨냥해 분석해왔거든요. 한국 사회는 그럴듯하게 민주화 제도란 무늬를 갖춘 것처럼 보이지만 사람들의 일상엔 파시즘 정서가 여전히 자리 잡고 있으니까요. 그 결과 많은 변화들이 있었고, 한편으론 굳건한 장벽도 느끼셨겠죠. 한양대 비교역사문화연구소장 임지현 선생님을 만나 이야기를 들어봤습니다.

🎤 선생님께서 일상의 파시즘 문제를 짚으신 지 10년이 지났는데, 돌아보면 어떠신가요?

먼저, 학교에서 공부만 하고 강의만 하던 사람이 자신도 모르게 대중 지식인이 되어버렸다는 거예요. 교수로 있을 때는 학교에서 연구하고 학술논문을 쓰고, 외국 나가서 발표도 하면서 평화로운 긴장을 유지했다면, 《당대비평》에서 일상적 파시즘과 우리 안의 파시즘에 대해 애기를 할 때는 학술 논쟁과는 많이 다르다는 걸 경험했어요. 그 판에서의 논쟁은 조금 더 감정적으로 반응도 빨리 오고 서로에게 상처도 주죠. 제가 상처를 준 경험도 많고, 제가 상처를 받은 경우도 많아요. 빨리 확 늙어버린 느낌이 들었어요.

연구자나 지식인으로서 사회에 의제를 제공한다는 것은 자신의 책무를 다한다는 면이 있죠. 물론 비난과 비판, 그리고 동의도 있었지만 그 의제가 옳건 그르건 간에 사회에 공명을 일으켰고, 한국 사회가 앞으로 어디로 나아가야 할지 논의하는 데 기여한 측면도 있다고 생각합니다. 지난 10년을 이렇게 겪어보니까, 설득을 안 당하겠다고 굳게 결심한 사람을 움직이는 것은 거의 불가능하다는 걸 깨달았어요. 그래서 전략을 바꿔 가능하면 퍼블릭 인텔렉추얼public intellectual로서의 행동폭은 많이 줄인 편이에요. 신문이나 잡지에 글을 쓰면서 공부하는 시간이 많이 줄었거든요. 이렇게 소모하듯 할 게 아니라 조금 더 탄탄한 연구 결과를 쌓아보자, 그러다보면 사람들이 인정하고 수긍하면서 따라오겠구나, 싶었어요. 그게 시간과 에너지를 더 아낄 수 있는 게 아닌가 생각을 하고 있어요. 가능하면 모든 바깥 활동은 줄이고 연구소에서 학술적인 언어와 학문 코드로 재해석하는 방식을 하고 있죠. 이런 작업들을 축적한다면, 나중에 후배들이라도 끄집어내서 볼 수 있을 테니까요. 제 연구 결과를 사회화하는 게 중요하다고 생각을 하면서도 긴 호흡으로 가자는 쪽으로 무게 중심을 옮기고 있습니다.

변화가 없었다면 거짓말이겠고, 그런 문제제기 때문에 사회가 크게 변했다면 그것도 이상한 사회겠죠. 본질적인 것이 변했는지는 모르겠지만 어떠한 변화는 분명히 느껴졌어요. 하나는 노무현 씨가 집권을 하면서 사회 정책에 여러 변화가 있었죠. 노무현 정권이 기대했던 만큼 해주지는 못해서 아쉽습니다. 제가 제기했던 일상적 파시즘과 민족주의 문제를 진보 진영과 운동권에서 조금 더 진지하고 전향적으로 고민했더라면 어땠을까, 하는 생각이 드네요.

🎤 이명박 정권을 두고 파시즘 논란이 일기도 했었는데요. 선생님께서는 이런 현상을 어떻게 보시나요?

저는 기본적으로 이명박 정권을 파시스트 정권으로 보는 데 회의적입니다. 그 점에 대해선 최장집 선생님하고 비슷한데, 저는 기본적으로 이겁니다. 이명박 정권의 문제점을 제기하기에 앞서, 이명박 후보가 왜 그렇게 많은 표를 얻었는가에 대해 문제제기를 해야 하지 않을까요? 저는 이게 먼저라고 생각해요. 누구는 이명박씨에게 속아서 표를 던진 순진한 우리 국민을 비판한다고 얘기하지만 그건 아닌 것 같아요.

노무현 정권이 들어서면서 여성 문제, 복지 문제를 많이 바꾸었잖아요. 그런데 왜 다시 뒤로 돌아가게 되었는지, 또는 왜 그때 이룬 성취를 밀고나가지 못하게 되었는지에 대해 한번 생각해봐야 해요. 이명박 정권을 파시즘이라고 하는 것은 파시즘의 문제를 구조 혹은 체제의 문제로만 생각하는건데, 사람들의 가치체계, 몸에 체화된 습관들과 같이 일상적인 것에 대한 문제제기가 먼저 필요해요.

이명박 신드롬은 박정희에 대한 향수가 이어지는 흐름이라고 보거든요. 그런 관점에서 본다면 MB정권의 탄생이야말로 파시즘의 유재, 과거의 잔재와의 싸움에서 졌다는 걸 얘기하거든요. 과거의 유재에 진 이유에는 여러 가지가 있겠지만 기존의 진보 주류, 진보 진영의 문제제기가 너무 기계적이었지 않느냐, 하는 생각이 듭니다. 따라서 이명박씨의 당선은 이러한 문제들에 대해서 주류 진보 진영이 대처하는 데 실패했다는 걸 보여준다고 생각합니다. 먼저 이런 지점에 대한 겸허한 자기반성이 있어야 해요.

🎤 **민주주의의 위기에 대한 이야기가 많이 나오고 있습니다. 민주주의는 어때야 한다고 생각하시나요?**

민주주의에는 고뇌 agony 가 있어야 해요. 고통스러운 과정이 필요하죠. 행복하게 발전하며 진보하는 사회는 없어요. 모든 사람들이 흔쾌하게 동의하는 건 오히려 굉장히 위험할 수 있어요. 민주주의는 굉장히 고통스럽고, 늘 고통과 긴장이 같이 가야 한다는 걸 알고 있었으면 좋겠어요. 순탄치 않음, 쉽지 않음이 항상 민주주의와 같이 한다고 생각할 때, 다수의 이름으로 소수를 억압하지 않는 논리가 가능하겠죠.

궁극적인 낙관주의를 가져야겠지만 세상이 그렇게 쉽고 깔끔하게 변하지 않아요. 과학적인 이론으로 무장해서 권력을 장악하고 사회를 개조하면 사회는 진보할 거라는 나이브한 발상을 버릴 때가 되지 않았나 싶고, 그런 식의 사유가 여전히 지배적이라면 곤란하지 않을까 생각합니다.

예컨대, 르완다 후투족의 슬로건이 무엇이었는지 알아요? '다수파의 민주주의'였어요. 식민지시대에 소수의 투치가 90%의 후투를 지배하고 억압했으니, 이제는 90% 후투가 민주주의라는 이름으로 투치를 죽이자는 거죠. 이걸 독재라고 나무랄 수 있나요? 사회 밑바닥에 깔려 있는 대중독재에 대해 짚어봐야죠. 마찬가지로 여러 논란이 있지만, 개발독재나 나치즘에 대해 소수가 나쁜 놈이라고 하는 건 누구나 알 수 있는 얘기죠. 어떤 매커니즘에 의해 그들을 지지하게 되었고, 우리는 어떤 토대 위에 서 있는가를 고민해야 하는 거예요.

민족주의와 국가주의는 서로 맞물려 사람들을 부자유하게 만들며, '우리'가 아닌 사람들에게 폭력을 저지르게 합니다. 혈통가부장주의가 강한 한국은 민족국가주의의 자장에서 벗어나기가 쉽지 않은데요. 선생님께서 다른 시각을 갖을 수 있었던 계기를 들려주신다면요?

저는 한국학 전공자가 아니라 폴란드사를 연구했습니다. 한국 사회에서 경험만 민족주의가 폴란드 사회를 이해하는 데 도움이 됐어요. 아웃사이더 입장에서 폴란드 내셔널리즘에 대해 비판을 하면서 다시 한국 사회를 생각하게 되었고요. 이런 과정이 트랜스한 역사 접근에 도움이 된 것 같아요.

저는 송두율씨의 용어를 빌려 경계인 또는 내부 망명자 시선으로 한국을 봐요. 그러다보니 '저놈 뭐야, 저기서 혼자 삐딱하게

서서 저렇게 얘기하네?'와 같은 식으로 받아들여질 수도 있다고 생각합니다. 그렇지만 그러한 거부가 소통이나 생산적인 대화를 가로막는다면, 문제가 있는 거겠죠.

저야 이런 기회가 있었지만 보통 시민들에게는 사실 어려운 문제죠. 옛날식 용어로 헤게모니와의 싸움이라고 생각합니다. 헤게모니 싸움은 대통령이 누가 된다고 해서 바뀌는 것 같지 않아요. 결국, 시민사회의 역사의식이나 세상과 사람을 바라보는 방식, 사물을 이해하는 생각이 바뀌어야 한다는 것이고, 또 그래야 세상이 바뀌죠. 그 방식은 교과서의 문제일 수도 있고 교육의 문제일 수도 있고 우리가 일상적으로 접하는 매스커뮤니케이션의 문제일 수도 있어요. 이 문제들과 어떻게 싸울 것이냐, 그런 것들이 지금 제 화두입니다. 저희 연구소는 어린이책 연구회도 꾸려서 움직입니다. 대학생 때 민족주의에 대해 성찰하는 건 너무 늦는 것 같아요. 초등학교 때부터 해야 하지 않을까 싶어요.

그래도 여전히 '한국인들은 단일민족이다' 같은 명제가 떠돌고 있습니다. '한 핏줄, 한 민족'이란 허상은 한국 사람들의 머릿속에 깊게 뿌리를 내렸죠. 이런 현상을 어떻게 보시나요?

어떤 면에선 내셔널리즘이 한국 사회가 진보하는 데 동력이기도 했지만, 이제는 앞으로 나아가는 데 발목을 잡고 있다는 걸 인식할 필요가 있죠. 다행히 DJ정권 이후에는 예전처럼 단군할아버

DANGER

지 밑으로 단일민족이었다는 맹목적이고 폐쇄적인 혈통민족주의를 벗어났어요. 최근엔 다문화주의도 얘기하고 있지만, 이 부분에 대해서 냉철하게 성찰을 할 필요가 있습니다.

요즘 많이 언급되는 캐나다나 뉴질랜드, 호주의 다문화주의는 우리가 지향할 수 있는 모델이 되느냐? 냉정하게 생각해볼 필요가 있습니다. 2007년 원주민의 인권을 보호하는 UN헌장이 발표되었는데, 미국, 캐나다, 호주, 뉴질랜드, 네 나라만 인준하지 않았습니다. 한국이 다문화주의의 표본으로 삼는 네 나라만 인준을 하지 않았는데, 여기엔 몇 가지 이유가 있죠. 이들은 원주민의 자결권에 반대하거든요. 이들이 내세웠던 다문화주의는 자기들이 억압했던 '원주민'을 국민의 한 사람으로 받아들이는 국민통합을 위한 기제인거죠. 이건 민이 되지 않겠다는 사람은 여전히 철저히 배제하는 논리인데, 한국 사회에서 펼치고 있는 다문화주의도 이와 비슷하다는 생각이 듭니다. 물론 1960~70년대에 한국 사회의 극단적이고 극우적이고 인종주의적인 혈통민족주의에 비해서 진일보한 거지만 그럼에도 국민을 만든다는 근대 국민국가의 통합 논리와 국민적 주체로 만들어서 권력의 동원 대상으로 삼는 발상에선 벗어나지 못했어요. 근대화를 할 때, 국가의 국민이 갖게 될 억압성에 대한 문제제기를 하지 못한 거죠.

기존의 좌파들은 국가를 만드는 주체가 극우 주체라는 데 문제를 제기하여 '좋은 우리'가 국민을 만들면 좋은 나라, 좋은 국민이 된다는 발상을 했죠. 이런 생각이 노무현 정권에서 장단점으로 나타났어요. 그런 발상을 가졌기 때문에 민중을 위한 사회복지 정책을 추동한 측면도 있지만, 또 다른 측면에선 잠재적인 억압의 기제에 대해선 눈을 감지 않았나 생각이 듭니다.

실제로 가난하고 힘없는 사람들이 이주민들을 미워하고 사회에서 소외된 사람들을 무시하는 모습도 볼 수 있는데요. 그래서 이주민, 다문화 문제가 다소 시끄러운데, 이에 대해 어떻게 생각하시나요?

저는 이주민 문제를 시끄러운 사회문제라고 생각하지 않습니다. 다 사람들 사는 문제죠. 이주민이 없었을 때는 한국 사회에 문제가 없었나요? 사실 고정관념들을 깨뜨리려고 이렇게 답을 먼저 한 거예요. 이주민 문제가 시끄러운 사회문제라고 하는 생각 자체가 만들어진 생각일 수 있다는 거죠. 이주민들이 없었을 때는 싸움이나 범죄가 없었나요? 우리는 같은 민족이라고 어깨동무하고 살았나요? 아니거든요. 시골에 가보면 서울보다 훨씬 코스모폴리탄의식이 있어요. 시골에서 새롭게 결혼하는 짝의 반 이상이 국제결혼이고, 초등학교에 가면 3분의 1 이상이 다문화가정의 아이들이에요. 놀라운 것은 이런 아이들이 자연스럽게 가족 구조를 바꾸는 거죠. 시골의 할아버지와 할머니들이 갖고 있는 완강한 혈통에 대한 집착이 국제결혼을 통해 바뀌거든요. 베트남에서 온 신부들을 보면, 옛날 며느리들 같지 않고 자기 주장이 굉장히 강해요. 이러한 부부들이 결혼해서 따로 살다보면 가족관계도 바뀌고, 가족에 대한 생각도 달라지죠.

이 사람들이 가장 소망하는 것이 자기 아이들하고 모국어로 얘기하고 싶은 건데, 아이들한테 베트남어를 가르치면, 그 시간에 영어 배워야지 뭔 소리냐고 그래요. 한국 다문화주의의 가장 큰 문제죠. 신부들과 애들에게 한국어를 가르치면 마치 해결이 되는 것처럼 착각을 해요. 요새 초등학교에서는 다문화 가정 아이들이 따로 남아 한국어 공부를 한대요. 위에서 그렇게 하라고 시킨다는 거예요. 근데 그 아이들이 한국어를 못하냐, 그렇지 않거든요. 다문화 정책이란 이름으로 이미 범주화를 하는 거죠. 오히려 아무런 차별감 없이 지내다가 어느 순간 너희는 남아, 한글을 더 공부해, 할 때 차별의식을 느끼게 돼요. 이런 걸 보면 현장에서 섬세함이 더 요구되는 것 같아요. 외국인을 무조건 쫓아내거나 단순히 받아들이는 것이 아니라 그 이상으로 나아가야겠죠.

🎤 왜 이렇게 한국 사회에는 닫힌 민족주의가 지금까지 남아 있는 것일까요?

근대 교육의 결과이자, 박정희와 유신이 남긴 가장 나쁜 유산 가운데 하나라고 생각합니다. 저는 1980년대 진보 민족주의도 유신의 자식들이라고 보거든요. 왜냐하면 우리의 해방 이후 역사 교육의 목표를 보면, 미안한 얘기지만, 미군정 시기의 역사 교육이 가장 진보적이었습니다. 그때는 미국 전체가 듀이John Dewey, 1859~1952의 실용주의 영향 아래 있던 때라 비판의식을 가진 시민 양성이 역사 교육의 목표였죠.

이런 기조가 5·16쿠데타가 일어나면서 국민교육헌장으로 바뀌고, 유신을 지나 북한과 경쟁 체제가 되면서 민족 주체를 강조하는 식으로 나아갔죠. 5·16, 3선 개헌, 국민교육헌장, 유신, 이것들이 민족 주체성을 강하게 주입시키면서 국적 있는 교육을 해왔어요. 그러면서 한국은 좋은 곳이다, 신토불이 등을 외쳤단 말이죠. 그러다가 현대사를 읽으니까 박정희는 일본군 장교였고, 김일성은 만주에서 싸웠다는 게 나왔단 말이에요. 그럼 누가 더 민족주의자인 거지? 김일성이죠. 모든 게 다 그렇진 않지만, 지성사의 관점에서 본다면 80년대 남한의 주사파 민족주의는 박정희 시대 교육의 작품이라고 생각합니다. 국민 주체성을 민족 주체성으로 가르쳤기 때문이죠.

저는 이런 의심도 있습니다. 예전에 미 국무부 차관보였던 아미티지Richard Arnitage가 미국은 절대로 동아시아 공동체를 인정하지 않겠다고 했거든요. 미국의 입장에서는 동아시아 각국이 민족주의를 바탕으로 갈등하는 관계가 되어야 미군의 존재 이유가 정당화되거든요. 동아시아의 평화와 질서를 유지하기 위해서 틈만 나면 으르렁거리는 이들 사이에 미군이 주둔하고 있어야 미국이 전쟁을 억제하고, 긴장을 줄이고, 평화를 담보하는 세력이 되는 거죠. 이렇게 해석하면 너무 지나치다고 할지 모르지만, 한국의 내셔널리스트들이야말로 그런 점에서 가장 친미파라는 거죠. 가장 반미를 외쳤던 민족주의가 어떤 면에서 미군의 주둔을 정당화시켜주고, 동아시아에 미국의 헤게모니를 관철시키는 데 어떤 역할을 했던 겁니다. 사실, 노무현 정권 때, 군사비 증강이 가장 높았어요. 쇼킹하잖아요. 자주국방을 말하고 북한과 통일을 얘기하면서도 국방비를 줄여 그 돈으로 평화를 위해 쓰는 게 아니라 국방비에 투자했다는 이 역설을 어떻게 볼 것인가, 설명해야 됩니다. 제가 볼 때 이런 부분들은 트랜스내셔널한 이유들이 포착될 때 설명을 할 수 있지, 한국의 테두리에서는 설명이 안 된다는 겁니다.

베네딕트 앤더슨은 《상상의 공동체imagined communication》에서 '민족'의 개념은 근대에 이르러 만들어진 것이라고 주장했잖아요? 지난 시대와는 견줄 수 없을 정도로 커져버린 공동체를 하나로 통합할 구심점이 필요할 때 민족을 내세워 하나로 뭉치게 했다는 얘기가 나온 지 꽤 시간이 지났는데도, 민족이란 개념이 약해지진 않네요. 선생님께서 하시는 비교역사문화연구는 이러한 국가민족주의를 가로지를 수 있는 것들을 모색하나요?

저희 연구소에서는 트랜스내셔널 인문학 프로젝트를 하고 있어요. 지금까지 내셔널리즘이나 민족에 대한 담론이 비판적인 관점에서 문제점을 드러내고 해체하려는 노력을 했다면, 저희는 새로운 공동체와 집합체에 관심을 갖고 있습니다. 사람은 살아가는 이상 어떤 식으로든 공동체가 필요한데, 그게 커뮤니티community 일 수 있고, 어소시에이션association, 연합일 수 있고, 그 밖에 다양한 형태일 수 있죠. 이렇게 같이 살아가는 매트릭스가 무엇이 되어야 할까 고민을 하고 있습니다. 지금까지는 민족국민국가가 가장 자연스러운 매트릭스라고 생각했는데, 그게 아니다, 그건 하나의 역사적 산물일 뿐이고, 그것이 자연스럽다고 생각하는 것에 문제제기를 해왔다면, 이제는 민족국민국가를 해체한 다음에 어떤 매트릭스냐에 주목하고 있어요.

저도 거기에 대해서 답을 가지고 있지 못합니다만 몇 가지 예를 들 수는 있죠. 우선, 황사 문제, 중국에서 황사가 많이 오잖아요. 국민국가 논리대로 따진다면, 중국은 국민국가가 자신들의 주권이 미치는 자국의 신성한 영토 안에서 자기 돈으로 나무를 베고 공장을 짓고 사막화를 한 거예요. 거기에 대해 한국이 할 수 있는 게 뭐가 있어요? 뭐라고 이의를 제기했을 때, 주권의 논리대로라면 신성불가침한 주권을 침해한 게 돼요.

실제로 황사 때문에 서울 사람들의 평균 수명이 도쿄에 비해 3년이 줄어든다는 통계들이 나오고 있고, 한국 사람들의 생명을 위협하는 건 틀림없는 사실인 만큼 거기에 대해 목소리를 어떻게

든 내서 개입해야 하잖아요. 신성한 국민주권의 원칙이 아니라 개입할 수 있는 근거가 있어야 하죠.

🎤 선생님 말씀을 들으니 요즘 보편적 인권을 국제사회에 자리 잡게 하려는 움직임이 생각나는데요.

보편적 인권? 휴먼라이트human right 관점에서 본다면, 부시도 이라크를 침공할 때 보편적 인권 관점이었어요. 브레즈네프Leonid Il'ich Brezhnev, 1906~1982가 1968년에 프라하를 침공할 때도 제국주의의 사주로부터 사회주의를 지킨다는 보편적인 정의를 내세웠고요. 국민주권을 강조하는 논리든 보편적 인권을 얘기하는 논리든 이것들은 다 기존의 제국주의가 썼던 논리였기 때문에 어느 것도 대안이 될 수 없어요.

그렇다면, 각각의 개별성을 인정하면서 이들 사이에 있어야 할 관계적 개념이 무엇일까요? 트랜스내셔널 인문학은 거기에 대한 고민이라고 할 수 있습니다. 황사는 중국의 문제이기도 하지만 한국의 문제이기도 하거든요. 예컨대 체르노빌 사고를 보면, 원자력 발전소는 지금의 우크라이나에 있었지만 폭발된 다음에 바람 방향 때문에 정작 우크라이나는 멀쩡하고, 벨로루시가 가장 큰 피해를 입었거든요. 방사능 낙진에 전 국토의 3분의 1이 황폐화되어서 전부 이주를 해야 했어요. 그때는 소비에트연방이었기에 큰 갈등이 생기지 않았지만, 지금 그런 일이 벌어진다면 어떻게 하겠어요?

이젠 한 국가 영토 안에서 이뤄지는 결정이 영토 밖에 사는 사람들에게 영향을 줍니다. 따라서 새로운 접근법이 있어야 해요. 예컨대, 체코가 원자력 발전소를 짓는다면, 주변에 있는 나라들의 국회 승인을 필요로 합니다. 체코만의 문제가 아니라 주변 주민들의 생사가 걸린 문제란 걸 인식하기 시작한 거죠. 유럽에서 경제 위기가 닥쳤을 때, 유럽 노동조합대표들이 모여서 토빈세를 애기합니다. 자본의 자유로운 이동을 막기 위해서죠. 만약 자본의 주도 아래 지구화에 대한 대응 담론으로 한 국가에만 토빈세를 매긴다면, 그 나라에 공급하던 물건들을 모두 철수해 버릴 수도 있어요. 그러면 경제체제가 휘청거리고, 사람들의 생존이 위태로워지잖아요. 개별 국가의 대응방식으론 지구화된 자본에 절대 대응할 수 없다는 겁니다. 자본이 주도하는 지구화에 대한 저항도 개별 국가의 민족주의가 아니라 밑으로부터의 지구화라는 시선이 필요하죠. 트랜스내셔널 인문학이 주도하는 것도 그런 것들입니다.

🎤 **한국과 일본의 문제에도 비교역사문화연구가 쓰일 수 있을 것 같은데요. 어떤가요?**

독도 문제를 들어보죠. 일본에선 일본 땅으로 주장하고 한국에선 한국 땅이라고 주장하고 있잖아요? 역사적 맥락에서 볼 때, 두 주장이 다 틀리기도 하고 맞기도 하죠. 그렇다고 지금 한국 영토 안에 포함되어 있는 상황에서 일본이 자기 땅이라고 주장한다고 내줄 수 있나요? 내줄 수 없죠. 그렇다고 아무도 살지 않는 갈매기의 땅 독도가 우리 땅이란 걸 알리기 위해 독도 이주를 위한 시민운동이 벌어지고, 문화재청장이 헬기 타고 날아가서 독도를 시찰하는데, 이것도 오히려 독도를 황폐화시키는 일이고요.

트랜스내셔널 관점에서 본다면, 독도는 한국의 땅이기에 현실에서 영토를 바꾸는 건 불가능하지만 독도에 대한 개념이 바뀌면 누가 소유하느냐는 큰 문제가 아닐 수 있다는 거죠. 독도는 옛날부터 동해안 조선반도에 사는 어민들과 일본 어민들의 영역이었고 생존의 마당이었죠. 이들이 만나서 고기도 잡고 다투기도 했으며, 물에 빠지면 구해주기도 했겠죠.

이렇게 독도가 서로 싸우고 화해하고 갈등하는 삶의 영역이라는 걸 인정하면 독도 문제가 풀릴 수 있다고 생각해요. 독도는 한국의 영역이지만 환경보호 측면에서 어획 쿼터를 정해서 일본 어민들도 어느 정도 이용할 수 있게 하고, 한국 어민들도 이용하게 하는 거죠. 그러면 싸울 이유가 없잖아요. 트랜스내셔널은 이런 식의 접근인 거예요.

독도 문제뿐 아니라 만주와 백두산을 둘러싼 중국과의 문제도 있습니다. 특히 고구려사를 두고 한국과 분쟁이 커지고 있는데, 동북공정을 어떻게 봐야 할까요?

중국이 고구려사를 자기 역사로 삼키려 한다고 막 흥분하지만, 만주에 살았던 여진족, 숙신, 말갈 같은 기마민족 입장에서 보면, 고구려는 중국사가 아니죠. 그렇다고 한국사인가요? 고구려에서 온 예맥족도 있지만 중원에서 온 한족들도 있기 때문에 고구려는 한족의 대륙문화와 한반도를 거친 해양문화가 만나 교류하고 갈등하면서 역동의 힘을 가졌던 독특한 역사 공간인 거예요.

그렇게 되면 고구려사가 중국사다, 한국사다 싸우는 거 자체가 우스운 얘기가 되죠. 그들이 같이 만났던 마당이기 때문에 단일문화가 아니라 다문화인거죠. 실제로 고구려가 한국사나 중국사라는 게 지금 살아가는 사람들에게 어떤 영향을 미치나요? 이러한 사유가 오히려 한민족으로 규율화하는 데 쓰인다는 거예요.

저는 중국이 앞으로 가장 위험한 나라라고 봐요. 중국은 굉장히 중화주의가 강해요. 외국에 있는 모든 화교들을 포괄하는 중화공동체를 얘기하죠. 자신들이 한국, 일본과 다르다는 우월의식이 밑바닥에 깔려 있는 거죠.

그런데 반드시 짚어볼 것이 있어요. 중국이 오늘날처럼 거대한 국가가 된 것은 2차 세계대전 이후의 일이란 말이에요. 신장이 중국사였어요? 티베트가 중국사였어요? 만주가 중국사였나요? 중국이 거대한 나라로서 국민통합을 계획하는 가장 밑바닥엔 중국 내셔널리즘이 있어요. 신장, 티베트, 만주도 다 중국사고, 그런 기획의 일환으로 동북공정도 하는 것이고요. 한반도가 통일이 되면,

강력해진 한반도를 두려워하는 중국이 그것을 막기 위해서 동북공정을 할 것이라고 한국의 민족주의자들은 얘기하는데, 말도 안 되는 소리죠.

고구려사는 한국사도 중국사도 아니고, 일종의 변경의 역사 공간이에요. 서로 다른 민족이 만나서 합류했던 문화 공간이란 거죠. 이런 생각이 퍼지면 중국사 자체가 해체된다고요. 고구려사가 중국사도 한국사도 아니듯이 티베트, 신장도 중국사가 아니고 양자강 이남도 중국사가 아닌 게 되니까요.

한국의 민족주의자들은 한국의 민족주의를 굳건히 지키는 것이 중국의 민족주의에 대한 대안이라고 생각하는데, 오히려 내셔널 히스토리national history 자체를 해체시키는 것이 새롭게 커지는 중화주의 흐름을 가장 근원적으로 비판하는 것이라고 봅니다.

일본 얘기를 들어보죠. 고이즈미가 신사참배를 할 때, 제 일본 친구들이 히노마루일장기와 기미가요일본국가에 반대하는 웹사이트를 만들었는데, 어느 날 SOS가 왔어요. 저 보고 제가 지도하는 대학원생들을 방문하게 해달래요. 왜냐고 하니까, 그 웹사이트에 한국의 내셔널리스트들이 무더기로 찾아와서 '일본 놈, 죽일 놈, 쪽바리, 왜놈, 일장기를 찢어버려라' 같은 욕설을 남기고 가면 그 다음에 일본의 내셔널리스트들이 찾아와서 '너희들이 이런 웹사이트를 열어서 한국의 내셔널리스트를 도와주는 게 아니냐' 하며 웹사이트 운영자들을 욕한다는 거예요. 일본에서 새롭게 대두되는 우경화된 내셔널리즘에 반대하는 사람들의 입지를 한국의 내셔널리스트이 좁히면서 일본 극우파를 오히려 도와준거죠.

제가 얘기하는 민족주의의 적대적 공범 관계란 게 그런 부분을 포착하는 거죠. 한국의 민족주의와 일본의 민족주의는 서로 굉장히 적대하면서 공존할 수 없는 것 같아 보이지만, 내용을 보면 서로가 서로를 강화시켜주는 공범 관계라는 겁니다. 이 고리를 끊을 수 있는 방법은 양쪽에서 같이 내셔널리즘을 비판하는 거죠. 일본은 제국주의였고, 한국은 식민지였기 때문에 일본의 내셔널리즘을 비판하는 건 괜찮고, 한국의 내셔널리즘을 비판하면 안 된다는 단순한 논리로는 현 상황을 타개할 수 없을뿐더러 우향우된 동아시아의 국제 흐름도 깨나가지 못합니다.

왜 일본은 저항 민족주의가 아니라고 생각하죠? 일본에서 볼 때, 게리 제독에 의해 강압으로 문호를 개방한데다 2차 세계대전 때 미국에 졌고, 세계 최초로 유일한 원자폭탄의 피해자거든요. 한국이 식민지의 희생자라고 생각하면, 일본은 원자폭탄의 희생자고, 미국 같은 제국주의에 희생되었다고 생각할 수 있어요.

중국은 스스로를 희생자라고 생각 안 할까요? 100년 국치라고 하잖아요. 100년 동안 서양 제국주의에게 중화민족의 자존심이 송두리째 흔들렸고, 절치부심해서 그들을 따라잡아 이겨야겠다는 의식이 강하게 있었어요. 1992년에 유고슬라비아에 있던 중국대사관이 폭격당했을 때, 중국 사회가 전반적으로 했던 애기들이 저항 민족주의였어요. 한국뿐 아니라 중국, 일본도 저항 민족주의를 내세우고 있다는 거예요. '희생자 의식 민족주의'라는 새로운 열쇠말로 애기하는데, 자기가 희생자라고 느끼는 순간, 자신의 민족주의는 정당화되는 거죠. 지금 제 애기를 들을 대부분의 사람은 전후 세대일 거란 말이에요. 실제론 식민주의의 희생자가 아닌데, 일본 민족 대 한국 민족이란 구도 속으로 들어가면 대부분 자기들이 희생자라고 생각하죠. 이런 의식이 민족주의를 작동시키는 방식이라는 거예요.

전후 세대라고 해서 식민주의의 찌꺼기에서 자유로운 건 아닙니다. 가령, 일본의 젊은이들에게 전쟁에 대한 책임이나 식민주의에 대한 책임을 묻지는 않더라도 그것들을 기억하는 것에 대한 책임은 물어야 된다고 생각해요. 그 기억은 자기들이 만드는 것이니까요. 20세기 초반을 기억하는 건 지금을 살아가는 우리의 의무예요.

넌 일본 놈이기 때문에 싫다고 하는 건 상대편의 민족주의를 강화시키는 노릇밖에 안 돼요. 일본 사람은 다 똑같고, 한국 사람은 다 똑같다는 논리가 되거든요. 이걸 넘어 섰으면 합니다.

　21세기 초, 임지현 선생님이 한창 논쟁을 일으키며 학계와 시민사회에 따끔한 성찰의 필요성을 던져주셨을 때, 저도 선생님의 저서인 《이념의 속살》삼인, 2001을 읽었습니다. 그때는 몇 문장 읽다가 막히고, 또 몇 문장을 읽다가 막히고 하면서 한쪽을 어렵게 넘겼습니다. 그렇게 며칠을 읽다가 도저히 못 읽겠다 싶어서 손을 놨죠. 아, 난 무식하구나! 이러면서 말이죠. 그리고는 제 무지함을 인정하고 공부하기 보다는 뭐 이렇게 어렵게 쓴 거야, 흥흥, 이러면서 책 읽기의 괴로움을 합리화시켰죠. 시간이 얼마 흐른 후 선생님의 다른 책 《우리 안의 파시즘》삼인, 2000 을 읽게 되었습니다. 한국 사회에 얼마나 많은 비합리성이 이빨을 드러내고 으르렁거리고 있는지 임지현 선생님 뿐 아니라 수많은 지식인들이 파헤친 글 모음인데, 시간이 흐르고 제 눈이 달라져서 그런지 이 책은 재미있게 읽혔던 기억이 나네요.

　최근에 빌헬름 라이히가 쓴 《파시즘의 대중심리》황선기 역, 그린비, 2006를 읽으면서 임지현 선생님이 이들의 사상을 가져다가 더 다듬고 발전시켜 한국 사회를 해석하였다는 걸 알게 되었지요. 라이히가 주장한 것은 간단해요. 사람 안엔 두려움과 비이성이 똬리를 틀고 있기에 마르크스주의자들이 말하는 것처럼 세상은 그렇게 쉽게 바뀌지 않으니 사람 안에 있는 '정신적 질병'들을 걷어내고자 애써야 한다는 거죠. 그래야 사회주의도 이뤄질 수 있다는 거죠. 독일 역사상 가장 자유로운 민주주의공화국이었던 바이마르공화국 사람들이 나치에 열광하는 사람들로 변했듯 대중이란 존재가 얼마든지 흔들릴 수 있고 얼마든지 잘못된 길로 들어설 수 있다는 걸 알 수 있었습니다.

저와의 인터뷰가 있던 날 임지현 선생님은 조금 지쳐 보이셨습니다. 일상의 파시즘을 끄집어 올려 학문 성과로 만들어낸 예민한 지식인에게 세상은 너그럽지 못한가 봅니다. 눈에 보이는 나쁜 권력제도만 없애거나 몰아내면 된다는 분위기가 만연한 사회에서 삶에 대한 문제제기를 선뜻 받아들이긴 어려운 일이니까요. 그럼에도 더 나은 사회로 나아가기 위해선 임지현 선생님의 문제제기를 꼭 짚어야 할 것 같아요. 한국에 드리워진 그늘까지 잘 알아야 이 사회를 제대로 사랑할 수 있을 테니까요.

민족주의와 미시파시즘에 대한 문제는 여러 영화에서 다루고 있어요. 〈의형제〉장훈, 2010에는 한국 사회에 민족주의와 반공주의가 얼마나 우스꽝스럽게 엉켜 있는지를 잘 보여줍니다. 〈박하사탕〉이창동, 2000, 〈말죽거리 잔혹사〉유하, 2004에서도 폭력이 개인에게 파고들어가 어떻게 미시파시즘을 낳는지 잘 그려냈죠. 여의도에서 벌어지는 정치만이 아니라 생활에서 사람들끼리 어떻게 관계를 맺고 살아가는지 헤아리고 반성하는 일이 필요하단 걸 새삼 깨닫습니다.

8

조금은 파격적인 방법으로
20대만의 정치를 해보자

한홍구 선생님에게 '유쾌한 저항'을 배우다

한홍구

한홍구

'걸어다니는 한국 현대사'로 불리는 성공회대 역사학과 교수. 사회의 그늘을 찾아다니며 과거사를 들추고서 진실을 밝혀내는 일을 하고 있다. 병역거부권 실현과 대체복무제 개선을 위해서도 애를 쓰고 있다. 지은 책으로 《한홍구의 현대사 특강》《한홍구의 현대사 다시 읽기》 등이 있다.

세상엔 이른바 보수와 진보가 있습니다. 보수는 지금을 중요하게 여기며 역사와 전통을 지키고자 하고, 진보는 내일을 꿈꾸면서 사회의 변화나 발전을 이끌고자 하죠. 자전거가 두 바퀴로 굴러가듯 한 사회에서 보수와 진보는 서로가 서로를 보듬으면서 나가야 합니다. 보수가 뒷바퀴처럼 책임감을 갖고 무게 중심을 잡아주고, 진보는 앞바퀴처럼 더 나은 세상으로 길을 열어가야겠죠. 그러나 한국 사회에서 보수와 진보는 서로 드잡이만을 하는 관계입니다. 원칙과 합리성을 갖춘 보수가 없는 것도 씁쓸하지만 그렇다고 진보에게 기대를 걸기엔 미심쩍은 게 한 둘이 아닙니다. 그래서 사람들은 '이른바 보수'라고 할 수 있는 이명박을 대통령으로 뽑았는지도 모릅니다. 저는 아직도 한국 사회의 보수와 진보를 어떻게 봐야 할지 잘 모르겠습니다. 성공회대 한홍구 교수를 만나 저의 이런 답답함을 풀어보고 싶었습니다.

선생님은 역사학자로서 역사를 공부하시고 또 가르치시잖아요. 그래서 말인데 정말 역사는 진보하는 것일까요?

길게 보면 진보하는 것이지만 역사가 쭉 발전만 하는 것은 아니죠. 프랑스혁명 이후 민주주의를 이룩하기까지 200년이 넘게 걸렸어요. 그런데 우리는 시민혁명 같은 경험 없이 민주화를 이끌어왔으니 여러 문제가 생기는 겁니다. 민주화를 이뤄가는 것 같았는데 이명박 정권이 들어서면서 반동기라고 할 수 있는 단계에 들어섰죠. 정권 교체 시기에 보수화가 될 거라고 예상은 했지만 이 정도까지 후퇴할 거라고는 정말 몰랐어요. 김대중, 노무현 대통령도 그랬을 거예요. 이런 일이 벌어질 거라고 상상했다면 자신들의 권력을 그렇게 쉽게 풀어주지 않았겠죠. 지금은 수구본색이 들어나는 시기예요. 이명박 정권도 시간이 얼마 없다고 보고 자기네가 가진 힘을 쓰는 거겠죠.

그럼에도 역사는 진보를 합니다. 전투에서 많이 이겨봤다고 진짜 이기는 건 아니잖아요. 작은 정치에서는 진보가 끝없이 질 수밖에 없어요. 단 한 번의 승리라는 가사도 있잖아요. 그게 꼭 맞는 건 아니지만 진보는 최후의 승리를 향해 가는 거예요. 역사는 그렇게 온 것 같아요.

🎤 '민주주의의 위기', '역사의 후퇴' 같은 이야기도 많이 나오고 있습니다. 많은 사람들이 이 말에 공감을 하고 있고요. 이 부분에 대해서는 어떻게 생각하시는지요?

지금은 민주주의의 위기 상황이죠. 선거로 집권한 정권이 법을 어길 때 어떻게 해야 하나? 정말 고민스러운 지점입니다. 한국은 왕의 목을 친 경험이 없는 나라예요. 그러나 그러한 시민혁명에 준하는 아주 극적이고 역동적인 변화를 자주 만들어냈죠. 2008년 촛불은 거리의 정치가 필요한 상황이 오자 촛불항쟁으로 분출한 거예요. 제도권 정치가 역할을 못하기 때문에 거리의 정치가 나올 수밖에 없었던 거죠. 하지만 거리의 정치만으로는 세상을 바꾸는 데 한계가 있다는 걸 보여줬어요. 거리의 정치가 힘을 쓰고 난 상태에서 제도권 정치가 그 힘을 받쳐주지 못하는 거죠. 제도권 정치가 불리한 여건이었을 때 거리의 정치가 뿜어져 나오듯이 거리의 정치와 제도권 정치가 서로 맞물려서 돌아갔으면 해요.

넓게 보면, 한국만의 위기가 아니라 전 세계가 민주주의의 위기예요. 우리에게는 지금 정해진 길이 없으니 먼저 길을 만들어야 하지 않나 싶어요. 따라서 여러 가지 실험을 했으면 좋겠어요. 촛불의 큰 성과는 바로 얻어지는 게 아니에요. 지금까지 수많은 변화들은 700~1,000명이 방향을 바꾸고 뒤집으면서 만든 거예요. 바뀌는 게 보이면 사람들이 쉽게 따라오고 행동합니다. 만 명이 모이는 건 어렵지만 만 명에서 3만 명으로 느는 것은 쉽고, 3만 명이 10만 명이 되는 건 더 쉬워요. 처음에 만 명까지 꾸준히 올라가는 게 어려운 거죠.

저는 〈워낭소리〉이충렬, 2008를 안 봤어요. 좋은 작품이라고 하는데 왜 안 봤냐? 마음이 불편해서 안 봤어요. 〈워낭소리〉가 히트했을 즈음에 용산참사가 일어났죠. 영화 관객이 300만 명이 넘었다는 기사를 보고, 부아가 나서 안 봤어요. 부아가 난 이유는 이명박하고 대한민국 군중들이 처음으로 서로 같은 방향을 바라보고 울었다는 것 때문이에요. 그건 좋아요. 그럴 수 있죠. 그런데 〈워낭소리〉는 한마디로 소가 늙어죽은 얘기 아닌가요? 소 얘기에 300만 명이 울었는데, 용산참사 집회에는 3,000명이 넘게 온 적이 없어요. 소의 자연사에 가슴 아파하는 사람들이 생사람이 불에 타죽은 용산 문제에는 왜 외면을 하고 울지 않았을까…….

저는 글 쓰는 사람들이 이것에 문제의식을 갖고 써야 한다고 생

각해요. 이런 사람들에게 어떻게 다가갈지 고민해야죠. 소 한 마리가 늙어죽은 얘기를 갖고 울 수 있는 감성은 있으면서 용산 문제엔 왜 울지 못했는지에 대해 분석을 하고 반성을 해야죠. 글 쓰는 사람들과 사회에 목소리를 내는 사람들이 대중을 바라보면서 더 고민을 하고 어떤 점이 잘못됐나 반성했으면 해요. 대중이 왜 용산참사에 관심을 안 가졌을까요? 소 한 마리 늙어 죽는 것엔 울 수 있는데 왜 사람이 불 타 죽은 것엔 공감하지 못했을까요?

소 죽은 이야기엔 공감하는 사람들이 왜 사람 죽은 거엔 공감하지 못할까요? 여러 가지 이유가 있겠지만 방어기제가 있었을 거예요. 스스로 거리감을 두었던 거죠. 또 감당이 안 되는 일이라서 그랬을지도 모르고요. 재개발을 막을 수 없다는 생각이 지배적이고, 불쌍하고 참혹한 상황인 건 잘 알지만 자기가 거기에 말려들고 싶지는 않은 거죠. 겁이 나는 거예요. 솔직히 저도 그랬어요. 사고가 난 날, 용산에 가야 하나 말아야 하나 꽤 고민을 했어요. 다음날 출장을 가기로 되어 있었거든요. 저기를 가서 어떤 일을 맡게 되면 어쩌나, 부담감이 밀려드는 거예요. 그러다 결국 갔어요. 다른 분들도 저와 조금은 비슷한 감정이었을 거라고 생각해요. 자려고 누웠을 때 용산참사를 생각하면 식겁하게 되고, 그렇다고 해결책도 없으니 감당이 안 되었던 거죠.

또 너무 거칠게 싸우니까 가까이 가지 못했던 것 같아요. 이명박 정부가 촛불이 끝나고 난 뒤, 반전의 기회를 삼고자 모든 시위를 다 거칠게 진압했잖아요. 촛불이 왜 꺼졌어요? 경찰이 나서서 폭력집회로 만들어버렸기 때문이에요. 그러다보니 시위판이 거칠어졌죠. 이런 여러 가지 이유를 대면서 사람들은 거리를 두고 부정을 했겠죠. 뭔가 바뀔 것 같은 기대감이 흐지부지해지면서 꺼져버렸어요. 세상이 바뀌겠느냐는 체념이 퍼졌고요. 어쩔 수 없는 거라며 절망하고 행동하지 않게 되는 거죠.

그러게요. 이런 체념을 넘어서야 할 텐데요. 하지만 저부터도 쉽지가 않습니다. 아까 선생님께서 잠깐 글 쓰는 사람들의 역할에 대해 언급하셨는데, 글을 쓰는 이들이 대중들에게 용기를 줄 수 있지 않을까요?

우선 말과 글을 쉽게 해야 해요. 제가 들어도 무슨 이야기인지 모르겠는데 대중이 얼마나 알아듣겠어요? 글 좀 쉽게 쓰고, 조금 더 구체적인 사회현실로 들어가서 바라봤으면 해요. 비정규직 얘기를 하려면 쌍용자동차 파업이나 기륭전자 파업에 대해서 몸으로 느껴야죠. 정부에서 하는 얘기만 들을 게 아니라 가끔이라도 현장에서 겪어봤으면 해요.

한국 사회에서 지식인이란 개념이 많이 바뀌었어요. 예전엔 지면도 많지 않아서 거기서 거기인 뻔한 사람들이 돌아가면서 글을 썼죠. 지금은 파워블로거들도 많이 생기고 수많은 시민들이 저마다 목소리를 내고 있어요. 이런 시민들이 중산층화되어 안주하려는 사람들에게 다가가 사회문제를 얘기하면서 방법을 같이 고민했으면 좋겠어요. 전에는 두 달 끌면 장기 파업이었는데, 이젠 몇 년씩 할 정도로 사회문제는 더 심각해졌거든요.

소통에 대해서 더 고민해야겠죠. 전 세계 어떤 나라에서도 한국의 촛불시위보다 더 많이 모인 적이 없어요. 그런데 그런 방식으로는 통하지 않아요. 촛불에 모두 나온 것 같지만 4,900만 명은 안 나왔단 말이에요. 군사독재 시절, 김대중의 연설이나 어록 같은 것을 보면 가장 대중적인 언어로 대중의 마음에 와 닿는 얘기를 기가 막히게 했어요. 세상의 변화를 바라는 사람들은 진짜 대중을 연구해야 돼요. 그들의 감각을 따라가면서 변화해야죠.

한국은 진보 대 보수가 50대 50인 사회가 아니에요. 한국전쟁이 끝난 다음에 0대 100이었죠. 그럼에도 대중들이 늘 일어나서 역사를 바꿔왔기 때문에 지금까지 올 수 있었던 거예요. 지금 한국 사회는 보수가 35%, 진보가 25% 정도의 고정표가 있다고 봐요. 보수는 15%만 더 얻으면 이기는 거고, 진보는 자기가 갖고 있는 곱절을 더 먹어야 이겨요. 지금까지 진보가 불리한 싸움을 해왔는데, 민주당은 부자들에게 점수를 따려고 해요. 부자들이 미쳤다고 민주당을 찍겠어요? 그런 걸로는 정권을 바꿀 수 있는 게 아니에요.

노무현은 1,200만 표를 얻어 이회창을 52만 표 차이로 이겼고, 이명박은 정동영을 540만 표 차이로 이겼어요. 사람들은 이명박보다 노무현이 56만 표를 더 얻었다는 걸 잊고 있어요. 이명박은 이회창보다 4만 표를 더 얻었지만 유권자가 270만 명 늘어나는 가운데 4만 표를 얻었을 뿐이에요. 득표율이 뒤졌다는 거죠. 그렇다면 이회창을 찍은 사람은 계속 투표장에 갔고, 노무현을 찍었던 사람들은 투표장에 안 갔다고 볼 수 있어요. 이명박이든 이회창이든 그들을 찍는 사람 가운데 강부자, 고소영이 얼마나 되겠어요. 사돈에 팔촌 아주 넓게 잡아도 300만 명 정도밖에 안 될 거란 말이에요. 나머지 900만 명은 누구냐는 거죠. 비정규직, 실업자들, 저소득층들일 거예요. 진보 쪽 사람들이 그 사람들에게 다가가서 현실 실태와 생활을 진단하고서 도울 수 있어야 해요. 그쪽을 다 내주고 부자들에게 점수 딴다고 어떻게 이기겠어요. 비정규직, 부동산, 저소득층, 실업자 문제를 좀 더 치밀하게 고민해야 한다는 생각이 들어요. 비정규직이 왜 민주노동당을 지지하지 않고 한나라당을 찍을까요? 비정규직은 왜 촛불집회에 안 나왔을까요? 거기서부터 질문을 시작해야 해요.

물질이 많아지면서 한국 사회가 점점 더 보수화되는 거죠. 자기 집 가진 사람들이 50%가 넘었어요. 집이 두 채 이상 있을 땐 집값이 오르면 이득이고 떨어지면 손해이고 자기 집이 한 채 있으면 집값이 올라가나 떨어지나 마찬가지인데, 집 가진 모든 사람들은 집값이 오르길 바라고 있어요. 자기 주택을 갖고 주식에 투자하는 사람은 보수화될 수밖에 없어요. 자기 손에 무언가를 쥔 사람은 안주하게 되니까요. 뭔가를 갖고 싶어하는 사람들도 그쪽에 줄을 서게 될 것이고요. 그런 사람들이 볼 때, 이른바 진보 쪽에 있는 사람들은 빌빌대는 거죠.

한국 사회가 1980년대 이후 그렇게 변해갔어요. 집 갖고 주식 투자하면서 한국 사회가 보수화된 거죠. 한국 사회에서 소위 중산층들은 현격하게 보수화되는 징후들이 있었죠. 3당 합당, IMF 위기, 뉴타운, 이런 여러 가지들이요. 그때랑 또 지금은 어마어마하게 달라요. 이제는 세계 10위권 강국입니다. 그런 관점에서 일어난 변화에 대해서 진보 진영이 얼마나 의식하고 대처하고 있느냐 냉정하게 살펴봐야 해요. 그런데 진보 진영은 대중들의 욕망을 공격만 했지 그 욕망들을 이해하려 하지 않았어요. 사회 전체가 변하고 역사의 큰 흐름에서 대중이 달라지면 정책도 그에 맞춰서 변화를 해야 했는데, 너무 무감각한 상태에서 끌려갔죠. 대중이 욕망하는 건 당연한 거 아니에요? 욕망은 나쁜 게 아니고, 진보는 도덕 선생님도 아니잖아요. 도덕 선생님이라 해도 그렇지, 욕망을 그렇게 공격만 하면 어떡해요. 사람들은 욕망할 수밖에 없는데. 그렇다면 적어도 자본주의 사회에서 사람이 갖고 있는 욕망에 대해서 정당한 지위를 부여해야 하죠. 도덕이라는 잣대로 욕망하면 안 된다고 할 게 아니라 나는 욕망을 가지고 있는데 왜 현실에서 이뤄낼 수 없는가, 이런 식으로 생각을 할 수 있게끔 도와줘야죠.

진보 진영에선 대중의 욕망을 읽어내고 새로운 담론을 펼쳐가기보단 민주 대 반민주 구도로 가져가려고 하고 있습니다. 이런 구도가 필요하기도 하지만 대중에겐 별 관심을 끌지 못하는 것 같습니다. 어떻게 해야 할까요?

저도 민주, 반민주 구도를 신봉하는 사람이고, 그렇게 되었으면 좋겠어요. 그러나 대중이 변했는데 계속 이 구도로 가는 건 안 되죠. 그럼 대안이 뭐냐고 하는데, 대안이나 콘텐츠는 이미 많이 있다고 봐요. 그걸 잘 이용해서 정책이나 여러 가지를 대중에게 잘 전달할 수 있도록 접점을 맞추는 게 중요한 거죠. 살아가는 데 무엇에 가치를 두느냐에 따라서 사람들의 생각은 결정이 되겠죠. 진보라는 사람들은 돈보다는 공공선이나 사회정의에 더 중점을 두는데, 거기에 고개를 끄덕이는 사람들도 있지만 현실엔 그렇지 않은 사람들이 훨씬 더 많은 거예요. 행복의 기준이 뭐예요? 사람들은 돈 있으면 행복하다고 생각하고 있어요. 문제는 진보에 가치를 두는 사람들이 촛불집회나 항쟁에 나설 때의 자세와 돈을 벌고 있을 때의 태도가 다르다는 거죠.

사람들이 보수화되는 경향은 돈과 집에 가치를 더 두면서 무언가를 움켜쥐어야겠다는 생각이 강해질 때 나타나요. 그렇지 않더라도 먹고사는 문제에서 자유로울 수 없기 때문이에요. 지금 한국은 먹고살기가 너무 각박하고 경쟁이 심해요. 근데 모든 사람이 다 바다로 나가서 낚시하고 경쟁할 이유는 없어요. 이런 점을 진보에서 잘 얘기해서 사회 분위기를 바꿔나가야겠죠.

🎤 역사는 진보하고 있고 사람들도 역사를 공부하면 세상은 끝없이 변하는 걸 알 텐데, 왜 진보는 늘 보수에게 밀리는 걸까요?

해방 직후, 친일파 청산 문제에 사람들이 얼마나 찬성했을까요? 아마 99.99%가 찬성했을 거예요. 친일파들도 자신은 좀 봐줬으면 했겠지만 친일파를 숙청해야 한다는 여론에 찍소리 못했어요. 미국이 개입하긴 했지만, 절대 다수가 친일파는 청산해야 하는 게 맞다고 생각했지만 실제로 행동하지는 않았어요. 이러니 청산이 어려웠죠.

공공선이 실현되어서 사람들에게 이익이 생기더라도 다른 사람보다 더 많이 생기는 건 아니거든요. 가만히 있어도 모두에게 똑같이 생기니까 따로 움직이지 않아도 괜찮다고 생각하는 거죠. 진보하는 세상을 막는 데 앞장 선 사람이라도 세상이 나아지면 남들보다 더 가지진 못할지라도 그 혜택에서 배제되진 않아요. 세상이 더 좋아지길 바라는 사람들이 많지만 행동하지 않고, 저쪽은 소수지만 목숨 걸고 달려드니까 이기기 어려운 거예요.

한편으로 눈먼 돈이 도는 곳으로 사람들이 몰릴 가능성이 커지죠. 자본주의 사회가 사람들을 끊임없이 끌어당기니까요. 정부뿐만 아니라 시스템의 문제예요. 돈을 잡고 있는 쪽으로 돈이 가기 때문에 돈을 바라는 사람들은 그쪽으로 가기 쉽죠. 돈을 가진 사람과 없는 사람의 생활 형편은 더 어마어마하게 벌어지고 있고, 젊은 사람들도 그 시스템의 바깥에 서는 것을 두려워하고 있죠. 그래서 진보가 밀리는 거예요.

🎤 그렇다면 선생님이 보시기에 이런 현실을 벗어나기 위해 사회에서 가장 먼저 해결해야 할 문제는 어떤 것이라고 생각하시는지요?

여러 문제가 있지만 그 가운데 비정규직 문제가 있어요. 비정규직이란 말은 군사독재 시절에는 없었어요. 불안정고용이 사회문제가 된 것은 20년이 채 안 돼요. 민주정권 들어서면서 나온 말이에요. 전 세계에서 한국은 굉장히 소득이 높은 나라예요. 그런데도 기부하는 사람들이 거의 없잖아요. 시민들이 시민단체에 회비를 못 내요. 그럴 수밖에 없는 게 교육비랑 집값으로 돈이 새나가거든요. 이것저것 부어야 하니까 시민단체나 사회의 약자를 도울 여력이 없는 거죠.

사교육 문제도 그래요. 군사독재 시절, 전두환이 과외 금지를 시켰어요. 물론 그때도 몰래 고액과외를 했지만 지금처럼 심하진 않았어요. 그런 생활문제들을 민주화운동 진영이 놓쳐버렸죠. 민주화된 다음에 대응을 잘 못한 거예요. 특히, 민주정권 10년 동안 더 심해졌어죠. 외환 위기가 터진 다음에 김대중씨가 정권을 잡았는데, 안 터졌으면 집권 못했을 거예요. 그렇다면 외환 위기의 뿌리까지 찾아내 끝냈어야 했는데 대대적인 수술을 하지 못했죠. 과거사 진상규명도 못했어요. 지난날을 철저하게 파헤치면서 관료사회와 자본에 대응을 해야 했는데 금모으기만 하다가 끝나버리니까 재벌과 관료들이 민주화정권에서 힘이 더 세졌어요. 그런 사람들이 돈의 힘이 관철되는 사회를 만들어버렸고, 진보 진영이 거기에 잘 대응을 못한 채 끌려가고 있는 거죠.

그럼 이번에는 이런 사회를 정면으로 마주하고 있는 젊은이들에 대한 이야기를 해볼게요. 젊은이들을 두고 여러 얘기가 나옵니다. 학교에서나 실제로 지금 20대들부터 30대 초반까지는 옛날하고 많이 다른 것 같아요. 우리 세대는 광주로 인생을 만든 세대지만, 지금 젊은이들에게 광주학살을 얘기하면 우리가 자랄 때 한국전쟁 얘기 듣는 것보다 더 멀리 느껴지겠죠. 그래도 한국전쟁은 모든 국민이 겪은 전쟁이었지만, 광주는 특수한 지역이었고, 특수 분야라 할 수 있는 운동권 아이들이 자기 역사로 삼았던 거니까 경험한 숫자로 치면 비교가 많이 되죠.

지금 세대는 주어진 것도 많고, 일단 동원할 수 있는 자원이 참 많아졌잖아요. 80년대는 유인물도 거의 없던 시절이고, 끽해야 책 정도도 보는 시절이었거든요. 그때랑 비교가 안 되게 책도 많고, 거기에 젊은이들 스스로 글을 쓸 수 있는 매체도 많아졌어요. 블로그도 활성화되어 있고, 시민단체도 많아요. 그런데 너무 주어진 대로 살아가는 것 같아요. 프로그래밍된 대로 사는 거죠. 젊은 사람이 갖고 있는 거칠음이나 패기 같은 게 너무 많이 약해진 건 아닌가 싶어요. 좋게 말하면, 너무 일찍 철이 들었고, 나쁘게 얘기하면 자기가 책임을 지고 승부를 걸어야 할 출발선에 아직 도달을 못했는지도 모르겠고요.

젊은이들의 현실도 참 딱합니다. 일자리는 많지 않은데, 구직자는 많고, 그 안에서 엄청난 경쟁이 벌어지다보니 우선 살아남아야 한다는 생각물론, 한국 현실을 무시할 수 없죠. 점점 평균 수명이 늘어나서 그런지 젊은이들의 사회 진출이 지연되고 있잖아요. 부모에게 기대는 캥거루족들이 늘어나고 있고요. 80년대는 지금보다 더 험한 시대였지만 기회가 훨씬 열려 있었어요. 패자부활전도 많았고요. 그러다 IMF 때, 한국 사회가 돈의 힘에 허망하게 무너져 내리면서 젊은이들이 너무 이른 나이에 돈 맛을 알아버린 거죠. 윗세대가 젊은이들을 그렇게 끌고 간 거죠. 지금은 취업과 밥벌이에 젊은이들이 너무 얽매이게 되었는데, 프로그래밍된 것을 어떻게 바꿀 것인가를 물으면 저도 쉽게 대답할 수 없어요. 아르바이트로 받는 최저임금으론 주거비도 못 낼 정도고 생활비가 너무 비싸서 20대들이 자립할 수가 없죠. 아주 잘 먹고 잘사는 게 아니라면 한국 사회에서 개길 수 있는 여지가 많지 않아요.

그래도 길게 볼 때는 20대들이 자기 세대의 먹고사는 문제에 대해서 일정한 대책을 가지면서 자기 싸움을 해야 해요. 지금 젊은이들은 한 번도 아버지 말이나 선생님 말을 거역해본 적이 없는 세대잖아요. 개기긴 개겼죠. 그렇지만 개기는 거랑 거역하는 건 다르죠. 자꾸 비교를 해서 그렇지만 80년대 세대는 거역을 했죠. 젊은이들이 옛날처럼 싸워야 한다는 건 아니에요. 다만 요즘 20대들에게는 하나하나마다 새로운 가능성이 있으니 그걸 좀 더 밀고 나갔으면 해요. 젊은이들에게 해답을 주기 위해선 젊은이들이 자기 싸움을 할 수 있도록 윗세대는 격려랄까, 도와주고 함께하도록 애를 써야겠죠.

🎤 10대와 견주면서 지금 20대에게 희망이 없다는 주장들이 많습니다. 이런 얘기를 들으면 20대들은 더 풀이 죽거나 황당하다는 반응을 보이죠. 보통 386들이 이런 주장을 펴는데, 어떻게 생각하시나요?

세대 문제로만 돌리면 어떡해요? 지금 20대들은 미순이랑 효순이가 살해되었을 때, 싸웠거든요. 그때도 걔네들만 자라달라고 그랬어요. 이제는 촛불 소녀들만 자라달라고 그러네요. 사실, 10대들이 촛불시위에 나올 수 있었던 것도 4~5년 전에 20대들이 그런 문화를 만들고 그걸 즐겼던 기억이 이어지면서 일어난 현상이거든요. 20대들이 닦아놓은 길로 10대들이 걸어 나온 것이죠. 다만, 촛불을 만들었던 20대들이 20대들 안에서 영향력을 키워야 할 것 같아요. 10대들도 마찬가지지만 촛불을 든 20대들이 자기 또래 세대 안에서 얼마나 더 영향력을 펼쳐나갈 것인가가 되게 중요해요. 운동을 일찍 시작한 애들에겐 한계가 자주 나타나요. 조금 더 대중적인 감각, 또래 세대의 언어와 형식으로 새로운 문화를 만들어줬으면 좋겠어요. 이제 저희 세대가 얘기하면 꼰대말이라고 해서 안 듣거든요.

예를 들어 청년실업 문제에 대해서 운동권 방식은 아니더라도 20대들이 조금 더 세게 같이 나가서 목소리를 내야죠. 그래서 20대들이 투표를 해야 해요. 20대들이 선거에 영향을 미치지 못하고 자꾸 거리의 정치에만 의존하게 되면 계속 대표성의 문제가 생기잖아요. 젊은 사람들이 국회의원을 했으면 좋겠어요. 20대들이 국회의원도 나가고, 정치사회에 참여해야죠. 김영삼도 26세에 국회의원 했어요. 지역구가 어렵다면 비례대표로 나갈 수도 있는 거죠. 민주노동당 시스템이면 될 수 있는지 모르겠지만 다른 데서는 조금 어려울 수도 있을 텐데, 그래도 20대들이 정치사회로 나와야 해요.

지금 20대의 대표성 문제가 불거지는데, 20대들이 다음 선거엔 20대 후보를 뽑아주는 건 어때요? 파격적인 방식을 써보는 거죠. 청년실업을 해결하기 위해 20대들이 20대 전국 경선을 해서 대표자들을 뽑는 거예요. 그렇게 전국 경선을 치러서 뽑힌 20대에게 비례대표 1번을 주는 거고요. 이런 방식으로 20대들이 지자체도 참여하면서 자신들의 문제들을 바꿔가야죠. 민주당에 왜 이런 요구를 못해요? 비례대표 스무 석 가운데 다섯 석이나 여섯 석은 20대들에게 달라고 해서 20대들이 정치에 참여해 자신들을 위한 정책을 만들어야죠. 비정규직 문제와 청년실업자를 해결하려면 비정규직들이 모여서 비정규직 대표를 뽑아 운동가로 출마할 수도 있잖아요. 이렇게 아래에서부터 바람을 일으켰으면 좋겠어요.

20대들에게 사회 변화나 정치 참여에 대해 얘기해보면 자신은 운동이나 정치는 싫다고 손사래를 칩니다. 자라면서 직접 경험해보지 못했기에 더욱 그런 듯 싶습니다. 이런 친구들에게 해주고 싶은 이야기가 있다면요?

지금 20대들이 투쟁을 해보지 않아서 그런 거예요. 해볼 필요가 있어요. 386이 왜 정치화가 되었냐면 학교에 늘 탱크가 있었고 짭새가 있었기 때문이거든요. 어제까지 같이 얘기 나누면서 무게 잡던 선배가 허리 꺾여 끌려가는 걸 보면서 정치화가 된 거죠. 정부에서 워낙 거짓말을 많이 해서 열 받은 세대였죠. 이제는 돈의 힘으로 눌러버려서 젊은이들을 굴복시키려고 하죠. 그래서 젊은이들이 돈이 없는 것과 있는 것의 차이를 너무 일찍 알아버렸어요. 돈의 힘을 알아서 구질구질하게 살기 싫어하잖아요.

그리고 현실을 바꿔보려고 해도 사회에서 겁을 너무 세게 줘요. 아무리 해도 개미지옥을 벗어날 수 없다고 압박을 가하죠. 이런 것들을 어떻게 뿌리쳐 보느냐가 곧 자신들의 힘을 깨닫는 과정인 거예요. 20대들이 세상 변하는 경험을 못해봐서 그렇지 현대사를 보면 깜짝 놀랄 거예요. 한국전쟁 끝난 다음에 어른들은 다 죽었기 때문에 모든 변화는 젊은 사람들이 시작했다고요. 4·19도 고등학생들이 일으켰어요.

저는 민주화운동 세력이 끝났다고 생각해요. 그쪽이 도와줄 수
는 있죠. 그렇지만 그들은 역사의 수레바퀴를 끌고 가는 세대가
아니라 뒤에서 밀어주는 세대에요. 나이가 들어서 역할이 바뀐 거
죠. 노무현과 김대중이 죽으면서 그 세대는 끝났습니다. 그런데,
아직 새 시대가 열리지 않았어요. 지금 20대들이 새 시대의 문을
열어야지 누가 열겠어요? 젊은 사람들이 열어야 해요.

한홍구 선생님이 쓴 《대한민국사 1~4》한겨레출판사, 2003~2006를 보는 순간, 아찔했습니다. 한국 현대사의 감춰진 아픔들이 물밀 듯 제 가슴 안으로 쏟아져 들어왔기 때문입니다. 그 책에는 이제껏 제가 알지 못했던 한국의 역사가 펼쳐지고 있었습니다. 낯선 이야기들을 마주하며 기분이 썩 좋지만은 않았으나 저의 무지함에 부끄럽고 멋쩍더군요. 아니 왜 학창시절에는 이렇게 중요한 걸 안 가르쳐주는 걸까, 의문이 들기도 했습니다.

그리고 〈화려한 휴가〉김지훈, 2007를 보면서 이 영화가 정말 광주에서 벌어진 5·18을 바탕으로 한 것이냐며 알아봐야겠다는 친구가 떠올랐습니다. 저도 그렇지만 대부분의 젊은이들이 현대사를 잘 모릅니다. 학창시절에 배우지 않았을 뿐 아니라 관심을 갖기도 쉽지 않습니다. 어제를 알아야 내일을 가늠하고 오늘을 올바르게 살 수 있는데 어제를 모르니 앞날도 희미한 건 당연한 일인지도 모릅니다.

이런 마음으로 한홍구 선생님을 만났습니다. 선생님 말씀을 들으면 들을수록, 시간이 지나면 지날수록 부끄러움은 커지더군요. 선생님의 얘기를 받아줄 젊은 가슴이 없다는 생각에 속상하기까지 했습니다. 선생님의 말씀에 공감하며 '그렇죠. 그게 문제죠. 젊은이들이 나서야죠'

하면서도 자꾸 변명을 늘어놓게 되더군요. 그래도 한홍구 선생님은 다그치지 않으셨습니다. 오랜 시간 저에게 차근차근 얘기 들려주신 뒤, 힘내라고 등을 두드려주셨습니다.

한홍구 선생님을 만나고 돌아오는 길, 오늘날 젊은이들의 어려움은 정치, 사회에 대한 무지함에서 비롯되었단 생각이 들었습니다. 한국교육은 해마다 200명이 넘는 10대 청소년들의 자살에도 아랑곳하지 않고 10대들을 암기기계로 찍어내고 있습니다. 그렇게 입시지옥을 뚫고 대학에 들어가려고 하면 먼저 1,000만원을 내라고 고지서를 내밉니다. 20대부터 빚쟁이가 되거나 성인이 되었는데도 부모에게 빈대 붙게 만드는 사회입니다. 그렇게 헉헉대며 대학을 졸업하지만 가시밭길은 끝나지 않습니다. 수백 장의 취업 원서를 들고 이리저리 뛰어다니며 취업문턱을 들락날락하지만 대부분 백수거나 비정규직입니다. 취업전쟁에 대한 괴로움으로 해마다 4~5명이 자살을 한다는 기사를 본 적이 있습니다. 운 좋게 일자리를 구해도 거기서 버티기 위해 또 힘든 시간을 보내고요. 한국사회의 밑절미라는 불안감에 아침부터 밤까지 일에 매달리기도 하죠.

이런 흐름을 고치고 바꿀 수 있는 방법의 중심에 '정치'가 있습니다. 오늘날 한국사회는 이제까지 사람들이 정치를 한 결과입니다. 정치에 참여하면 부메랑처럼 그대로 자신에게 되돌아옵니다. 정치인들이 싫거나 귀찮아서 투표를 하지 않는다면 지금의 한국사회는 변하기는커녕 이 모습으로 더욱 견고해질 겁니다.

9

흔들리지 말고 자기 길을 가라, 역사는 평범한 선인들의 힘으로 이루어졌다

서동은 선생님에게 '행복한 삶이 무엇인지'를 배우다

서 동 은

▥ 서동은

▥ 독일 뮌스터 대학교에서 철학, 신학, 중국학을 공부했으며, 도르트문트 대학교에서 박사학위를 받았다. 풍부한 지식을 바탕으로 철학과 신학 사이를 오가며 현대사회의 그림자를 짚어내고 있다. 지은 책으로 《하이데거와 가다머의 예술 이해》, 옮긴 책으로 《시간의 개념》이 있다.

국내총생산(GDP)이 참살이를 보여주지 못한다는 것은 오랫동안 얘기되었던 문제죠. 사르코지 프랑스 대통령은 행복한 수준을 보여줄 수 있는 총생산지표를 만들고자 미국 컬럼비아 대학 스티글리츠 교수에게 부탁을 했죠. 단순한 경제지표가 아니라 사람들이 고개를 끄덕일 수 있는 행복지수를 만들겠다고요. 이에 질세라 이명박 대통령도 소득, 고용, 주거, 교육, 안전 같은 민생지표를 국내총생산에 덧붙여 '국민행복지수'를 만들겠다고 했다가 엎어버리고 말았습니다.

그런데 지금 국내총생산은 전혀 삶의 질을 나타내지 못하고 있습니다. 국민소득이 1만 달러를 넘어 2만 달러에 다다르고 있지만 사람들은 행복하기는커녕 오히려 불행하다고 넋두리를 늘어놓고 있으니까요. 어찌된 일일까요? 넉넉해지면, 부자가 되면 행복한 거 아니었나요?

아무리 돈을 잔뜩 거머쥐어도 돈만으론 절대로 행복할 수 없다는 걸 깨달은 사람들이 하나둘 늘어갑니다. 사람들이 참살이와 삶의 행복에 대해서 눈뜨고 있고, 시대의 틀마저 뒤바뀌고 있다는 게 느껴집니다. 그저 경제지표만 좋다고 해서 진짜 '잘'사는 게 아니니까요. 도대체 어떻게 해야 행복한 걸까요? 행복론을 가르치는 서동은 선생님을 만나 이야기를 들어봤습니다.

🎤 한국 사회가 그동안 크게 변했습니다. 오랫동안 유학을 가셨다가 돌아와서 많이 달라진 걸 느끼셨을 텐데 어떤 생각이 드시나요?

제가 10년 동안 독일에 유학 갔다가 돌아오니, '부자 되세요, 대박 나세요' 같은 말을 덕담으로 나누고 인사로 하더라고요. 그래도 10년 전엔 '건강하세요, 행복하세요' 이렇게 인정을 주고받으려는 인사를 나눴던 것 같은데요.

지금은 굉장히 편향적으로 돈과 재화가 곧 행복이라는 극단적인 생각이 과거보다 더 커지지 않았나 싶어요. 그러다보니 굉장히 많은 한국 분들이 행복하려고 노력하시는데, 그만큼 행복한 상태에 도달하지 못했다고 느끼죠. 본인들도 행복하고자 하나 행복하지 못하다는 괴리감 때문에 괴로워하는 것 같아요. 돈이 없으면 불행하다고 느끼는 사람들이 많고. 이런 착각이 사회의 지배 사상이 된다는 건 문제가 있지 않나 싶어요.

🎤 한국보건사회연구원이 발표한 '경제협력개발기구 회원국 행복지수

산정에 관한 연구'에서 한국은 30개 회원국 중 25위에 그쳤습니다. 이렇게 굳이 확인하지 않더라도 사람들의 표정과 언론에서 나오는 소식들을 보면 충분히 불행하다는 걸 알 수 있죠. 어떻게 하면 행복해질 수 있을까요?

오늘날 사람들은 행복을 단선형으로 바라봐요. 뭘 소유했느냐, 많이 가졌느냐, 어떤 걸 살 가능성이 있느냐 이런 것에만 치중하기 때문에 행복하지 않죠. 소유물이나 돈이 없으면 생활에 불편함은 줄지 몰라도, 있다고 해서 행복한 건 아니거든요. 특정한 물건이나 지위를 소유한 결과를 행복이라고 생각하는 것은 문제가 있지 않나 싶어요.

행복은 고통과 불행이 없는 완벽하게 이상적인 상태가 아니라는 것을 힘주어 얘기하고 싶네요. 물질의 풍요나 개인의 만족도 있어야겠지만 자신의 삶에 의미가 있을 때 얻어지는 감정이 행복이에요. 부모님들을 보면, 아이들을 키울 때 고통스럽지만 나름대로 행복감을 느끼시거든요. 종교의 의미를 찾는 사람들도 있고, 사회 공헌을 통해서 의미를 찾는 사람들도 있죠. 여러 모습들로 나타날 수 있지만, 자기가 추구하는 삶의 의미를 찾아내고 발견하고 그 의미를 만들어가야 행복할 수 있다는 거예요. 어떠한 의미 속에 자기 삶이 담기느냐, 의미 충만한 삶을 살고 있느냐가 행복의 가장 중요한 기준점이에요. 사람들은 자존감과 삶의 의미에 중점을 두기보다 물질과 쾌락만이 행복이라고 여기기 때문에 행복을 느끼지 못하는 것이죠.

돈 많이 벌고 직장에서 승진하는 것을 행복이라고 여기는 것도 삶의 의미 아니겠느냐는 사람들이 많죠. 그런데 여기서 하나 빠진 것이 뭐냐면, 자신이 지나치게 한쪽으로 치우쳤다는 걸 모른다는 거예요. 의미 추구 방식에는 여러 가지가 있을 수 있는데, 두루 돌아보고 균형 감각을 가지지 못한 채 하나만 집착하고 있다는 것이죠. 치우치는 것은 어쩔 수 없는 인간의 한계이긴 하죠.

자본주의 사회마다 조금 다른 모습이긴 하지만 한국과 비슷한 미국인과 일본인들도 돈 버는 자체를 하나의 의미 추구 방식으로 알고 있고, 그것이 행복이라며 살아가고 있거든요. 문제는 OECD 통계를 보면 알겠지만 그 나라에 사는 사람들은 별로 행복하지 않다는 역설적인 결과가 나와요. 그런 식으로 돈을 추구하는 것이 답이라면 미국이나 독일이나 일본이 가장 행복해야 정상인데 그 안에 살고 있는 사람들은 행복하다고 느끼지 못해요. 복지 정책이 잘 갖춰져 있고 사회연대감이 자리 잡힌 북유럽 국가들이나 정말 가난한 나라인 부탄에 사는 사람들의 행복지수가 더 높아요. 삶에서 다양한 의미를 찾는 사회가 더 행복함을 느낀다는 거예요. 현실을 충실하게 살면서 돈과 소유물만이 아니라 자기 나름대로 의미를 추구할 때 행복이 오는 거죠. 그런데 한국은 돈만을 바라보면서 일방적으로 의미 추구를 하다보니 중요한 걸 놓치고 있는 게 아닌가 싶네요.

🎤 소비사회는 무엇을 사고 쓸 때만 살아 있음을 느끼게 하고, 자신이 입은 옷과 들고 있는 핸드백의 값이 마치 자신의 가치처럼 착각하게 만들죠. 가진 자는 더 가진 자를 부러워하면서 소비에 열을 올릴 수밖에 없고, 없는 사람들은 위를 쳐다보면서 애먼 부모 탓을 한 뒤 '초특가 바겐세일'을 기다리고 있습니다. 물질에서 의미를 찾고, 남과 비교하는 것이 한국 사람들에게 왜 이렇게 익숙하게 자리 잡았을까요?

자존감의 문제 같아요. 자기가 어떤 일에 종사하건 뿌듯한 일이라고 자랑스럽게 여기고, 사회에서 낮잡아보거나 별 볼 일 없다고 해도 스스로 보람을 느끼면서 자신의 일이 전체 사회에서 어떤 역할을 할 수 있는지 조망을 하면서 의미를 찾아야 하는데, 한국은 그러지 못하죠. 난 이런 일을 할 수 있는 사람이라고 자존심을 갖지 못하고, 남과 사회가 부여하는 위치에 따라 자신의 값어치를 매기고 있어요.

자존감이 있어야 돈이 들어오든 뭐가 들어오든 행복감을 느낄 수 있는 바탕이 되는 거예요. 아무리 돈이 많고 명예가 높아도 자존감이 없으면 행복과 기쁨을 느낄 수 없어요. 스스로 의미 체계를 만들면 세상과 사회 시류에 휘말리지 않고 자존감을 갖으면서 살 수 있는데, 현대인들은 이게 부족해요. 세상 사람들이 정답이

라고 하면 자신도 그 답을 고르고 있어요. 자존감이 없기 때문에 너무 쉽게 휘말리지 않나 싶어요. 자기 삶을 사는 게 아니라 남이 원하는 삶, 수동태의 삶이 현대를 지배하고 있지 않나 싶어요.

물질도 중요하지만 물질을 다루는 태도가 더 중요한 역할을 해요. 돈 많은 집 아이들은 부족한 게 없어요. 부모가 다해주고 뭐든 살 수 있어요. 그렇지만 그 아이가 행복하려면 꼭 갖춰야 하는 마음가짐이 있어요. 부모가 자신에게 뭘 주고 안 주고를 떠나서 부모가 자신을 사랑하고 있다는 흔들림 없는 확신과 자존감이에요. 때론 혼나기도 하지만 자신이 아빠와 엄마의 사랑스러운 자녀라는 확신이 있을 때에만 장난감이 생기더라도 행복할 수 있는 것이고, 어려움이 와도 그 자신감 안에서 행복한 삶을 만들어낼 수 있죠.

사람들은 저마다 자기 가치관을 갖고 세상을 살아가고 그에 따라 주고받는 모습도 달라요. 크게 범주로 묶어보면 네 가지 모습이 나타난다고 생각해요. 첫째는, 가지려고만 하는 사람이죠. 마치 어린아이가 투정부리는 것처럼 받기만 하고, 언제든 가지려고만 하는 사람이 있어요. 항상 받으려고만 하기 때문에 자기 원하는 대로 소유하거나 획득되지 않으면 불만을 느끼게 되죠. 이렇게 받기만 하려고 하면 둘레 사람들은 매번 자기가 사야 하니까 부담스럽죠. 이런 사람들은 사회성이 없기 때문에 결국 왕따당하기 십상이고 스스로도 불만족할 때가 많아요. 한국에는 이렇게 자기 중심적인 삶을 사는 사람들이 꽤 있어요.

둘째로는, 한국 사회에서 가장 강조되는 모습으로 주고받기 원칙에 충실한 사람이에요. 부조금이나 축의금을 받으면 명단을 다 적어서 언젠가 다시 갚아야 한다고 받아들이며, 저기서 5만 원 했으면 자신도 5만 원 하고, 자신이 결혼식에 찾아갔는데 안 찾아오면 관계가 어그러지면서, 상대를 사람 노릇 못하는 사람이라고 판단을 내리죠. 사람들은 이런 평가를 두려워하며 받은 만큼 주고, 끊임없이 자신이 받고 준 것을 기록하죠. 어떻게 보면 사람 사는 원리라고 할 수 있죠. 어려울 때 도와주고 자신이 힘들 때는 도움을 받는 관계로서 평범하게 살아가는 모습이기도 하지만 이것이 자연스럽게 이뤄지기보단 의무처럼 작동한다는 데 문제가 있어요. 한국에선 누가 밥 한 번 사면 암묵적으로 다음 대접은 자신이 해야 한다는 부담감을 안게 되거든요. 그렇게 안 하는 사람하고는 사람들이 관계를 안 맺으려고 하죠.

셋째는, 받는 것도 주는 것도 기뻐하는 사람이에요. 사람이 살면서 받을 때도 있고 줄 때도 있는데 받을 때, '괜찮습니다, 아닙니다' 하는 게 아니라 기꺼이 받고, 줄 때도 기꺼이 마음에서 우러나는 사람이죠. 서로 주고받을 때 부담스러워하지 않고 기쁘게 주고, 받을 때도 기쁘게 받는 관계죠. 바람직하다고 봐요. 그러나 이렇게 관계를 맺는 사람은 다른 이들에게 오해를 받을 수 있는 여지가 있어요. 저 사람은 받을 때 겸손하게 사양할 줄 모른다, 확실하게 받고 줄 때도 확실하게 주는 거 보니 너무 이해 타산적이라고 사람들이 오해를 할 수 있는데, 저는 이 방식도 좋다고 생각해요. 받을 때는 받아야 하거든요. 받을 때는 받아야 사람 관계가 이뤄져요. 그렇지 않다면 문제가 생길 수 있죠. 사람 관계란 것이 주고받음이잖아요. 무엇을 받아야 사람 관계가 성립되는데 너무 받지 않으려고 하면 관계 자체가 이뤄지지 않아요. 받을 때 확실히 받고 줄 때는 기꺼이 줄 수 있는 관계도 좋죠.

마지막으론 받는 것보다 주는 것에 기쁨을 느끼는 사람이에요. 처음부터 뭔가 받으려는 생각이 없어요. 준다고 해도 다음에 뭔가를 바라는 게 아니라 대가 없이 기쁜 마음으로 주는 거죠. 엄밀하게 말해서 자신이 많이 가지고 있어서 주는 게 아니라 자신이 번 것들도 내 것이 아니라며 나눠주는 거죠.

그렇죠. 길거리에서 누가 구걸할 때, 돈을 주면 이 사람은 독립이 안 되고 날마다 구걸할 것이라거나, 어차피 돈을 줘도 다른 사람이 가져갈 거라거나, 실제로는 아프지도 않고 능력 없는 것도 아닌데 돈 타내려고 거짓으로 저렇게 하는 거라고 생각한다면 누군가에게 기꺼이 주기가 힘들어지죠. 누군가에게 뭘 줄 수 없죠. 그러한 판단들이 맞기도 하지만 자신이 갖고 있는 것을 놓지 않으려는 욕심일 수도 있거든요. 손에 움켜쥔 것을 자기 것으로 여기지 않고 기꺼이 줄 수 있는 마음의 상태가 진정한 행복을 가져다주지 않을까 해요. 이렇게 실천하면서 살기는 쉽지 않죠. 그래도 이렇게 바라지 않으면서 주고받을 때, 주는 사람도 행복하고 받는 사람도 행복합니다.

사실, 자신에게 주어진 것들은 이 세상에 살면서 잠시 빌린 거잖아요. 옷도 잠깐 빌려 입는 것이고, 사용하는 것도 잠깐 가져다 쓰는 것이지 영영 내 것은 아니란 말이에요. 자기 것에 대한 집착이 강해지면, 다른 사람이 자기 것을 건드릴 때 불쾌하게 여기고 소유권이 침해당했다고 생각하면서 마음이 불편해지죠. 살면 얼마나 산다고, 그런 집착을 좀 줄이고 잠시 이 세상에 와서 빌려다 쓰는 것일 뿐이라는 마음으로 누가 원하면 기꺼이 줄 수 있는 사람. 이런 마음 상태를 가진 사람은 모든 게 행복하겠죠. 내 것이라는 생각 자체가 없기 때문에 뭔가를 욕심내지도 않고, 항상 마음이 평안하고 기쁘지 않을까 싶어요. 이상적인 유형 같지만 이런 사람들이 꽤 있고, 행복하게 살고 있죠.

많은 20~30대 직장인들이 이른바 '오춘기'를 겪는다고 해요. 한 설문조사에 따르면, 서른 살을 앞뒤로 위기를 느끼고 있는 사람이 88.3%에 달한다고 하더군요. 왜 이런 모습이 나타난다고 보시나요?

에릭 에릭슨Erik H. Erikson, 1902~1994의 생애주기 이론에 따르면, 사람마다 자기 나이 때에 맞는 역할이 있어요. 공자도 나이 서른에 확고하게 뜻을 세우고, 마흔에 불혹하고 쉰에 지천명한다고 했듯이 나이에 따른 생애주기가 있고, 그 시기에 맞는 중요한 가치 기준이 있는 거예요. 보기로, 0세~1세 사이에 중요한 가치는 신뢰 대 불신이에요. 제때 밥을 안 주고, 공갈젖꼭지를 물려주면서 어물쩍 넘어가면, 어렸을 때부터 세상을 불신한다는 것이죠. 그렇게 자란 아이는 평생 남을 잘 믿지 못하는 사람이 될 가능성이 있고, 반대로 철저하게 믿을 만한 환경에서 자란 아이는 다른 사람의 말을 너무 쉽게 믿는 경향이 있다는 거예요.

이런 맥락에서 사춘기는 주변기라고 할 수 있거든요. 아이라고 말할 수도 없고, 어른이라도 말할 수도 없어요. 그래서 사춘기 때는 기성세대와 갈등을 일으키죠. 관습과 다른 생각들이 나오게 되는데, 그걸 자유롭게 표현할 수 있도록 교육받으면서 자란 사람은 자신의 얘기를 용기 있게 할 수 있는 독립된 사람으로 자라게 되죠.

그런데 부모나 둘레 어른들에게서 조그만 게 뭘 아냐면서 무시

당하거나 나이와 권위에 일방적으로 억눌림을 당하면서 자란 사람들에겐 문제가 생기죠. 그 당시엔 바로 나타나지 않아도 나중에 져야 하는 짐으로 고스란히 이어지는 것이죠. 사춘기를 살아내지 않으면 그 다음 시기에 사춘기 현상이 온다는 거예요. 결혼도 마찬가지죠. 예를 들어서 20~30대에 결혼을 해야 하는데, 안 하면 40대에 짝을 찾아야 하는 과정을 겪어야 하잖아요. 10년이 지났지만 그 부담이 뒤에 그대로 남아서 삶에 영향을 미치는 거죠. 사춘기도 제때 겪어야 하는데, 그렇지 못한 사람들이 오춘기를 겪지 않나 싶습니다.

사춘기를 겪지 않으면 서른이 넘어서도 그것이 발목을 잡는다는 말씀이군요. 사춘기를 제대로 겪지 않고 그냥 살 수는 없는 걸까요?

사춘기를 온전히 겪지 않으면 부모에게서 정신 독립을 하지 못해요. 그렇게 될 경우 마마걸이나 마마보이가 되는 거죠. 마마보이와 마마걸들은 결혼을 해도 독립된 부부의 삶을 살 수 없어요. 마마보이와 마마걸들은 자신의 어머니와 아버지에게 기대기 때문에 부모의 집을 나와서 살더라도 부모를 대리해서 살고 있다고 말할 수 있죠. 이렇게 정신 독립을 하지 못한 사람은 능동적인 삶을 사는 게 아니라 부모의 돌봄과 챙김을 받는 수동적인 삶을 사는 거라고 봐요.

자기 인생은 자기에게 책임이 있어요. 도움을 받는다고 인생이 해결되는 게 아니잖아요. 그렇게 도움을 받아도 자기가 해결한 게 아니기 때문에 똑같은 문제는 되풀이되게 되며, 독립해서 적극 쟁취한 것이 아니므로 그 가치도 몰라요. 어떤 것이든 자신이 참여하고 땀을 흘렸을 때 행복감이 있거든요. 행복은 결코 수동적인 삶을 살아선 얻을 수 없어요. 능동적으로 적극적으로 살아야 해요. 이렇게 사는 것이 가능하려면 본인 의지도 중요하지만 교육이 뒷받침되어야 해요. 그런데 한국 교육 구조가 능동형 인간을 키워주지 못한다는 거죠. 교수나 선생이 일방적으로 이거 외워라, 칠판에 쓰면 베꼈다가 일사불란하게 시험 봐서 학점을 따고 순위 매기는 식으로 교육이 이뤄지니 제대로 된 공부를 한다고 할 수 없어요. 자기 의견을 드러내고 남과 생각을 나누면서 자신과 남이 얼마나 독특하고 귀한 존재인지 느낄 기회가 없거든요.

민주주의를 바탕으로 비판적인 시민의식을 가질 수 있도록 자유롭게 토론도 하고 남과 어울리면서 자존감 있는 아이로 키워주는 게 급선무인데, 전혀 이뤄지지 않고 있어요. 이명박 정부 들어서 경쟁과 능력에만 초점을 맞추고 있는데, 교육의 핵심은 자존감을 키워서 자신이 인생을 열어가고 삶을 꾸려갈 수 있도록 만드는 거예요. 시험 보고 나면 다 잊어버리는 것만 강조하느라 가장 중요한 부분을 놓치고 있어요. 이 점을 찾지 못하면 오춘기를 겪으면서 힘들어하는 사람들은 앞으로 많아질 거라고 봐요.

그렇다면 진짜 어른이란 무엇이라고 생각하시나요?

어른이란, 자기 생각을 가지고 자기 행동에 책임지며, 모든 일을 대할 때, 자기가 소화하면서 대처할 수 있는 사람이라고 생각해요. 설사 어떤 위기가 오더라도 부모나 강한 자에게 의존하는 사람이 아니라 문제를 풀어갈 능력이 자기 안에 배양되어 있어 스스로 위기를 해결하는 사람이 어른이죠. 한마디로 독립된 개체예요. 나이 든 사람이란 뜻의 어른이 아니라 인격이 성숙한 개인이 어른이라는 거예요.

전통적인 가치관에서 보면 조금 위배되는 건데, 심리학에서 보면, 한 자녀가 성장하고 어른이 된다는 것은 심리적으로 '양친살해'를 해야 가능하거든요. 부모님이 생각하는 세계관과 가치관을 그대로 물려받아서 살아간다는 것은 개체 성장을 한 게 아니죠. 그냥 DNA가 복제된 것일 뿐이죠. 어느 날 갑자기 엄마 아빠에게 대들고, 사춘기를 겪고, 부모의 강제와 금지가 아니라 자기 생각이 터서 자신이 바라는 움직임을 만들어나갈 때, 독립된 사람으로서 자라는 거거든요. 그 뒤 경제 독립을 하고 이성을 만남으로써 한 사람의 어른으로 성숙하는 거예요.

🎙 **행복한 삶을 살고 싶은 사람이 많습니다. 불행하게 사는 사람들과 나누고 싶은 말씀이 있다면?**

삶은 고통과 쾌락의 연속이에요. 보통 고통을 피하는 것이 행복이라는 경향이 있는데, 어떻게 보면 살아간다는 것은 병과 더불어 살아가는 거예요. 고통을 더불어 안고 살아내려고 하는 태도를 지녀야 하지 않을까 싶어요. 때론 힘겨운 일이 있지만 그 안에서 의미를 놓치지 않으면, 행복하게 살 수 있는 거죠. 하루하루 최선을 다해 살았으면 해요. 하루살이처럼 오늘이 끝나면 자기 인생도 끝이라고 생각하고, 매순간 빈 마음으로 열심히 살아야죠. 또 자신이 좋아하는 일이라면 실망하지 말고 끝까지 밀어붙일 수 있는 힘이 있었으면 좋겠어요. 누가 알아주지 않아도 슬퍼하지 말고, 좋은 일이라고 판단하면 밀고 나가는 사람들이 많아졌으면 해요. 오만하지 않게 남의 얘기에 늘 귀 기울이면서도 스스로를 믿으면서 용기를 갖고 나갔으면 좋겠네요.

사람들이 알아주지 않으면 많이 좌절하게 되는데, 자기가 좋은 일을 하고 충실하게 살면 자신이 없을 때 그 빈자리를 다른 사람들이 느끼게 되고 결국 알아주게 되어 있거든요. 설사 좋은 일을 하다가 인정받지 못하고 세상을 떠날지라도 훗날 사람들은 자신이 남긴 향기를 맡고 기억하게 돼요. 너무 현재만 바라보지 말고 자신의 죽음 이후의 삶도 헤아려보면 오늘을 살아가는 자신의 모습이 달라지지 않을까 싶네요. 모두가 종교인이 될 필요는 없지만

자신이 처한 삶에서 선한 일을 하고 있다면 흔들리지 말고 꾸준히

나가면 좋겠어요. 역사는 그런 평범한 선인들의 힘으로 이뤄져왔

거든요.

　　서동은 선생님을 알게 된 인연도 인터넷 강의를 통해서였어요. 두 과목을 들었는데, 그 가운데 하나가 〈행복론〉이었습니다. 마치 물이 밑으로 흐르듯 기독교와 불교, 거기다 철학까지 두루 공부하신 서동은 선생님은 끝없이 자신을 돌아보면서 강의를 해 주시는 것 같았어요.

　　그런 좋은 인상을 바탕으로 선생님을 만나 뵈러 가는 길, 아니 기쁠 수 있겠어요? 처음엔 선생님이 이야기하시는 '행복론'에 대해서 더 듣고 싶었는데, 이야기를 나누다보니 이것저것을 더 묻게 되고, 서동은 선생님도 마음을 다해서 자신의 지식을 퍼주더군요. 퍼주고 퍼줘도 마르지 않는 옹달샘처럼 선생님 입에서 나온 이야기들 덕에 기분이 절로 낙낙해지고 편해졌습니다. 행복이란 결국 사람들 사이에서 오지 않나 싶습니다. 자신이 행복하다면 좋은 사람들과 다정한 관계를 맺고 있기 때문이겠죠. 불행하다면 자기 둘레가 가시덤불이라는 뜻일테고요. 김상봉 선생님과 서경식 선생님의 대담으로 이루어진 책, 《만남》돌베개, 2007을 읽으면서 사람들과 어떤 만남을 하면서 어떻게 살아야 할지 입술을 질끈 깨물었던 기억이 떠오르네요. 그 고민은 인생 내내 함께 해야겠죠.

서동은 선생님에게 '행복한 삶'이 무엇인지를 배우다

또 영화 〈파주〉박찬옥, 2009를 떠올려 봅니다. 영화는 오늘날을 살아가는 사람들에게 어떻게 살고 있는지 물으며, 삶의 진실과 세상의 소통에 대해서 이야기하고 있으니까요. 살다 보면, 짊어지기 힘든 사건들 속으로 빨려 들어갈 때가 있지요. 원치 않았음에도 눈 떠보면, 사건의 한 복판에 서 있기도 합니다. 그걸 온몸으로 받아들이기에는 겁부터 나기도 하죠. 어떻게 하지 못하고 끙끙대면서 눈물만 흘리던 경험이 누구나 한번쯤은 있을거라고 생각합니다.

그렇게도 바랐던 민주화가 되었건만 세상은 크게 바뀌지 않았죠. 변함없이 국가보안법에 젊은이들은 걸리고, 철거민들은 생존권을 부르짖으며 망루를 만들 수밖에 없는 현실입니다. 그럼에도 몇몇 사람들은 살기 좋아진 세상이라며 샴페인을 터뜨려댔죠. 여러 변명을 대면서 콩고물에 눈이 빨개진 나머지 하루하루가 너무 괴롭지만 다른 인생을 생각하지 못 합니다. 행복하기 위해서 사는 게 아니라 살기 위해 살아가는 세상으로 바뀌었으니까요. 영화에서 그 누구도 환한 표정을 짓지 않습니다. 그럼에도 한 가지만은 잊지 말자고 하네요. 영화 속 밤하늘을 비추는 십자가가 술에 취한 남자 주인공이선균의 뒤를 계속 따라오던 것처럼 진실은 결코 사라지지 않는다는 것을요! 자기 뜻과 달리 인생과 세상이 마음에 들지 않아도 "갚을 게 많다"며, 할 수 있는 만큼은 하면서 사는 주인공을 곱씹어봅니다.

친구여, 우리 함께 걸어갈까요?

책을 마무리하면서 저의 지난날을 돌아봤습니다. 얼굴이 붉어지더군요. 저는 학벌을 경멸하면서도 대학에 들어갔고, 평화를 바라면서도 총을 들었고, 불편하지 않은 척하면서도 돈에 쩔쩔맸습니다. 어설프게 사회에 대들기도 했지만 불행히도 전 어리석었습니다. 친절이라는 탈을 쓴 채 제 감정에 솔직하지 못했고, 세파에 휘둘리면서도 자유로운 척했고, 사랑을 꿈꾸면서도 온몸을 던지질 않았습니다. 제가 이렇게 모자란 걸 알았기에 더욱 선생님들이 그리웠는지도 모르겠습니다.

선생님들을 만난 시간은 저에게 큰 축복이었습니다. 외롭고 괴로웠던 만큼 그들과 나눈 시간은 제 삶에 굵은 마디로 자리 잡았습니다. 여전히 사막 같은 시간을 건너고 있지만 포기하지 않겠다는 마음가짐도 생겨났고요. 거품이 잔뜩 꼈던 몇 년 전 제 모습을 제대로 돌이켜볼 수 있었던 귀한 시간이었습니다. 몇 년 전의 들뜸과 시끌벅적함, 유흥가를 돌아다니며 놀던 시절이 가끔 그리울 때도 있지만, 지금은 겉치레가 사라진 뒤 드러난 제 앙상함이 더 좋습니다. 희망과 겸손을 살찌울 수 있으니까요.

삶을 새롭게 돌아보게 됩니다. 예전에는 밤마다 지쳐서 곯아떨어지기 일쑤였지만, 이제는 '나는 어떻게 살아야 할까?', '내가 진정으로 원하는 삶은 어떤 모습일까?', '이 사회에서 행복하게 웃을 수 있는 사람은 얼마나 될까?', '잿빛 도시에서 자기 시간과 체력을 팔아 열심히 살아가지만 왜 사람들의 얼굴에는 날로 불만이 쌓이는 걸까' 턱을 괴고 생각해봅니다. 나이가 들수록 생활이 바쁘다며 이제 누군가와 얼굴 한번 보는 것도 일이 되어버리는 사회가 이상하게 느껴집니다. 남들도 다 이렇게 사는데 무슨 뾰족한 수가 있냐며 어제 같은 오늘을 보내다가도 참말 이렇게 살아야 하는가, 머리를 쥐어뜯어봅니다.

그러다 문득 창밖을 봤습니다. 계절이 달라지고 풍경이 바뀌는데 저만 모르고 있었습니다. 안달복달하며 달려오는 동안 정작 챙겨야 할 것들은 챙기지 못했습니다. 생활에 치이고 먹고사는 두려움에 쫓긴 나머지 중요한 걸 놓치면서도 적당한 핑계를 대며 살아가는 제가 부끄러웠습니다.

지난날이 떠오르네요. 다들 사업가, 의사, 교수 등 사회에서 손꼽히는 직업을 꿈이라고 적어 낼 때, 저는 '별장지기'라고 쓴 적이 있습니다. 세상을 냉소하고 있을 때였죠. 하루하루가 짜증이고 고통이었기에, 이렇게 죽으나 저렇게 죽으나 매한가지인 세상, 별장에 들어가는 게 속도 편하고 세상에도 해 끼치지 않는 일이란 생각에 사로잡혀 있었죠. 꿈 없이 나이만 먹었고 저에게 닥쳐오는 많은 일들에 투덜거리기만 했습니다. 일부러 위악을 저질러보기도 했고, 그만큼 상처도 많이 받았습니다. 세상을 사랑하지 않으면 결국 저만 아플 뿐이었죠.

이제는 다행히도, 이루고 싶은 꿈이 생겼습니다. 아무에게도 이야기한 적은 없지만 시인이 되고 싶다고 조심스럽게 말해봅니다. 사랑을 노래하고 신나게 춤추며 아름다운 사람들과 도란도란 살아가고 싶습니다. 그렇지만 풍악을 울리며 재미있게 살기엔 세상 곳곳에 아직 눈물이 넘쳐납니다. 누군가가 흐느끼고 있는데 옆에서 '꺄르르' 하는 건 예의가 아니죠. 그래서 모두 함께 꺄르르 웃을 수 있을 때를 꿈꾸며 지금은 조금은 날이 선 글을 세상에 던지고 있습니다. 사회의 그늘을 조금이라도 밝히고 싶거든요. 언젠가는 사랑의 노래를 쓸 테지만 이에 앞서 사랑할 수 있을 만한 사회를 꿈꾸며 땀 흘리는 것, 이것이 제가 세상을 사랑하는 방법입니다.

그래서 더 배우겠다는 마음가짐으로 수도승처럼 공부를 하고 있습니다. 마음을 가다듬고 몸과 삶을 바꾸면서, 더 멀리 보고 깊게 생각하면서 책을 펴고 글을 쓰고 있습니다. 공부하고 생각한 것들을 사람들과 나눈다는 마음으로 블로그를 하고 있고요. 모든 게 다 그렇듯 블로그란 매체에도 빛과 그림자가 있습니다. 한계를 잘 알지만 그럼에도 될성부름을 포기하지 않으면서 오늘도 글을 쏘아올리고 있습니다. 언젠가 제 글이 누군가의 가슴을 다독여주고 달구길 바라면서요.

저는 바닥에서 구르며 절망과 좌절 속에 허우적대다가 걸어갈 길을 간신히 찾았지만, 이 글을 읽는 당신은 덜 아프게 자신만의 길을 찾길 바랍니다. 사람들과의 귀한 인연도 놓지 않았으면 합니다. 언젠가 이별해야 할 때도 있겠지만 지킬 수 있는 것들은 온 마음을 다해 지켜갔으면 합니다. 꽃처럼 어여쁜 사람들과 어루만지면서 살아갔으면 합니다. 으스러지기 쉬운 다짐들을 타이르고 서로 일으켜 세우면서 걸어갔으면 합니다. 자기 안에 똬리를 틀고 있는 번뇌들이 삶을 칭칭 감고 파먹으려 하겠지만 끝없이 덜고 비워내었으면 합니다. 변하는 건 고통스럽지만 자연스러운 일이니까요.

당신의 꿈이 궁금합니다. 책 한 권이 삶을 변화시키진 않습니다. 이 책을 읽었다고 당신의 삶이 갑자기 더 행복해지진 않을 거예요. 다시 진저리나는 일상의 바다에 빠져 이 책을 읽었는지조차 잊고 허우적대며 살아갈 수도 있겠죠. 사람은 잘 변하지 않습니다. 그렇기에 사람이 나아질 때 뭉클하고 찡한 것이죠. 다만 눈에는 보이지 않는 소중한 씨앗이 당신의 가슴에 뿌려졌길 바랍니다.

그리고 용기를 내서 우리 같이 세상을 향해 걸어갑시다.

친구여, 당신이 더 행복하길 기도하겠습니다.

- 꺄르르 두 손 모음